译文经典

爵士时代的故事

Tales of the Jazz Age

F. Scott Fitzgerald

〔美〕菲茨杰拉德 著

裘因 萧甘 等译

上海译文出版社

不尽适宜地
献给我母亲

目录

最近的回忆

橡皮糖 …………………………………………… 裘 因 003

这是一个南方的故事，事情发生在佐治亚州的小城镇塔尔顿。我十分喜爱塔尔顿，但不知怎的，每当我写一篇有关它的故事，南方各地就会纷纷来信，用非常肯定的言辞谴责我。《橡皮糖》在《大都会》发表后，我就收到了许多这类责备的信件。

这篇故事是我第一部小说发表后在一种很奇特的情况下写成的。而且还是第一篇与他人合作写成的故事。因为我发现自己难以弄清楚掷骰子的情节，就把这部分交给了我妻子。她是位南方姑娘，在这种有趣的地方性娱乐方面的技巧和术语方面，应该是个行家。

骆驼的后背 …………………………………… 裘 因 034

我想，在我写过的所有故事中，这一篇耗费的精力最少，或许也让我感到最为好笑。说到花费的精力，那是待在新奥尔良的时候，花了一天的工夫写成的，当时明确的目标就是要买一只价值六百美元的白金钻石手表。我从早晨七点钟开始写，到当天夜里两点结束。这篇故事于1920年发表在《星期六晚邮报》上，事后又于同年收入了《欧·亨利纪念文集》。它是这本集子收入的所有故事中我最不喜欢的一篇。

它之所以好笑，是因为故事中有关骆驼的情节是十分真实的。事实上，当时我已经与相关人士明确约定，要装扮成骆驼的后背去参加一次两人都得到邀请的化装舞会——这篇故事不过是对这一活动有闻必录的记述而已。

五一节 …………………………………… 萧 甘 076

这个不太愉快的故事，曾作为短篇小说发表在1920年7月号的《时髦人士》上，讲的是前一年春天发生的一系列事件。这三起事件，件件都给我留下了深刻的印象。在生活中，这些事件彼此毫不相干，但有一个共同点，那就是开启爵士年代的那个春天普遍流传的歇斯底里情绪。但是，我在这些故事中，试图将它们编织成一种模式，它可以反映那几个月纽约的地方风情，当时年青一代中至少有一个人具有这种感觉。不过这个尝试恐怕并不成功。

瓷浴盆与粉红色 …………………………… 裘 因 161

“您还为其他杂志撰稿吗？”年轻的女士问。

“啊，是的，”我肯定地对她说。“我已经有些故事和剧本发表在《时髦人士》上，如……”

那位年轻女士打了个冷颤。

“《时髦人士》！”她惊呼道。“您怎么能这样？哎哟，他们发表一些在蓝色澡盆中洗澡的姑娘之类的无聊东西！”

于是我极其高兴地告诉她，她说的就是几个月之前在那儿发表的那篇《瓷浴盆与粉红色》。

奇幻作品

一颗像里茨饭店那么大的钻石 ……………… 汤永宽 181

如果我具有一种令人顶礼膜拜的本领，我会把下面这些故事的写作方法称为我的“第二种风格”。去年夏天发表在《时髦人士》上的《一颗像里茨饭店那么大的钻石》，完全是为了自我娱乐而设计的。当时我正处于渴望奢华的放肆心态中，而这篇故事就是试图用想象的手法来满足那种渴望。

一位著名的评论家认为，与我以前的任何作品相比，他更喜欢这类浮华的词藻。而我个人更喜欢《离岸的海盗》。但是，只要略为篡改一下林肯的原话，那就是：如果你喜欢这种东西，那么，这就可能是你会喜欢的那种东西。

返老还童（又名：本杰明·巴顿奇事） ……… 张力慧 246

马克·吐温曾说过，遗憾的是人生中最美好的时光是在开始阶段，而最糟糕的时光则是在结束阶段。这句话给了我写作这篇故事的灵感。我只是在世界上一个完全正常的人身上做了个试验，不见得就是对他的观点的一种公正的测试。这篇故事写成之后几个星期，我在塞缪尔·巴特勒的《札记》中发现了几乎是一模一样的情节。

这篇故事曾于去年夏天刊登在《柯里尔》双周刊上，并且收到了辛辛那提一位匿名欣赏者写来的这封令人吃惊的信件：

“先生：

我在《柯里尔》杂志上看到了本杰明·巴顿的故事。我想说，作为一位短篇故事的作者，你会越写越疯的。我一生中见过许多要人，但在我曾经见过的这些人中，你是最了不起的。我本不想为你浪费笔墨，但是我愿意。”

齐普赛街的塔昆 ………………………… 江艳妍 284

这篇故事是我在普林斯顿读本科时代的作品，写了快六年了。在做了大量修改后，于 1921 年发表在《时髦人士》上。在构思这篇故事时，我只有一个信念：要成为一名诗人。通篇文字表明，我当时多么醉心于行文排偶，最害怕的是文笔平淡，而不是情节无奇。我特别喜欢这篇故事的原因，很可能是写作的年代，而不是任何内在价值。

“啊，赤褐色的女巫！” ………………………… 裘 因 297

我在完成第二部小说的初稿后就写了这个短篇。一种自然的反应让我信笔写出了这样一篇不需要刻意构思任何人物的故事。我担心，根本不需要遵循任何写作大纲的感觉让我有些忘乎所以。不过考虑再三，我还是决定让它保持原状，尽管读者会觉得弄不清一些时间要素。我还是要说，不论岁月如何对待默林 · 格兰杰，我本人当时一直是用当代的思维方式去写作的。

该故事曾发表于《大都会》杂志。

未分类的重要作品

幸福的辛酸 ………………………… 裘 因 345

关于这个故事，我可以说，它曾以一种无法抗拒的形式出现在我的脑海中，勾起了我创作的冲动。也许有人会批评它不过是一篇伤感的作品。但在我的心目中，它远非如此。所以，如果说它缺少真诚或者甚至缺少悲剧的味道，那么毛病不是出在题材，而是出在我的写作方法。

这篇故事曾刊登在《芝加哥论坛报》上。后来，一位至今仍在我们这些作者中间搜寻资料的选集编者，给了我四重金色桂冠，或者是类似的赞扬。那位编者先生总是用火山或扮成复仇女神的约翰·保罗·琼斯[①]的鬼魂来处理一些刻板的情节剧。这些情节剧的最初几段都是用亨利·詹姆斯[②]的风格小心翼翼地加以伪装，并暗示下文会有隐秘和微妙的复杂场面出现。例如：

"相当奇妙的是，肖·麦克菲的案子与马丁·萨洛的几乎难以令人置信的态度竟然毫无关系。这是个插曲，至少有三位（目前我们必须姑隐其名）观察家认为，这是很不可能的，等等等等。后来，小说中那个可怜的讨厌鬼终于被迫露面，情节剧就此揭幕。"

黏糊先生 ………………………………… 裘　因　379

这是唯一的一篇在纽约一家旅馆中写成并发表在杂志上的故事。作品是在尼克博克旅馆中完成的。过了不久，那家值得纪念的旅馆就永久地关闭了。

经过了一定的追思期后，它刊登在《时髦人士》上。

山里姑娘杰米娜 ………………………………… 裘　因　392

---

① 约翰·保罗·琼斯（John Paul Jones，1747—1792），美国独立战争时期的海军英雄，多次战胜英舰，俘获敌船。

② 亨利·詹姆斯（Henry James，1843—1916），美国小说家、评论家，晚年入英国籍，主要作品有长篇小说《一位女士的肖像》、《鸽翼》，文学评论《小说的艺术》等。

同《齐普赛街的塔昆》一样，这个故事是我在普林斯顿写的。多年后，这个短篇刊登在《名利场》上。我必须为它的技巧向斯蒂芬·李科克先生[1]表示歉意。

我曾经为它哈哈大笑，特别是刚写的时候，但现在我再也笑不出来了。不过，因为别人告诉我，它很有趣，所以就把它收了进来。我觉得它还可以保存几年，至少在变幻莫测的时尚无聊地完全封杀我和我的著作以及这篇故事之前，仍然如此。

我要为这个不像样的目录表示歉意，我要将爵士时代的这些故事奉献给那些在奔跑中阅读和在阅读中奔跑的人们。

---

① 斯蒂芬·李科克（Stephen Leacock，1869—1944），加拿大作家、政治经济学家，长期在麦吉尔大学任教，写过大量随笔、幽默小品文、小说等。尤以幽默小品文闻名。作品有《文学的失误》、《小镇阳光随笔》等。

最近的回忆

橡皮糖

一

吉姆·鲍威尔是橡皮糖。尽管我很想把他写成一个讨人喜欢的人物，但我觉得在这一点上欺骗你们是可耻的。他是一个本性难移、彻头彻尾、百分之九十九点七五的橡皮糖。他在橡皮糖的季节里懒洋洋地成长。在梅森—狄克森线[①]以南橡皮糖的土地上，每个季节都是如此。

如果你称呼一个孟菲斯[②]人为橡皮糖，他很可能从屁股后口袋中抽出一根结实的长绳，把你吊死在随便哪一根电线杆上。如果你称呼一个新奥尔良[③]人为橡皮糖，他很可能咧嘴一笑，随即问你，谁会带你的姑娘去参加狂欢节最后一天的舞会。产生这个故事主角的那片具体的橡皮糖地带位于上述两者之间的某个地方——一个四万人的小城市。它在佐治亚州南部混混沌沌地沉睡了四万年，在瞌睡蒙眬中偶尔会抖动一下，含糊地提起在某个时候、某个地方发生过一场人们早已忘却的战争。

吉姆是橡皮糖。我再次这么写，是因为这很好听——就像是一篇神话故事的开始——似乎吉姆是个好人。似乎让我觉得他有一张圆圆的、诱人的脸庞，从他的帽子里长出各种各样的花瓣和蔬菜。但是吉姆又高又瘦，由于老是俯身在桌球台上，把腰都弄弯了。在没有种族歧视的北方，可能把他称之为街头流浪者。在整个没有瓦解的南部邦联中，“橡皮糖”就是一生用第一人称演绎着“闲逛”这个动词的那个人——我正在闲逛，我曾经闲逛过，我将要闲逛。

吉姆出生在绿树成荫的街角的一幢白色住宅里。宅前有四根饱经风霜的柱子，宅后有许多斜条木架，为沐浴在阳光中铺满鲜花的草地洒下一层阴影婆娑的背景。原先，这白屋的住户曾经拥有隔壁的、隔壁的隔壁，以及再隔壁的土地。但这已是很久远的事情了。连吉姆的爸爸都记不清了。事实上他认为这件事毫无意义，因此，当他因在争吵中受到枪伤而生命垂危时，都忘了把此事告诉当时只有五岁而且吓破了胆的小吉姆。这幢小白屋成了一个家庭旅馆，由一位从梅肯

---

① 梅森—狄克森线，美国马里兰州与宾夕法尼亚州之间的分界线，即过去美国南方各州与北方各州之间的分界线。

② 美国田纳西州西南部的城市。

③ 美国路易斯安那州东南部一城市。

来的沉默寡言的女士经营着，吉姆称她为玛米姑姑，对她讨厌到了极点。

吉姆长到十五岁，上中学了。他乌黑的头发蓬成一团，还很害怕女孩子。他十分讨厌自己的家。家里的四个女人和一个老头儿，年复一年，无休无止地聊着鲍威尔家原先拥有哪些地块以及明年会长出什么样的花草来。有时，镇上一些小女孩的父母想起吉姆的母亲，并且觉得他们的黑眼睛和黑头发很相像，会请他去参加聚会，但是聚会让吉姆感到羞涩，他更情愿坐在蒂利修车厂里卸下的车轴上掷骰子，或者用一根长长的稻草无休止地在口中拨弄。为了挣零用钱，他打些零工，也正因为如此，他不再去参加聚会了。当他第三次去参加聚会时，小马乔里·黑特不经意地悄悄说了一句，吉姆是个有时要去送杂货的孩子，让人听见了。从此，吉姆再也不去跳两步舞和波尔卡，而是学会了用骰子扔出他想要的任何数字，还听人们讲述过去五十年中周围发生过的各种粗俗的枪击事件。

他长到了十八岁。战争爆发，他应征入伍，当了水兵，在查尔斯顿的海军船坞上擦了一年铜制部件。然后，变动了一下，到了北方，在布鲁克林海军船坞上擦了一年铜制部件。

战争结束，他回家了。当时是二十一岁。他的裤子显得太短、太紧了。他的那双扣钮扣的鞋子又长又窄。他的领带是紫色和粉红色巧妙的组合，很惹眼。在领带上方，两只眼睛是蓝色的，像太阳晒久了的一块结实的旧布，已经褪色了。

在四月一个傍晚的暮色中，一抹灰色的光线扫过棉田和闷热的小镇。此时，吉姆是靠在木栏杆上的一个模糊的人影，正吹着口哨，凝视着挂在杰克逊大街街灯上空的月晕。他脑子里一直在想一个问题，这个问题已经让他想了一个小时了：有人邀请橡皮糖去参加聚会。

早些时候，当时所有的男孩讨厌所有的女孩，克拉克·达罗和吉姆是学校里的同桌。但是，当吉姆进行社交的渴望消失在修车厂油腻腻的氛围中时，克拉克却时而恋爱，时而失恋，后来上了大学，有了酒瘾，又戒掉了，总而言之，成了镇上一个货真价实的花花公子。不过，克拉克和吉姆仍保持着友谊，尽管是漫不经心的，却是肯定无疑的。那天下午，克拉克将那辆老福特开到正在人行道上行走的吉姆身旁，减慢了车速，非常突然地，邀请他去参加乡村俱乐部的一次聚会。克拉克这么做的冲动与吉姆接受邀请的冲动一样奇怪。吉姆很可能是出于下意识的无聊以及有点受惊的冒险感。眼下，他正在认真地思考此事。

他开始边唱歌，边用他的长脚懒散地蹬着人行道上的石板，让它们随着他那低沉的歌声时高时低：

“橡皮糖女王珍妮住在哪里?
离橡皮糖在镇上的家只有一英里。
她掷起骰子，多么欢喜，
骰子，骰子，个个都会帮你。”

他停了一下，然后急速而猛烈地在人行道上蹬了几脚。

“他妈的！”他轻声嘟哝着。

他们都会在那里——那帮老相识。从那幢早就卖掉的白屋子的居住权和挂在壁炉上方身着灰色军装的军官画像来看，吉姆本应该属于那一伙的。但是，就像姑娘的裙子是一英寸一英寸地逐渐加长，小伙子的裤脚管肯定是突然掉到踝骨处一样，那帮人也一起变成了一个紧密的小团体。对于那些互称教名和追逐少年男女之间短暂爱情的一帮人来说，吉姆是个局外人：贫穷白人的一个陪伴。他们中间大多数人都认识他，不过都摆出一副优越的神气。吉姆只对三四个姑娘举帽致意。就是这么回事儿。

当暮色渐渐浓郁成月亮的蓝色背景时，吉姆穿过那闷热而气味强烈的城镇，向杰克逊大街走去。店铺正在纷纷关门，最后的一批购物者都在往家里涌去，就像被一个慢悠悠的旋转木马驱使着似的。远处的街道集市摆着一排五颜六色、令人眼花缭乱的货摊，在夜色中传来阵阵和谐的乐声：汽笛风琴奏着东方舞曲、畸形动物展览前响着忧郁的喇叭声、手摇风琴欢快地奏着《回到田纳西老家》。

橡皮糖在一家商店里逗留了一会儿，买了一只衣领。然后又漫步朝索达·萨姆店走去。在这里他看到店门前在夏季傍晚常常停着的三四辆小汽车，还有一些小黑鬼拿着圣代冰淇淋和柠檬水来回奔跑。

“你好，吉姆。”

有人在他身旁叫了一声。那是乔·尤因，他和马丽琳·韦德一起坐在小汽车里。南希·拉马尔和一个陌生人坐在后座。

橡皮糖迅速举起帽子。

“你好，本……”然后，几乎是不为人觉察地顿了一下，“大家好！”

走过这辆车，吉姆继续从容地朝修车厂走去，厂房楼上有他一个房间。他的“大家好”是对南希·拉马尔说的，他已经有十五年没对她说过话了。

南希有一张像记忆中的吻一样的嘴，蒙眬的眼睛和蓝黑色的头发，那是她那出生在布达佩斯的母亲遗传给她的。以前，吉姆常在街上与她擦肩而过，她总是双手插袋，走起路来像个假小子。吉姆也知道，她同那个从不分离的萨利·卡罗尔·霍珀一起，从亚特兰大到新奥尔良，一路上不知甩了多少伤心的人。

就在那短短的稍纵即逝的几分钟里，吉姆真想跳舞，但他却大笑一声，边哼着歌，边朝家门走去：

“她那果冻卷似的头发揪着你的灵魂，
她有一双浅褐色的大眼睛，
她是橡皮糖女王中的女王——
我的珍妮住在橡皮糖镇上。”

二

九点三十分，吉姆和克拉克在索达·萨姆店门前会合，坐上克拉克的福特车，朝乡村俱乐部驶去。

“吉姆，”当他们嘎啦嘎啦地在散发着茉莉花香的夜色中驶去时，克拉克随便问起，“你靠什么为生？”

橡皮糖顿了一下，思考着。

“嗯，”他终于开口了，“我在蒂利的修车厂楼上有一个房间。下午我帮他修修车，他就免了我房租。有时我开开他的出租车，赚上一点钱。不过我不高兴按时上下班。”

“就这些？”

“嗯，活多的时候，我白天也帮他干，通常是在星期六。不过，我有一项主要的收入，但一般我是不提的。也许你不记得了，我几乎是这个镇上的掷骰子冠军。现在，他们让我从杯子里掷骰子，因为我一旦摸到两只骰子，它们就会为我去滚动。”

克拉克会心地咧嘴一笑。

“我从没学会让它们按照我的想法滚动。但愿有一天你能同南希·拉马尔赌一把，把她所有的钱都赢过来。她会同男孩子们一起掷骰子，输的钱超过了她爸能给她的限度。我偶尔得知，上个月她卖掉了一只漂亮的戒指来还债。”

橡皮糖没有表态。

“埃尔姆街的那幢白屋还是你的吗？”

吉姆摇摇头。

“卖了。卖了个好价钱，要知道它所处的位置在镇上已算不上好地段了。律师让我把钱投入自由公债①。但是玛米姑姑神经错乱了，所以全部利息都用来支付她在大农场疗养院的费用了。”

“嗯。”

“我在内地有个年长的叔叔，我想，一旦我真没钱了，可以去那里。那是个很棒的农场，但周边没有足够的黑鬼干活。叔叔曾让我去那里帮忙。不过，我估计我不会喜欢那地方。他妈的太寂寞了……”他突然打住了。“克拉克，我想告诉你，我很感激你请我出来，不过，你要是能在这里停

① 自由公债（Liberty bonds），第一次世界大战时美国政府发行的战时公债。

车，让我走回镇上去，我会高兴得多。”

“呸！”克拉克哼了一声。“参加些社交活动对你有好处。你不必跳舞，只要走到舞池中去晃两下就行。”

“等等，”吉姆不安地惊呼道，“你不会把我引到那些姑娘跟前，把我扔在那里，弄得我非同她们跳舞不可吧？”

克拉克大笑了一声。

“因此，”吉姆坚决地说，“你要是不发誓不会这么做的话，我就在这里下车，我的两条腿会把我送回杰克逊大街的。”

经过一番争论，两人取得了一致。为了不受到女性的骚扰，吉姆将坐在角落里隐蔽的沙发椅上看热闹，克拉克不跳舞时就过来陪陪他。

所以，十点钟时，橡皮糖就稳重地抱着双臂，两腿交叉地坐在那里了。他尽量摆出很自在的样子，有礼貌地不去关注那些跳舞的人。实际上，他内心非常矛盾，既感到羞涩和不知所措，又对周围发生的一切十分好奇。他看见姑娘们个个像活泼的小鸟，伸着懒腰，拍着翅膀，依次走出化妆间。她们从擦着香粉的肩上回过头去朝她们的护送者送去秋波，迅速地扫一眼屋内的状况，同时还要看清人们对她们入场的反应。然后，她们又像小鸟一样落下来，倚在等待着的庄重的舞伴怀里。眼睛弱视的金发女郎萨利·卡罗尔·霍珀穿着她最喜欢的粉红色服装，像刚刚绽放的玫瑰似的眨着眼睛。

还有马乔里·黑特、马丽琳·韦德、哈里特·卡里，他常看见这些姑娘中午在杰克逊大街上闲逛，现在她们个个都卷了发，擦了发油，并且参照头顶上的灯光将头发染成雅致的色彩，变成了像是刚从店里买来还没干透的粉红色的、蓝色的、红色的，还有金色的德累斯顿瓷器那么精美而奇怪的人物。

吉姆在那里待了半个小时，克拉克多次快活地走过来陪他，却一点也没有让他感到愉快。克拉克每次来就是一句话："喂，老兄，你怎么样？"然后拍一下他的膝盖。有十来名男子同吉姆搭过腔，或者在他身旁逗留过一会儿，但吉姆知道，他们个个对他的到来感到惊讶，他还觉得，有一两个人甚至对此有点不满。但是，到十点半，他那尴尬的情绪突然消失了。一个令人窒息的场面让他完全丧失了常态：南希·拉马尔走出了化妆间。

她穿着黄色的玻璃纱连衣裙，这套服装上有上百个炫目的亮点，三排褶边，背上还有一个大蝴蝶结，弄得她全身散发着某种黑黄相间的磷光。橡皮糖的眼睛睁得大大的，喉咙哽住了。她在门口站了一分钟，等她的舞伴匆匆地赶过去。吉姆认出他就是当天下午同她一起坐在乔·尤因汽车里的那个人。吉姆看见她双手叉腰，低声说了句什么，大笑了起来。那人也发出一阵笑声，让吉姆突然感到一种新的莫名刺痛。某种光芒从两人中间闪过。那是片刻之前曾让吉姆感到温暖的那道阳光射出的美丽。橡皮糖突然感到自己像是长在阴暗处的杂草。

一分钟之后，克拉克双眼闪烁、满面红光地朝他走来。

“喂，老兄，”他还是老一套，“你怎么样？”

吉姆答道，他就那样。

“你跟我来，”克拉克命令道，“我弄到了能让今晚出彩的东西。”

吉姆笨拙地跟着他穿过舞池，走到楼上的衣帽间，在这里，克拉克拿出了一瓶没有名称的黄色液体。

“很棒的陈年玉米威士忌。”

侍者端来了一盘姜汁酒。除了矿泉水，“很棒的陈年玉米威士忌”这样的烈性酒还需要一些伪装。

“你说，伙计，”克拉克气喘吁吁地说，“南希·拉马尔很漂亮吧？”

吉姆点点头。

“非常漂亮，”他表示有同感。

“今晚她打扮得太完美了，”克拉克接着说。“看到那个同她在一起的家伙了吗？”

“那个大个子？穿白裤子的？”

“是啊。嗯，那是从萨凡纳来的奥格登·梅里特。老梅里特是制造梅里特安全剃刀的。这家伙疯狂地爱上了南希，追了她整整一年了。”

"她是个放肆的姑娘，"克拉克接着说，"但我喜欢她。人人如此。不过她的确出过一些疯狂的花招，通常还能安全地脱身。但是她干的那些事把她弄得声名狼藉。"

"是吗？"吉姆将酒杯递了过去。"这玉米威士忌味道很好。"

"不错。喔，她很放肆。还掷骰子，知道吗，伙计！而且很喜欢掺了姜汁酒的威士忌。我已经答应，一会儿给她一杯。"

"她爱上这个……梅里特了吗？"

"鬼才知道。这里的好姑娘似乎都会嫁到外地去。"

他又为自己斟了一杯，小心地把瓶子盖上了。

"听着，吉姆，我得去跳舞了。只要你不跳舞，就把这瓶酒放在你屁股口袋里，我会很感激的。如果有人发现我喝了酒，就会走上来问我，没等我反应过来，酒就会喝完，别的什么人就该享受我的快乐了。"

这么说，南希·拉马尔要出嫁了。整个镇都爱慕的一个人将成为穿白裤子的那个人的私有财产了——而且这仅仅是因为穿白裤子那人的父亲制造出来的剃刀比邻居强。在他们下楼时，吉姆觉得这个念头让他感到说不清的难受。他平生第一次感到了一种蒙胧而浪漫的渴望。他的脑海中开始出现她的形象——南希像假小子似的、快活地在街上走着。抽税似的从虔诚的水果商那里拿一只橘子，根据虚构的理由在索达·萨姆店里索取软饮料，纠集一帮花花公子，然后热热闹闹地驱车去挥霍、歌唱一下午。

橡皮糖走到走廊上一个暗暗的、无人的角落里。那是草地上的月光和舞厅唯一一扇房门中的光亮都照不到的地方。他在那里找到了一张椅子，点燃了一支香烟。陷入了他常有的虚无缥缈的沉思。然而，此时此刻，夜色和潮兮兮的粉扑发出的热乎乎的气味，让他的沉思充满了快感，这些粉扑塞在低领的连衣裙前面，散发出上千种香味，飘过敞开的房门。音乐在高音长号的带动下，变得热切而蒙眬，懒洋洋地为许多双皮鞋和凉鞋蓬嚓嚓地伴奏着。

突然，一个黑影遮住了从房门射出的方形黄色亮光。一位姑娘走出化妆间，站在走廊上，离他不到十步之遥。吉姆听见了低低的一声“他妈的”。 接着她转过身来，看见了吉姆。那是南希·拉马尔。

吉姆站了起来。

“你好！”

“你好……”她停了一下，迟疑了一会儿，然后走了过来。“啊，是……吉姆·鲍威尔。”

他微微欠了下身子，试图想出一句随意的话来搭腔。

“你觉得，”她迅速开口说，“我是说，你知道口香糖吗？”

“什么？”

“我的鞋子粘上了口香糖。哪一个蠢驴把他的，或者她的口香糖吐在地板上，我当然就踩上去了。”

吉姆不合时宜地涨红了脸。

“你知道怎么能擦掉它吗？”她急躁地问道。“我用小刀试过。我用化妆间里的每一样鬼东西都试过了。我试过肥皂和水……甚至香水，我还想用粉扑去粘它，结果把粉扑也毁掉了。”

吉姆有点焦虑地思考着这个问题。

“嗯 ……我想，也许汽油……”

他的话刚出口，南希就抓起他的手，匆忙地拉着他离开了低矮的阳台，越过花坛，飞快地奔向在月色中停在高尔夫球场第一洞旁边的几辆汽车。

“放汽油，”她气急败坏地命令说。

“什么？”

“当然是为了口香糖。我必须去掉它。粘着口香糖，我没法跳舞。”

吉姆顺从地朝汽车转过身去。为了得到想要的溶剂，他开始观察这些汽车。哪怕她要汽缸，他也会尽量给拧一个下来。

“有了，”他找了一会儿说。“这个比较好弄。有手绢吗？”

“在楼上，已经弄湿了。我用它来蘸肥皂水了。”

吉姆费劲地在自己的口袋里搜寻。

“我想我也没有。”

“他妈的！不过，我们可以打开它，让油流到地上。”

吉姆拧开了喷口，汽油开始往下滴了出来。

“多一点！”

吉姆开大了一些。汽油开始流淌，形成了一个闪闪发光的油坑，在油坑颤动的中央映射出十来个抖动的月亮。

“啊，”南希满意地叹了口气，“全放出来。只要在里面走一下就行了。”

吉姆不顾一切地把龙头开大，那小坑突然扩大了，朝四面八方淌出了小溪和细流。

“太好了。这才像回事。”

她撩起裙子，优雅地踩了进去。

“我知道，这样可以去掉它，”她喃喃地说。

吉姆微微一笑。

“还有很多车呢。”

南希轻巧地从汽油中跨了出来，开始在汽车的踏板上刮她的鞋帮和鞋底。橡皮糖再也忍不住了。他爆炸似的笑弯了腰，一秒钟后，她也大笑起来。

“你是同克拉克·达罗一起来的，是吗？”当他们朝着阳台走回去时，南希问道。

“是的。”

“你知道他现在在哪儿吗？”

“我想是在那里跳舞。”

“见鬼。他答应给我喝一杯威士忌的。”

“嗯，”吉姆说。“我想那没事儿。他的酒瓶就在我裤兜里。”

她灿烂地朝他一笑。

“我想，你也许需要些姜汁酒，”他又说。

“我才不要呢。只要酒瓶。”

“肯定吗？”

她轻蔑地大笑一声。

“你考验我一下好了。任何男人能喝的，我都能喝。咱们坐下吧。”

南希挺直了身子，坐到一张桌子旁，吉姆就靠在她身旁的一张藤椅里。她拿掉了瓶塞，将酒瓶凑到唇边，喝了一大口。吉姆入迷地望着她。

“好喝吗？”

南希气喘吁吁地摇摇头。

“不，但是我喜欢它给我的感觉。我想多数人都是这样的。”

吉姆表示同意。

“我爸爸太喜欢喝了。喝上了瘾。”

“美国男人不知道该如何喝酒，”南希一本正经地说。

"什么，"吉姆吃了一惊。

"事实上，"南希漫不经心地接着说，"他们什么都做不好。没有出生在英国，是我终生的遗憾。"

"在英国？"

"是的，没有出生在那里，是我一生的遗憾。"

"你喜欢那里？"

"是的，太喜欢了。我自己从未去过那里，但是我遇到过许多来这里的英国军人、牛津和剑桥人，你知道，那就像这里的西沃恩[①]和佐治亚大学……当然，我还看过许多英国小说。"

吉姆感到有趣和诧异。

"你听说过黛安娜·曼纳斯夫人吗？"她认真地问道。

没有，吉姆没听说过。

"唉，我就想成为她那样的人。乌黑的头发，你知道，就像我一样，而且狂得不得了。她会骑着马登上天主教堂或者基督教堂或者别的什么地方的台阶，她就是那种女孩子。后来，所有的小说家都让他们的女主角这么放肆。"

吉姆礼貌地点点头。他无法理解。

"把酒瓶给我，"南希说。"我还想喝一小口，喝一点酒不会伤害一个姑娘的。"

① 西沃恩（Sewanee），学校名。

“你知道，”她接着说，呷了一口酒，又让她喘不上气来了。“那里的人有风度。这里的人都没有风度。我是说，不值得为这里的小伙子去打扮，或者干一些轰动一时的事情。你知道吗？”

“我想，是的，我是说，我想不是这样的。”吉姆嘟哝了一句。

“而我什么都想干。我是镇上唯一的一个真正有风度的姑娘。”

她伸展着双臂，愉快地打了个呵欠。

“夜晚很美。”

“确实不错，”吉姆表示同意。

“我想划船，”南希神情恍惚地说。“想在银色的湖面上荡漾一番。例如在泰晤士河上。喝着香槟，吃着鱼子酱三明治。有那么八个人，其中一个男人会跳下船去逗大家快乐，结果淹死了，就像有人曾经为黛安娜·曼纳斯夫人所做的那样。”

“他这么做是为了讨黛安娜·曼纳斯夫人的欢心？”

“他并不是想用淹死的办法来讨她的欢心。他只是想从船舷上跳下来，逗大家乐一阵。”

“我想，他淹死的时候，大家正笑得要死了。”

“噢，我想他们笑了一小会儿，”南希承认。“我想，无论如何，她笑了两声。她的心肠相当硬，我想……就像我一样。”

“你心肠硬吗？”

“硬得像钉子。”她又打了个呵欠，接着说，“再让我从那瓶子里喝一口。”

吉姆犹豫了一下，但是南希挑衅地伸出了手。

“不要把我当成小姑娘，”南希警告他说。“我不像你曾见过的任何一个姑娘。”她想了一下。“不过，你可能是对的。你是……你是少年老成。”

她跳了起来，朝房门走去。橡皮糖也站起身来。

“再见，”她客气地说，“再见！谢谢，橡皮糖。”

她随即走进屋去，将睁大双眼的吉姆留在走廊上。

三

十二点钟，一些身披斗篷的女子从化妆间鱼贯而出，个个身边都有一名身穿大衣的花花公子，就像是在舞池中相遇的舞伴一样；他们带着睡意蒙眬的愉快的笑声晃悠悠地出了房门，穿出门，向夜色中走去；一辆辆汽车在那里往后倒车，发出阵阵喷气声。大家相互打着招呼，围到冷水桶旁。

坐在角落里的吉姆，站起身来去寻找克拉克。他们曾于十一点钟遇见过。过后，克拉克就跳舞去了。因此，吉姆跑到原来是酒吧的饮料店去找他。屋子里空荡荡的，只剩下一个困倦的黑人在柜台后面打盹，还有两个小伙子懒洋洋地在一张桌子上拨弄着一对骰子。吉姆正想离去，却看到克拉克走了进来。克拉克正好也抬头看了一眼。

“喂，吉姆，”他命令道，“过来帮我们喝了这瓶酒。我想，没留下多少了，但是还够喝一轮的。”

南希、那个萨凡纳人、马丽琳·韦德和乔·尤因都在门口懒洋洋地放声大笑着。南希迎住了吉姆的目光，朝他幽默地眨了下眼。

他们走过去，围在一张桌旁，等服务员送姜汁酒上来。吉姆感到有点尴尬，看了一眼南希，她已经同两个小伙子在另一张桌旁玩起了五分钱一盘的掷骰子游戏。

“把他们叫过来，”克拉克说。

乔朝四周扫了一眼。

“不要叫上那么多人。这是违反俱乐部章程的。”

“旁边没有人，”克拉克坚持说。“只有泰勒先生。他正像疯子似的来回晃悠，想找出是谁把他车子里的汽油全放掉了。”

响起一阵哄堂大笑。

“我敢打赌，南希的鞋上一定又粘上了什么。她要是在旁边，你就不能泊车。”

“喂，南希，泰勒先生在找你！”

南希正激动地赌得满脸通红。“我有两个星期没看见他那辆小破车了。”

吉姆突然感到一阵沉默。他转过身去，看到一个年龄不明的人正站在门口。

克拉克说话的腔调显得很尴尬。

“你不过来一起喝一杯吗，泰勒先生？”

“谢谢。”

泰勒先生不受欢迎地坐到一张椅子上。“恐怕只能这样了。我在等人给我弄一点汽油来。有人在我车上做了手脚。”

他眯起双眼，迅速地把每个人打量了一番。吉姆想知道他刚才在门口听到了什么，试图回想起当时说的事情。

“今晚我运气很好，”南希得意地说。“我赌了四个辅币[①]！”

“我同你赌！”泰勒先生突然说。

“喔唷，泰勒先生，我过去不知道你也掷骰子，”南希看到他坐下来后立即下了与她相同的赌注，感到十分高兴。自从那晚她断然拒绝了他相当明显的挑逗之后，他们两人公开流露出厌恶对方的情绪。

“好吧，孩子们，为你们的妈妈干吧！只要小小的七

① 辅币（bit）［美俚］，为一角二分半美元。

点。”南希在低声哄着骰子。她勇敢地放手一掷，将它们滚到桌子上。

“啊哈！我就知道。现在再赌一美元。”

五盘下来，她都赢了。泰勒输得很惨。南希是带着个人意气进行这场赌博的，每赢一次，吉姆就看到她脸上掠过一抹得意的神情。她每掷一次就加码一倍——这样的运气是难以持久的。

“还是慢慢来，”吉姆胆怯地提醒她。

“啊，可是瞧这一次，”她悄声说。骰子投的是八点，而她正确地猜到了这个数字。

“小艾达，这次我们要去南方。”

来自迪凯特的艾达，把桌上所有的赌注都接了过去。南希涨红了脸，有点歇斯底里，但是她的运气还在。她一再提高赌注，不肯刹车。泰勒用手指弹着桌子，但他还是坚持赌下去。

这次，南希赌了一个十点，输了。泰勒急切地抓起骰子。他不声不响地扔下去，在紧张的沉寂中，只听得一颗颗骰子掉在桌上的声音。

现在南希又拿到了骰子，但是她的运气毁了。过了一小时，骰子来回掷着。泰勒又得手了，而且是一次又一次地得手。他们终于打成了平手——南希输掉了她最后的五美元。

“你愿意接受我五十美元的……”南希快速地说道，“支票吗？我们全赌上。”她的声音有点恍惚，取钱时手有点发抖。

克拉克同乔·尤因交换了一个疑惑而又惊讶的眼神。泰勒又掷了一次。他赢走了南希的支票。

“再赌一次怎么样？”南希疯狂地说。“所有银行的钱都算上，也就是各地的钱都算上。”

吉姆知道，他给她喝的“很棒的陈年玉米威士忌”——她喝过的那“很棒的陈年玉米威士忌”在起作用。他真想大胆地干预一下，在那种年纪和处境的女孩子很少会有两家银行的存款的。当时钟敲响两点时，他再也忍不住了。

“我能……你能让我为你掷一次吗？”他说，他那低沉的、懒洋洋的声音显得有点紧张。

南希突然变得睡意蒙眬和无精打采了。她将骰子扔到他面前。

“好吧……老兄！正如黛安娜·曼纳斯夫人所说，‘掷吧，橡皮糖’——我的运气没了。”

“泰勒先生，”吉姆漫不经心地说，“我们用现金赌那里的一张支票。”

半小时以后，南希摇摇晃晃地走过来，拍了拍他的背。

“你把我的运气偷走了，真的，”她一本正经地点着头。

吉姆赢得了最后一张支票，然后把它同其他支票放在一起，撕成彩色的纸屑，撒了一地。有人开始唱歌，南希把椅子往后一踢，站起身来。

“女士们，先生们，”她大声宣布，“女士们……喂，是你，马丽琳。我要告诉全世界，吉姆·鲍威尔先生，这个城里有名的橡皮糖，对于那个‘赌桌上得意，情场上失意’的流行规则来说，是个例外。他在掷骰子上是幸运的，而且其实我……我*爱*他。女士们，先生们，南希·拉马尔，常常作为年青一代中最受欢迎的一员（在这种情况下，人们也常常如此称呼其他女孩子），登载在《先驱报》上的著名黑发美女，要宣布……无论如何要宣布，先生们……”她突然晃了一下。克拉克抓住了她，让她站稳了。

“我的错误，”她大笑了一声，“她堕落……堕落到……不管怎样……我们要为橡皮糖干杯……吉姆·鲍威尔先生，橡皮糖之王！”

几分钟之后，吉姆手捧着帽子，在南希刚才来找汽油的那条走廊的同一个阴暗的角落里等着克拉克。这时，南希突然出现在他身旁。

“橡皮糖，”她说，“你在这儿吗，橡皮糖？我想……”她那微微摇曳的身躯就像迷人的梦境一般——“我想，为了此事，你值得我最甜蜜的一吻，橡皮糖。”

她的双臂霎时围住了他的脖子，她的嘴唇贴到了他的嘴唇上。

“我在世上是个放任的家伙，橡皮糖，你却帮了我一个大忙。”

说完，她就走了，沿着走廊，朝那蟋蟀叫得嚁嚁嚁嚁、闹成一片的草地走去。吉姆看到梅里特从前门出去，生气地对南希说了些什么，又看到她大笑一声，转过身去，避开了他的目光，朝他的汽车走去。马丽琳和乔懒洋洋地哼着关于一个爵士小孩的歌曲，跟在后面。

克拉克走了出来，在台阶上追上了吉姆。“我想，一切都明白了，”他打了个呵欠。“梅里特情绪很坏。他肯定会离开南希。”

在高尔夫球场东面的上空，一抹浅灰色展现在夜色中。随着引擎的加热，坐在车上的人们开始齐声歌唱。

“大家晚安，”克拉克喊道。

“晚安，克拉克。”

“晚安。”

歇了一会儿，有一个温柔悦耳的声音又说了一句：

“晚安，橡皮糖。”

汽车“嗖”的一声开了出去。马路对面农庄里的一只公鸡孤独而悲哀地啼了起来。在他们身后，最后一名黑人侍者关掉了走廊里的灯火。吉姆和克拉克朝福特车走去。他们的鞋子在砾石的车道上发出沙哑的嘎吱嘎吱的声音。

“喂，老兄！”克拉克轻声叹了口气，“你是怎么掷那些骰子的！”

天色仍很暗，所以他看不清吉姆瘦削的双颊上的红晕，他也不知道，这是吉姆从未有过的一种羞愧的表情。

四

在蒂利修车厂的楼上，有一间破旧的小房间。整天只听得楼下汽车的轰隆声和喷气声，还有洗车的黑人在楼外用水龙管冲洗汽车时的歌声。这是一个阴暗的房间，里面有一张床和一张破桌子，桌上放着五六本书：乔·米勒[1]的旧版书《驶过阿肯色州的慢车》、《露西尔》，上面有许多古老书写体的注释；哈罗德·贝尔·赖特[2]的《世界的眼睛》，还有英国教会的一本古老的祈祷书，在扉页上写着艾丽斯·鲍威尔的名字和一八三一年的日期。

橡皮糖走进修车厂时，东方的天色还是灰暗的，等他打开唯一的一盏电灯时，东方的天空已变成了瑰丽而鲜艳的蓝色。他又把灯关了，走到窗口，将双肘倚在窗台上，凝视着

① 乔·米勒（Joe Miller，1684—1738），英国喜剧演员，演过《哈姆雷特》中的第一掘墓人等角色。死后以他的名字出版《乔·米勒笑话集》，实际仅有三则笑话由他所述。

② 哈罗德·贝尔·赖特（Harold Bell Wright，1872—1944），美国通俗小说家，主要著作有：《山冈上的牧羊人》（1907）、《丹·马修斯的呼声》（1909）等。他的故事涉及爱情和冒险，强调恪守道德。他的作品曾十分畅销；《巴巴拉·沃思的胜利》（1911）一书在25年中销了150万册。

熹微的晨光。随着他情感的苏醒，他首先感觉到的是一种无奈，对自己极其暗淡的人生隐隐地感到痛心。他的周围突然冒出一堵墙，把他圈住了，这堵墙就像他那空荡荡的房间里的白色墙壁一样真切和实在。当他觉察到这堵墙时，过去他生命中一度有过的浪漫、随心所欲、无忧无虑、挥霍无度以及奇妙的慷慨之情，都渐渐地淡去了。那个在杰克逊大街上一面哼着小曲、一面晃悠的橡皮糖，那个家家店铺老板和沿街摊主都认识的橡皮糖，那个随意跟人打诨插科的橡皮糖，那个仅仅是为了忧愁和打发时光而显得忧愁的橡皮糖——那个橡皮糖突然消失了。这个诨名本身就是一种斥责，一种轻视。经过一番反省，他知道，梅里特一定藐视他，连南希在晨曦中的吻也不会引起妒忌，只会引起他对南希如此贬低自己的蔑视。从他这方面来说，橡皮糖只是为南希使出了从修车厂学到的一种肮脏的招数。他是南希的道德清洁剂，污点该由他来承受。

当灰色天空渐渐变蓝，阳光射进整个房间时，吉姆跨过房间，朝床前走去，使劲抓住了床边，重重地倒在床上。

“我爱她！”他大声喊道，“天哪！”

话一出口，橡皮糖心里就咯噔了一下，就像嗓子眼里的一块东西融化了似的。天空清澈了，东方既白，阳光四射。吉姆翻身趴着，将头埋在枕头里，低声抽泣起来。

在三点钟的阳光下，克拉克·达罗的车正费劲地沿着杰克逊大街嘎吱嘎吱地行驶，站在路旁的橡皮糖，手指插在背心口袋里，朝他打了个招呼。

“你好！”克拉克喊着，令人惊讶地将福特车停到路边。“刚起床？”

橡皮糖摇摇头。

“根本没睡。觉得有点心神不定，所以今天上午我到乡下去兜了一大圈，刚进城。”

“我就知道你会感到心神不定。我整天也是这种感觉……”

“我想离开这里，”橡皮糖沉浸在自己的思绪中，接下去又说。“我在考虑去农场，帮邓恩叔叔减轻一点负担。我想，我晃荡得太久了。”

克拉克没吱声，橡皮糖接着说：

“我想，也许，玛米姑姑死后，我能把我的那些钱投到农场里，派点用场。我的家人最初都是从那里来的。当时的家业很大。”

克拉克好奇地望着他。

“真有趣，”他说，“这……这种情绪同样影响着我。”

橡皮糖迟疑了一会儿。

“我不知道，”他开始慢吞吞地说，“昨天晚上那位姑娘谈到一位夫人，名叫黛安娜·曼纳斯，一位英国夫人。对那位姑娘讲的一些事……我思考了一番！”他停顿了一下，抬头古怪地望着克拉克，“过去我是有家的，”他挑衅地说。

克拉克点点头。

“我知道。”

“我是家里的末代子孙，”橡皮糖接着说，略微提高了一点嗓门，“可我一钱不值。人们用软糖来称呼我——又软，又不成形。当我家人很有钱时，有些人什么也不是。可是，现在，这些人在路上遇见我时却把鼻子翘得老高。”

克拉克还是一声不响。

“我受够了。我今天就走。等我再回到这镇上时，我要像个绅士。”

克拉克掏出手帕，擦了擦汗湿的额头。

“我想，受到震动的不仅是你一个人，”他郁闷地承认。“姑娘们目前的这种行为很快就会结束的。这也太糟了，不过人人都得这么理解。”

“你是不是说，”吉姆惊讶地问，“一切都给泄漏出去了？”

“泄漏出去？他们怎么能保密。今晚的报纸就会刊登的。拉马尔医生得设法挽救他的名誉。”

吉姆将双手放在汽车边上，长长的手指紧紧地抓住车身的金属板。

“你是说，泰勒去调查那些支票了？”

现在该轮到克拉克吃惊了。

“你没听说发生了什么事儿吗？”

吉姆惊讶的眼神就是很好的回答。

“唉，”克拉克夸张地说，“那四个人又搞到了一瓶玉米威士忌，喝醉了，决定去吓唬吓唬镇上的人，所以南希和那个叫梅里特的家伙今晨七点在罗克维尔结婚了。”

在橡皮糖的手指下，车身的金属板上出现了轻轻的一道凹痕。

“结婚了？”

“绝对没错。南希酒醒以后，哭喊着冲回镇上，吓得要死。她说，这一切都是个错误。起初，拉马尔医生气疯了，要去宰了梅里特。后来，他们平静了一点。南希就和梅里特乘上两点半的火车，去萨凡纳了。”

吉姆闭上了双眼，竭力克制着突现的懊丧。

“太糟了，”克拉克很达观地说。“我不是说婚礼，我猜，婚礼还是不错的，不过我觉得南希一点儿也不稀罕他。但是一个好女孩儿如此伤害她的家人是可耻的。”

橡皮糖松开了汽车，转过身去。他内心再次出现一种心情，那是一种无法解释但几乎是化学的变化。

“你去哪儿？”克拉克问。

橡皮糖转过身来，阴郁地回头望去。

“我得走，”他嘟哝道。“待得太久了；感到很厌倦。”

"噢！"

三点钟时，街上十分炎热，四点钟，热得更加厉害。四月天的尘埃似乎蒙住了太阳，然后再将它释放出来，好像对所有的下午都开着这样古老的玩笑。但是到了四点半，周遭却一片静谧，遮阳篷和枝叶茂盛的树木下的阴影拉长了。在这样炎热的天气里，一切都无所谓了。气候就是一切生命，人们等着度过一切都无所谓的炎热，期待着凉爽的空气会像女人温柔而爱抚的小手放到疲乏的额上一样。在佐治亚州，人们感到——也许是一种难以言传的感情——这就是南方人最英明的智慧。因此，过了一会儿，橡皮糖就走进杰克逊大街上的一家台球房，在这里他肯定能找到一群趣味相投的伙伴，他们会开各种各样古老的玩笑——他早已熟悉的那些玩笑。

裘　因译

骆驼的后背

一

当疲劳的读者那呆滞的目光在这个题目稍停片刻时，会以为这只是一种隐喻。所有关于杯子、嘴唇、假便士和新扫帚的故事，很少是与杯子、嘴唇、假便士或扫帚有关的。这个故事是个例外。它讲的是一个实实在在的、看得见的、与生活中一样大小的骆驼的后背。

我们要从脖子开始一直讲到尾巴。我要请你认识一下佩里·帕克赫斯特先生。他二十八岁，是位律师，托莱多人。佩里的牙齿很漂亮，他有一张哈佛文凭，头发是从中间分开的。你以前曾经见到过他——在克利夫兰、波特兰、圣保罗、印第安纳波利斯、堪萨斯市等地。纽约的贝克兄弟在半年一次横穿西部的活动中会停下来为他定制衣服；蒙特莫伦西公司每三个月会飞快地派一个年轻人来确保他鞋上有正确数量的小刺孔。目前他有一辆家用跑车。如果他活的时间够长，还会有一辆法国跑车。如果坦克变得时髦的话，无疑还会有一辆中国坦克。他看上去就像广告里用涂抹油擦着晒黑的胸膛，每隔一年去参加一次班级聚会的那个年轻人。

我要你认识一下他的心上人。她的名字叫贝蒂·梅迪尔。她要是拍电影，也是很上镜的。她父亲每月给她三百美元置装费。她的眼睛和头发是茶色的。她拥有五种颜色的羽毛扇。我还要向你介绍一下她的父亲，赛勒斯·梅迪尔。尽管他看上去是有血有肉的，但奇怪的是，在托莱多，人们通常称他为铝人。不过当他与两三个铁人、白松木人和黄铜人一起坐在俱乐部窗旁时，他们看上去同你我一个样，如果你懂得我这话的意思，甚至有过之而无不及。

眼下是一九一九年圣诞节，在这些日子里，仅仅是那些有头有脸的人，就在托莱多举行了四十一次晚宴、十六次舞会、六次有先生和女士们参加的午宴、十二次茶会、四次男子晚餐、两次婚礼和十三次桥牌聚会。这一切活动积聚下来的影响，促使佩里·帕克赫斯特在十二月二十九日做出了一个决定。

这位梅迪尔小姐既想嫁给他，但又不肯嫁给他。她的日子过得十分愉快，不愿意走出这命里注定要跨出的一步。此时，他们之间的秘密婚约已经延续了很长时间，由于分量太重，似乎任何一天都可能被毁掉。一个名叫沃伯顿的熟悉内情的矮个子劝佩里去逼她一下：领上结婚许可证，到梅迪尔家去告诉她，要么她立刻嫁给他，要么彻底废除婚约。因此佩里就去了，献上了他的心、他的结婚许可证和他的最后通牒。结果，五分钟之后，他们就处在激烈的争吵中，就像一切长期战争和长期婚约快结束时偶尔会发生的那种公开吵架。这就造成了一种可怕的失误。此时两个相爱的人立即停止了脚步，冷静地望着对方，觉得一切都错了。过后，他们通常会怯生地接吻，并且向对方说，一切都是自己的错。说，这是我的错！说啊！我要听你说！

但是和解的气氛刚出现，两人在某种程度上还在拖延这一刻，以便当和解到来时他们能更加性感、更加动情地享受它。此时一位饶舌的姑姑打了个二十分钟的电话给贝蒂，从而彻底打断了他们的对话。在十八分钟以后，佩里·帕克赫斯特在骄傲、疑虑和受损的尊严的驱动下，穿上了他的毛皮长大衣，拿起他浅棕色的软帽，走出了房门。

“一切都完了，”他断断续续地说着，试图将他的车速换成头挡。“全完了——哪怕我得同你争上一小时，也没用了，见鬼！”最后一句是对车说的，因为它已经停了好一阵子，全冷了。

他朝市中心开去——就是说，他开进了一条将他带往市中心的雪路。他没精打采地深陷在座位上，沮丧得根本不在乎自己是在往哪里开去。

在克拉伦顿旅馆门前，一个名叫贝利的坏家伙从人行道上向他打了个招呼，此人长着一副大牙，住在旅馆里，从未谈过恋爱。

“佩里，”当跑车驶到他身旁，在路边停下时，那个坏家伙轻声说。“我弄到了六夸脱你曾经尝过的最棒的无泡香槟。佩里，如果你上楼帮我和马丁·马西一起喝，那么三分之一就是你的了。”

“贝利，”佩里紧绷着脸说。“我会喝你的香槟，我会喝得一滴不剩。哪怕杀了我，我也不在乎。”

“闭嘴，你这个傻瓜！”那坏家伙从容地说。“他们在香槟里是不放甲醇的。这种酒能证明世界已有六千多年的历史。它古老得连瓶塞都成化石了。得用石钻才能将它拉出来。”

“带我上去吧，”佩里忧郁地说。“如果那瓶塞看得见我的心，那么仅仅是因为伤心，它也会掉出来的。”

楼上的房间里挂满了旅馆里的那些无伤大雅的图片，一些小姑娘吃着苹果，坐在秋千上，在对狗说话。其他的装饰是一些领带和一个穿粉红色衣裳的男人在对一些穿着粉红色紧身衣的女士们读着一张粉红色的报纸。

“当你必须上高速公路和岔道时……”那个穿粉红色衣裳的男人说着，用谴责的目光扫了贝利和佩里一眼。

“你好，马丁·马西，”佩里简短地说，“那石器时代的香槟在哪儿？”

“忙什么？又不是动手术，懂吗？这是聚会。”

佩里忧郁地坐了下来，不以为然地望着所有的领带。

贝利从容地打开柜子，拿出六只漂亮的酒瓶。

“把那该死的毛皮大衣脱了！”马丁·马西对佩里说。“难道你想让我们打开所有的窗子吗？”

“把香槟给我，”佩里说。

“今晚去汤森家的马戏舞会吗？”

“我不去！”

“接到邀请了？”

“嗯。”

“为什么不去？”

“我讨厌聚会，”佩里喊道。“我讨厌它们。我参加过太多的聚会，让我感到厌烦了。”

“也许你会去霍华德·塔特家的聚会？”

“不，我对你说，我讨厌聚会。”

“好吧，”马西安慰他说，“反正塔特家的聚会只是为大学生们举办的。”

“我对你说……”

“我还以为你无论如何会去参加其中一个聚会的。我从报上得知，这个圣诞节你从未错过一次聚会。”

“嗨，”佩里愁眉苦脸地咕哝了一声。

他再也不去参加任何聚会了。他脑海中浮现出一些经典的词句——他生活中的那一面已经关上了，关上了。当一个男人这么说“关上了，关上了”，一定是某个女人，可以这么说，将他彻底地抛弃了。佩里还在考虑另外一个经典的想法：自杀是多么懦弱的表现。这种想法很高尚，既温暖又鼓舞人心。如果自杀不是如此懦弱的表现的话，想想我们会失去多少优秀的男人！

再过一小时就是六点钟了，佩里已经一点不像涂抹油广告中的那个年轻人了，倒像为彩色卡通打的草稿。他们正在唱歌，是贝利创作的一首即兴歌曲：

“傻瓜佩里是客厅里的一条蛇，

全城都知道他如何喝茶；

他摆布着它，玩弄着它，

不声不响地喝着它，

将茶具放到铺在他那受过训练的膝盖上的餐巾上面。”

“麻烦的是，”佩里说。他刚用贝利的梳子梳了自己的头发，正在把一条橘黄色的领带围到头上，想扮成恺撒大帝。“你们这些家伙一点儿也不会唱。等我一不唱这个调，开始唱男高音时，你们也就开始唱男高音了。”

“我是天生的男高音，”马西认真地说。“只不过是嗓子缺乏训练。我姑姑常说，我天生有副好嗓子，是天生的优秀歌唱家。”

“歌唱家，歌唱家，全是优秀的歌唱家，”贝利说。他正在打电话。“不，不要歌舞表演；我要卖夜宵的人。我要找一个他妈的有吃食——食品的职员！我要……”

“恺撒大帝，”佩里说着，转身离开了镜子。“一个具有钢铁意志和坚定决心的人。”

“闭嘴！”贝利大声喊道。“就说是贝利先生。送一份丰盛的晚餐。动一下你的脑子。马上！”

他费劲地将听筒放到挂钩上，然后紧闭着嘴唇，眼里带着十分庄重的神色走向衣橱下面的抽屉，把它打开了。

“瞧！”他说，手中拿着一件改短了的粉红色格子布衣服。

“裤子，”他低沉地说，“瞧！”

那是一件粉红色的女式衬衣，一条红领带，还有一个巴斯特·布朗牌的硬领。

“瞧！”他又说了一遍。“为汤森家的马戏舞会准备的服装。我是为大象送水的娘娘腔的男子。”

佩里不由自主地受到了感染。

“我要当恺撒大帝，”他一本正经地想了一会儿后说。

“我还以为你不去呢！”马西说。

“我？我当然去了。从不错过一次聚会。这对神经有益——像芹菜一样。”

“恺撒大帝！”贝利嘲讽说。“不能当恺撒！他与马戏无关。恺撒是莎士比亚的作品。去当个小丑吧。”

佩里摇摇头。

“才不呢，要当恺撒。”

“恺撒？”

“当然了。战车。”

贝利顿时领悟了。

“对了。好主意。”

佩里用搜索的目光朝房内一扫。

“你借给我一件浴衣和这个领结，”他最后说。

贝利考虑了一会儿。

“不行。”

“当然行。我就需要这些。恺撒是一个暴君。如果我扮成恺撒，而他又是个暴君，他们是不能反对的。”

“是的，”贝利慢悠悠地摇着头说。“到服装店去弄一套服装。去诺拉克那里。”

“关门了。”

“试试看。”

茫然地过了五分钟，电话传来的一个细细的、有气无力的声音终于让佩里相信，他就是诺拉克。这次，为了汤森家的舞会，他们的店要到八点才打烊。佩里确认之后，吃了大量的嫩牛肉片，把最后一瓶香槟喝掉了三分之一。八点十五分时，一个戴着高帽子站在克拉伦顿旅馆门前的人，看见佩里在发动他的跑车。

“冻住了，”佩里懂行地说。“冷空气把车给冻了。冷空气！”

“冻住了，是吗？”

“是的。冷空气把它给冻住了。”

“发动不起来了？”

“是的。就让它停在这里，等到夏天再说吧。八月的大热天会让它完全解冻的。”

“想让它停在这里？”

“当然了。让它停着。只有发烧的小偷才能把它偷走。给我叫一辆出租车。”

戴着高帽子的人叫来了一辆出租车。

“去哪里，先生？”

“诺拉克服装店。”

二

诺拉克太太身材矮小，看上去很笨拙。世界大战结束时，她曾一度属于某个新民族。但由于欧洲局势不稳，她从此就无法肯定自己是哪个民族的人了。她和丈夫经营的那爿店铺是晦暗而阴沉的，里面堆满了盔甲、中国马褂，还有吊在天花板底下的一些巨大的 papier-mâché[①] 鸟。阴暗的后墙边有几排没有眼睛的面具在张望着来客。一些玻璃盒里装满了皇冠、节杖、珠宝和巨大的胃托，还有颜料、人造毛发和五颜六色的假发。

当佩里悠闲地走进店铺时，诺拉克太太正在一只装满粉红色长筒丝袜的抽屉旁，收拾着她以为是忙乱的一天留下的最后一堆麻烦的东西。

“您想要什么？”她无精打采地问道。

“要一套马车夫尤利乌斯·赫的服装。”

诺拉克太太感到非常遗憾，但是马车夫服装早就给租光了。“要参加汤森家的马戏舞会吗？”

是的。

“对不起，”她说，“不过我想任何可以用于马戏的东西都没留下。”

这下子麻烦了。

“呣，”佩里说。他突然有了个想法。“如果你有一块帆布，我可以当帐篷。”

“对不起，可是我们没有这样的东西。您看来得去五金店问问了。我们有一些非常神气的南部邦联士兵的道具。”

---

① 法文，意为“混凝纸浆制成的”。

"不，不要士兵。"

"我还有个很漂亮的国王。"

佩里摇摇头。

"有几个绅士，"她抱着一丝希望继续说，"是戴高筒礼帽，穿燕尾服的，可以当马戏团领班……但是我们没有高筒帽子了。我可以给您一些人造毛发当小胡子用。"

"要一种纯天然的道具。"

"一种……让我想想。嗯，我们有一只狮子的脑袋，一只鹅，还有一只骆驼……"

"骆驼？"这个主意牢牢地抓住了佩里的想象力。

"是的，不过它需要两个人。"

"骆驼。这个主意不错。让我看一下。"

他们把骆驼从它在架子顶上待着的地方拿了下来。一眼看去，它似乎完全是由一个十分瘦削的灰蒙蒙的脑袋和一个相当大的驼峰组成的，但一拉开，它却是用厚棉布缝成的看上去不大有生气的深棕色的躯壳。

"您瞧，需要两个人，"诺拉克太太以十分欣赏的心情举着骆驼解释说。"如果你有一个朋友，他可以扮成其中的一部分。您瞧，好像有两个人穿的裤子。一条是前面那个人的，另外一条是后面那个人的。前面那个人从这里的眼睛望出去，而后面这个人只需要弯着身子，随着前面的人行动。"

“戴上它，”佩里命令说。

诺拉克太太顺从地把她那斑猫似的脸庞伸进骆驼的脑袋，使劲地左右转动着。

佩里给迷住了。

“骆驼是怎么出声的？”

“什么？”诺拉克太太问，她的脸庞在钻出来时有点弄脏了。“怎么出声？喔，有点像驴叫。”

“让我照照镜子看。”

佩里站在一面大镜子跟前，试了一下那个脑袋，并且试着左右转动了一下。在阴暗的灯光下，效果尤为逗人。骆驼的脸上有许多磨损的地方，显得很悲观。而且应该承认，它的表皮处于骆驼特有的那种不修边幅的状态，其实就需要洗熨一下。但它确实很有特色。太棒了。光凭它那忧郁的面貌和蒙眬的眼神中透露出的饥渴，在任何聚会上都会引人注目的。

“您瞧，您得有两个人才行，”诺拉克太太又说了一遍。

佩里尝试着抓起骆驼的躯壳和几条腿，绕在自己身上，把两条后腿当成腰带围在腰间。总的来说，效果不好。甚至不对称——就像中世纪图画中撒旦通过巫术将修道士变成的野兽。整体来说，充其量就像一只驼背的奶牛趴在毯子上。

“根本四不像，”佩里沮丧地说。

“是的，”诺拉克太太说。“您知道得有两个人才行。”

佩里突然想到了一个解决办法。

“今晚你有约会吗？”

“啊，我可能不行……”

“唉，来吧，”佩里鼓励地说。“你当然行。来吧！挺好玩的，钻到这两条后腿里去。”

他费劲地把两条骆驼腿摆好，还讨好地把两条腿的口子张开。但是诺拉克太太似乎不愿意，一个劲儿地朝后退。

“啊，不……”

“来吧！如果你愿意，可以站在前面。或者我们来掷硬币。”

“啊，不……”

“值得一试的。”

诺拉克太太紧闭着双唇。

“您别说了！”她毫不胆怯地说。“以前从来没有哪位先生这么做过。我丈夫……”

“你有丈夫？”佩里问。“他在哪里？”

“在家。”

“电话号码是多少？”

谈判了很久，佩里才拿到属于诺拉克家神的电话号码，同当天早些时候听到过的那个细细的、疲惫的声音交谈起来。但是，尽管诺拉克先生感到意外，并因佩里高超的逻辑言论感到困惑，但还是坚定地固守己见。他坚决而庄重地拒绝帮助帕克赫斯特先生摆脱困境，去充当骆驼的后背。

挂断了电话，或者说是被对方挂断电话之后，佩里坐到一只三条腿的凳子上，想想有什么办法。他在心中默念着他可以通电话的一些朋友的名字。当他模糊而又伤心地想到贝蒂·梅迪尔这个名字时，心中咯噔了一下。他产生了一个感伤的念头。他要请她。他们的爱情已经结束，但她不能拒绝这个最后的请求，帮他完成短短一个晚上的社会义务。这当然不是一个过分的要求。而且如果她坚持的话，她可以充当骆驼的前半身，他可以当后背。他为自己的这种宽宏大量感到高兴。他脑海中甚至浮现出在骆驼体内——避开了全世界所有人的眼光——亲切和解的那一幅玫瑰色的梦幻……

“您最好马上做个决定。”

诺拉克太太懒洋洋的声音打断了他甜美的幻想，促使他行动起来。他走到电话跟前，拨通了梅迪尔家。“贝蒂小姐不在，出去吃晚饭了。”

正当一切似乎无望时，骆驼的后背好奇地走进了这家店铺。他衣衫褴褛，神情冷漠，一副落魄的样子。头上的帽子拉得很低，下巴低垂到胸前，外套一直拖到鞋面，显得精疲力竭，邋遢透顶，而且与救世军相反，完全是萎靡不振的样子。他说，他是这位先生在克拉伦顿旅馆雇的出租车司机。雇主让他在外面等着，但是他等了一阵子了，开始怀疑那位先生骗了他，从后门溜走了——有些先生有时是这么干的。

他这才走了进来。他坐到那只三条腿的凳子上。

“想去参加聚会吗？”佩里一本正经地问道。

“我得工作，”出租车司机悲伤地回答。“我得保住我的工作。”

“这是一次很棒的聚会。”

“那是一份很好的工作。”

“来吧，”佩里敦促道。“帮帮忙。瞧，多漂亮啊！”他将骆驼高高举起，出租车司机却用不屑一顾的神情望着它。

“哼！”

佩里急急忙忙地在骆驼的褶层间寻找着。

“瞧！”他起劲地喊道，举起了一些褶层。“这是你的部分。你甚至不需要说话。你要干的只是走路，以及偶尔坐下。坐下——都是你干的活儿。我一直站着，而你有时可以坐下。我只有在我们趴下时才能坐下，而你在……噢，任何时候都可以坐下。知道吗？”

“那是什么东西？”那家伙疑惑地问道。“一块裹尸布？”

“根本不是，”佩里气愤地说。“这是一只骆驼。”

“嗯？”

这时，佩里谈起了工钱。他们之间的谈话就不再是那么不着边际，而是带上了务实的色彩。佩里和出租车司机在镜子前试扮了一下骆驼。

“你看不到，”佩里说着，急切地从眼洞中朝外张望。“但是，说实话，老兄，你看上去真是很棒！真的！”

驼峰里面发出了一声咕哝，表示听到了这个有点可疑的赞赏。

“真的，你看上去很棒！”佩里起劲地重复了一句。“稍微动一下！”

两条后腿朝前移动了一下，看上去像是一只巨大的猫一样的骆驼隆起了背，准备起跳。

“不对，往旁边挪！”

骆驼的髋部完全脱臼了；连呼拉舞演员都会嫉妒得全身扭动起来。

“很好，是吗？”佩里问道。他朝诺拉克太太转过身去，以征得她的赞同。

“看上去很可爱，”诺拉克太太表示同意。

“我们就要它了！”佩里说。

佩里抱起那堆东西，两人就离开了那家店铺。

“去舞会！”佩里坐进后座，说道。

“哪个舞会？”

“化装舞会。”

“在哪里？”

这就提出了一个新问题。佩里力图去回忆。但是，在节日期间举行聚会的那些人的名字在他眼前混乱地来回转动。

他本来可以问诺拉克太太的，但是当他向窗外望去时，那家店铺已经熄灯了。诺拉克太太已经走远，成了那条积雪街道上远处的一个小黑点了。

“朝住宅区开！”佩里相当自信地指挥着。“如果你看到有聚会，就停下。否则等我们到达那儿时我会告诉你的！”

他迷迷糊糊地做起了白日梦。他的思绪又转到贝蒂身上——他模模糊糊地以为他们之间出现分歧，是因为她不肯去舞会扮演骆驼的后背。他刚要冷飕飕地打个盹，出租车司机却打开了门，摇晃他的胳膊，把他吵醒了。

“我们也许到了。”

佩里睡意蒙眬地往外瞧去。一座条纹帐篷从路边一直搭到一座庞大的灰色石屋旁。从那里传出嘈杂的爵士乐那种低沉而哀怨的鼓声。他认出那是霍华德·塔特家。

“不错，”他断然说，“就是这儿。今晚塔特家有个聚会。不错，人人都会去的。”

“您说，”那家伙又看了一眼那座帐篷，焦虑地说，“您能肯定那些人看见我来这儿不会朝我扑过来吗？”

佩里神气地挺直了身子。

“要是有人对你说三道四，你就告诉他们，你是我戏服的一部分。”

把自己看成一样东西而不是一个人，似乎让那家伙心定了一些。

“好吧，”他勉强说。

佩里在帐篷下面下了车，开始将那只骆驼摊开。

“开始吧，”他命令说。

几分钟之后，人们看到一只抑郁的、看上去很饥饿的骆驼，一边从嘴中和高耸的驼峰顶上喷出团团雾气，一边跨过霍华德·塔特家的门槛，连哼都没有哼一声，就从一个吃惊的男仆身旁走过，直接冲向通往舞厅的正面楼梯。这只野兽迈着奇特的步伐，一会儿是跨着不甚确定的一前一后的步伐，一会儿是惊跑，但最好还是把它说成是“蹒跚”。骆驼步履蹒跚地走着，活像一架巨大的六角手风琴，一会儿张开，一会儿收拢。

三

托莱多的居民都知道，霍华德·塔特一家是镇上最难缠的人。霍华德·塔特太太在成为托莱多的塔特之前，是芝加哥的托德。她的家人总是故意装得很简朴。这种简朴已经开始成为美国贵族的标志。塔特一家人已经变态到这种地步：你要是对他们谈起的猪和农场不感兴趣，他们就会死死地盯着你。他们宁愿不让朋友而让雇员来充当晚宴的客人。他们不声不响地挥霍着大量钱财，丧失了一切竞争的意愿，正在变得相当呆滞。

今天晚上的舞会是为小米利森特·塔特举办的。虽然不同年龄的人都有，但是跳舞的人主要来自中学和大学。那些年轻的已婚人群都去塔利霍俱乐部参加汤森家的马戏舞会了。塔特太太就站在舞厅边上，两眼不停地盯着米利森特，一遇到女儿的眼神，她就微微一笑。她身旁站着两个中年马屁精，都在夸米利森特是一个多么高雅的孩子。就在此刻，塔特太太的裙子被什么人拉了一下，她那十一岁的幼女艾米莉叫了一声“哎呀”，就猛扑到母亲的怀里。

“怎么了，艾米莉，出什么事了？”

“妈妈，”艾米莉的眼睛睁得大大的，但还说得出话来，“外面楼梯上有个东西！”

“什么？”

“外面楼梯上有个东西，妈妈。我以为是只大狗，妈妈，可是看上去不像狗。”

“你在说什么，艾米莉？”

那些马屁精也一起摇摇头。

“妈妈，看上去像一只……像一只骆驼。”

塔特太太大笑了一声。

“你看到了一个难看的黑影子，亲爱的，就是这么回事。”

“不，不是的。不，那是一样东西，妈妈，很大。刚才我下楼去看看是不是还有人。这只狗之类的东西，正在往楼上爬。真滑稽，妈妈，那东西好像是瘸的。后来，它看见了我，吼了一声，然后在楼梯平台上绊了一下，我就跑了。”

塔特太太的笑声消失了。

“这孩子肯定见到什么东西了，”她说。

那些马屁精也说，这孩子肯定见到什么东西了。突然，三个女人都不由自主地往旁边跨了一步，离开了房门，因为她们听到沉重的脚步声就在门外。

这时，一个深棕色的东西转过墙角，三人都吃惊得喘不上气来了。她们看见一只显然是很大的野兽正如饥似渴地望着她们。

“哎呀！”塔特太太喊道。

“哎……呀！”那两位太太也齐声喊道。

那只骆驼突然隆起了背，她们的喘息声变成了尖叫。

“啊……来瞧呀！”

“这是什么？”

跳舞停止了。那些跳舞的人匆匆走过来，但对入侵者的看法却不尽相同。事实上，那些年轻人马上就猜到这是一种噱头。一个受雇佣的表演者来舞会上逗乐的。穿着衣裤的小伙子们神气地望着它，双手插在口袋里晃过来，觉得他们的智力遭到了侮辱。但是姑娘们哇哇地发出了高兴的喊叫声。

“是只骆驼！”

“真的，它真滑稽！”

那只骆驼犹豫地站在那里，轻轻地来回摇摆着，似乎在仔细地审视这间屋子。然后，它似乎突然作出了决定，转过身子，迅速地溜出了房门。

这时，霍华德 · 塔特先生刚好走出楼下的书房，正站在厅里同一个年轻人聊天。他们突然听见了楼上的喊叫声，而且几乎同时又有一连串笨重的踩踏声，接着，在楼梯的脚下就出现了一只棕色的大野兽。它似乎正在异常匆忙地朝什么地方走去。

“到底是什么鬼东西！”塔特先生吃惊地说。

那野兽挺神气地打起精神，装成若无其事的样子，似乎刚想起了一个重要的约会，便蹒跚地朝正门走去。实际上，它的两条前腿已经开始从从容容地奔跑起来了。

“瞧着，哎，”塔特先生严厉地说。“来，抓住它，巴特菲尔德，抓住它！”

那年轻人用双臂使劲地抱住了骆驼的臀部，这时骆驼的前半部身体意识到不可能进一步移动了，只好甘心就擒，它有些激动，但还是无奈地站住了。这时，一群年轻人朝楼下冲来，塔特先生从机灵的夜贼到出逃的疯子等等可能，都想到了，就对那个年轻人下了个果断的命令：

“抓着它！把它带到这里来；我们很快就会弄清楚的。”

骆驼让人带进了书房。塔特先生锁上了房门，从一张桌子的抽屉里拿出了一把手枪，命令年轻人摘下那家伙的脑袋。随即他大吃一惊，把手枪放回到隐藏的地方。

“喔唷，是佩里·帕克赫斯特！”他惊讶地喊道。

“走错了舞会，塔特先生，”佩里局促不安地说。“希望没吓着你。”

“喔唷，你真吓了我们一跳，佩里。”他突然意识到了。“你们是要去参加汤森家的马戏舞会！”

“原来是这么想的。”

“让我来介绍一下。巴特菲尔德先生，帕克赫斯特先生。”然后他转身对佩里说：“巴特菲尔德要在我们家住上几天。”

“我弄错了，”佩里咕哝着说。“我很抱歉。”

“一点事儿都没有；这是世界上最自然的错误。我弄到了一套小丑的服装，过一会儿我自己也要去那里。”他转身对巴特菲尔德说。“你还是改变一下主意，同我们一起去吧。”

那年轻人不肯去。他打算睡觉了。

“喝一杯吧，佩里？”塔特先生建议。

“谢谢，好的。”

“不过，”塔特急促地接着说，“我完全忘掉了你的……这位朋友。”他指的是骆驼的后半身。“我不想显得没礼貌。他是不是我认识的什么人？让他出来吧。”

“不是朋友，”佩里匆匆地解释道，“是我刚雇的。”

“他喝酒吗？”

“你喝吗？”佩里艰难地弯过身去，问道。

有个轻轻的声音表示同意。

“他当然要喝了！”塔特先生热心地说。“一只真正强壮的骆驼应该能喝足以维持它三天需求的饮料。”

“告诉你，”佩里不安地说，“他没有穿戴整齐，不能出来。如果你把酒瓶给我，我可以朝后面递给他，他可以在里面喝。”

这个提议引起了戏装里面很响的咂嘴声。一个男仆拿着酒瓶、杯子和吸管出来，佩里就把一瓶酒递到后面去了。接着可以听到那个不作声的伙伴常常大口大口地喝酒。

宽松的一个小时就这么过去了。到了十点钟，塔特先生决定该动身了。他穿上了小丑的服装，佩里又戴上了骆驼的脑袋，两人就并肩步行穿过塔特家和塔利霍俱乐部之间仅隔的一个街区。

马戏舞会正进行得热火朝天。舞厅里搭了一个很大的帐篷，沿墙搭了一排排小房间，表明马戏中还会穿插一些引人入胜的节目。但眼下这里全是空的。舞池里熙熙攘攘，全是年轻人的叫声和欢笑声，还有五彩缤纷的颜色——有小丑、戴着胡须的女士、杂耍演员、光背骑士、马戏团领班、文身人和车夫们。汤森夫妇决心要保证他们舞会获得成功，所以从家里悄悄搬来了大量的酒，这时大家正无拘无束地畅饮着。整个舞厅墙上挂着一条绿色的绸带，上面有指示箭头和标志，告诉那些不熟悉方向的人：“跟着绿线走！”那条绿线导向酒吧，那里备有纯潘趣酒、烈性潘趣酒，还有平常的深绿色的酒瓶。

酒吧墙上另外有个弯弯曲曲的箭头，下面有条标语：“现在跟着它走！”

但是，即使是在这五彩缤纷的服装和兴高采烈的场面中，骆驼的到来也引起了某种骚动。佩里的周围马上就聚集起好奇和嬉笑的人群。他们企图弄清楚那只站在宽敞的门口，用一种饥饿、抑郁的目光打量着跳舞者的野兽的身份。

这时，佩里看到贝蒂站在一个小屋前正同一个滑稽的警察在聊天。她穿着一身埃及舞蛇女的服装：她那黄褐色的头发编成了辫子，辫子上面套了一些铜环，样子像是戴上了东方妇女闪闪发光的冠状头饰。她那白皙的脸庞上涂上了暖暖的橄榄色，双臂和半月形的背上画着许多扭动的独眼绿色毒蛇。她脚上穿着凉鞋，裙衩一直开到膝盖，因此当她走路时人们可以看到那些画在裸露的脚踝上方的另外一些小蛇。围在她脖子上的是一条闪光的眼镜蛇。整体说来，这是一套迷人的服装。这套服装能让那些上了年纪的妇女中比较神经质的人看到她走过时就从她身旁闪开，而那些更难对付的人会大谈“不应该允许”和“太丢人现眼了”。

但是，佩里从模糊的骆驼眼眶往外瞄去，只看到她脸上容光焕发、生气勃勃、闪耀着激动的光芒，她那胳臂和肩膀多变而富有表情的姿势在任何人群中都能让她成为出类拔萃的人物。佩里给迷住了，而迷恋又产生了让他清醒的效果。他越来越清晰地回忆起当天发生过的一件件事情。他怒火中烧，真想将她从人群中拽走。于是他朝贝蒂走去，但略为迟疑了一下，因为忘了发出行动所必需的预备的命令。

此时此刻，那个喜怒无常的基斯梅特（就是那个曾经挖苦而怨恨地同他玩过一天的基斯梅特）决定好好地报答一下他曾为她提供的乐趣。她将舞蛇女的黄褐色眼神引向了骆驼。她让贝蒂朝身旁的男人弯过身去，说道，“那是谁？那只骆驼？”

“鬼才知道。”

但是一个名叫沃伯顿的小个子是个包打听，他觉得有必要胡乱说个意见：

“它是同塔特先生一起来的。我想其中的一部分很可能是沃伦·巴特菲尔德，纽约来的建筑师。他正在塔特家作客。”

贝蒂·梅迪尔心中一动，那是自古以来乡下姑娘对外来男子的一种好奇。

“喔，”稍微过了一会儿，她漫不经心地说。

下一个舞曲结束时，贝蒂和她的舞伴就停在离骆驼几步之遥的地方。她随意地（这是这次晚会的主调）伸出手来，轻轻地摸摸骆驼的鼻子。

“你好，老骆驼。”

骆驼不安地移动了一下身子。

“你怕我吗？”贝蒂责备地挑起眉毛。“别这样。你瞧，我是个舞蛇女，但是我对付骆驼也是很内行的。”

骆驼深深地弯下了头，有人显然提到了美女和野兽的故事。

汤森太太走到这群人跟前。

“喔哟，巴特菲尔德先生，”她搭讪地说，“我根本认不出你了。”

佩里又是一鞠躬，并在面具后高兴地微笑了一下。

“同你在一起的是谁？”她问。

“啊，”佩里说，厚厚的剧装让他的声音显得发闷，别人根本辨不出是他在说话，“他不是人，汤森太太。他只是我戏装的一部分。”

汤森太太笑了一声，就走开了。佩里又转身面对着贝蒂。

“原来，”他想，“她就是这么在乎我的！就在我们最后决裂的当天，她就开始同另外一个人—— 一个完全陌生的人，调情了。”

冲动之下，他用肩膀轻轻地顶了贝蒂一下，而且朝着舞厅摇头示意，明显地表示要她离开她的伴侣，来陪伴他。

“再见，拉斯，”贝蒂对她的伙伴说。“这只老骆驼抓住了我。我们去哪儿，野兽王子？”

这只高贵的动物没有回答，而是一本正经地朝楼梯边的一个隐蔽的角落走去。

到了那儿，贝蒂坐下了，而那只骆驼忙乱了几秒钟，包括生硬的命令和体内热烈争论的声音，然后在她身旁安顿了下来。它的两条后腿不舒服地伸在两级楼梯上。

“喂，老家伙，”贝蒂愉快地说，“你喜欢我们这次欢乐的舞会吗？”

那个老家伙欣喜若狂地转了转脑袋，而且兴奋地踢踢它的蹄子，表示他很喜欢。

“这是我第一次与一个带着仆从的男人私下会谈，”她指了一下那两条后腿，“管它是什么。”

“啊，”佩里嘟哝道，“他又聋又瞎。”

“我想你感到很不方便，即使想走，也无法好好地走。”

骆驼悲哀地垂下了脑袋。

“我希望你能说些什么，”贝蒂甜甜地接着说。“说你喜欢我，骆驼。说你觉得我很美。说你想拥有一位美丽的舞蛇女。”

骆驼很想。

“你愿意和我跳舞吗，骆驼？”

骆驼愿意试试。

贝蒂在骆驼身上花了半个小时。她对所有的外来客至少都要花上半小时。一般说来，这就足够了。当她走近一个新人时，在场的那些初进社交界的人都习惯于向左右散开，就像一个组织严密的纵队在机枪前散开一样。因此，佩里·帕克赫斯特获得了罕有的特权，能用旁人的眼光，看到自己的爱人。她是那么起劲地在同他调情！

四

人群拥进舞厅的声音搅乱了这个并不牢靠的天堂；人们要跳卡德里尔方阵舞了。贝蒂和骆驼加入了人群，她那棕色的手轻轻地放在他肩上，挑衅地表示她完全接受了他。

当他们走进去时，一对对舞伴已经在沿墙的桌旁入座。汤森太太满面红光，像一个超级的光背骑士，只是小腿太粗了些，正与负责安排事宜的马戏班主一起站在屋中央。给乐队的信号一发出，人人都站起来，开始跳舞了。

“很好玩吧！”贝蒂叹了一口气。“你觉得你能跳舞吗？”

佩里使劲地点点头。他突然觉得热情洋溢。再怎么说，他人不知鬼不觉地在这里同心上人谈话，真可以骄傲地朝世人挤挤眼了。

因此，佩里就跳起了卡德里尔方阵舞。我说的“跳舞”，实际上这个词的涵义远远超出了跳爵士舞的人们最疯狂的想象。他让舞伴将手放在他那没有知觉的肩上，将他在舞厅里拉来拉去，自己只是顺从地低垂着大脑袋，笨拙而不知所措地移动着双脚。他的两条后腿自顾自地跳着，主要是先跳一只脚，然后跳另一只脚。只要乐声响起，不管别人是否在跳舞，那两条后腿为了确保安全就走上几步。因此，那情景往往是骆驼的前身正从容地站着，而臀部却一直在起劲地扭动，足以让任何一个软心肠的旁观者触景生情地流出汗水。

佩里不断受到邀请。他先同一个身披稻草的高个子女士跳舞。她快活地宣称自己是一捆稻草，而且忸忸怩怩地求他不要把她吃掉。

“我倒是想这么做；你真可爱，”骆驼殷勤地说。

每当马戏班主喊出：“男士们，起立！”佩里就拿着扁平的香肠或者有胡须的女士的相片，或者刚好拿到的什么东西，猛力朝贝蒂蹒跚走去。有时他第一个走到她身边，但一般来说，他的忙碌是不成功的，这就会引起内部激烈的争吵。

“看在上帝的分上，”佩里会咬牙切齿地暴跳如雷，“使点劲！你要是能抬抬腿，这次我本来可以请到她的。”

“好啊，那就提醒我一下！”

“我提醒过了，该死的。”

“我在这里他妈的什么也看不见。”

“你只要跟着我干就行了。同你一起走路就像是拖了一大袋沙子。”

“那么，你想来这儿试试！”

“闭嘴！如果这些人发现你在这屋里，他们会让你尝尝你从未尝过的最厉害的鞭打。他们会把你开出租的执照收掉的！”

佩里自己也很吃惊，居然会毫不费劲地做出如此可怕的威胁，但看来这对他同伴起到了镇静作用，因为他发出一声“嗯”，就老老实实地不作声了。

马戏班主站到钢琴顶上，挥手让大家安静。

“开奖了！”他喊道。“大家围拢来！”

“噢！开奖了！”

四周的人群自觉地向前涌去。那个鼓足勇气扮成长胡子女士的相当漂亮的姑娘，激动得浑身发抖，以为她会因为在晚会上的丑相而获奖。那个花了一下午文身的男子，躲在人群边上，有人告诉他一定会获奖时，就满脸通红。

“这次马戏中的男女演员们，”马戏班主愉快地宣称，“我肯定大家都会同意，我们度过了愉快的时光。现在我们将通过颁奖将荣誉赋予应该获得荣誉的人。汤森太太请我来颁奖。好了，各位演员，获得一等奖的是在今天晚会上表演得最出色、最得体”——此刻那位长胡子的女士逆来顺受地叹了一口气——“服装也很新颖的女士。”此时，那捆稻草竖起了耳朵。“现在，我确信，在场的所有人都会一致同意已作出的决定。一等奖得主为贝蒂·梅迪尔小姐，那位迷人的埃及舞蛇女。”

厅内爆发出一阵欢呼声，但主要是来自男性，大家让贝蒂·梅迪尔小姐走上去领奖，她那涂了橄榄色油彩的脸庞优美地涨得通红。马戏班主亲切地望了她一眼，递给她一大束兰花。

“现在，”他朝四周望了一下，接着说，“另外一个奖项将颁给那个服装最有趣而新颖的男士。这项奖毫无争论地要颁给我们中间的一位客人，一位在这里作客的先生，我们都希望他能长时间地、愉快地待在这里——总之，要颁给整个晚上都用它那如饥似渴的眼神和出色的舞姿给我们带来欢乐的那只高贵的骆驼。”

他刚说完，就爆发出一阵热烈的掌声和欢呼声，因为这个选择颇得人心。他将奖品，那一大盒雪茄，放到骆驼身旁，因为从解剖学上说，骆驼是无法亲自领奖的。

“现在，”马戏班主接着说，“我们将用欢乐女神和愚蠢之神的婚礼来结束卡德里尔方阵舞！”

“大家排成盛大的婚礼行进队伍，由美丽的舞蛇女和高贵的骆驼领舞！”

贝蒂快乐地奔向前去，用橄榄色的胳臂搂住了骆驼的脖子。排在他们身后的是一长队小男孩、小姑娘、乡下人、肥胖的女士、瘦削的男子、吞剑表演者、婆罗洲的野人、无臂的怪物，其中许多人都醉醺醺的，人人都很激动、很高兴，周围的灯光、色彩以及那些原本熟悉、却在稀奇古怪的假发和五颜六色的油彩下显得奇怪而陌生的脸庞，弄得大家眼花缭乱。长号和萨克斯管兴奋而和谐地用失敬的切分音节演奏出婚礼进行曲的动人和弦。大家就开步了。

“你高兴吗，骆驼？”当他们起步时，贝蒂温柔地问道。“我们要去结婚了，从今往后，你将拥有这个可爱的舞蛇女了，你感到高兴吗？”

骆驼的前腿腾跃起来，表示他高兴之极。

“牧师！牧师！牧师在哪儿？”有些人欢快地喊着。“谁来当牧师？”

当了塔利霍俱乐部多年侍者的胖黑人江波的脑袋，突然出现在半掩着的餐具室的门口。

“啊，江波！”

“让老江波上。就是他了！”

“来吧，江波。你来给我们主持婚礼怎么样？”

“好啊！”

四个喜剧式人物抓住了江波，解下了他的围裙，陪他走到舞厅尽头的高台上。在那里，他的硬领给解下了，前后调了个个儿，又戴了上去，这样就像个教士了。行进中的人们分成了两排，把通道留给了新娘和新郎。

“上帝啊，好家伙，”江波吼道。“当然了，我还有《圣经》等一切东西。”

他从内衣口袋里拿出一本破旧的《圣经》。

“好啊！江波还有《圣经》！”

“还有剃须刀，我可以打赌！”

舞蛇女和骆驼一起走上那欢腾的通道，在江波面前站住了。

“你的结婚许可证在哪里，骆驼？”

站在一旁的男子戳了佩里一下。

“给他一张纸。什么都行。”

佩里慌乱地在口袋中摸索着，找到一张叠好的纸，从骆驼的嘴里塞了出去。江波倒拿着，假装在认真审视。

“这是一张特殊的骆驼许可证，”他说，“把你的戒指准备好。”

佩里在骆驼体内转身对他身后的另一半说：

“看在上帝的分上，给我一枚戒指！”

“我没有，”一个疲惫的声音明确地说。

“你有的。我见过。”

“我不想把它从我手上取下。”

“你不取的话，我会杀了你。”

佩里听到他倒吸了一口气，随即感到有一枚硕大的嵌有假钻石的铜戒塞进了他的手里。

又有人从外面推搡着他。

“说话呀！”

“我愿意！”佩里迅速地喊道。

他听到了贝蒂轻柔的回答。即使是在如此滑稽的场面下，这声音也让他感到十分激动。

然后，他将那颗假钻石从骆驼表皮的裂缝中塞了出去，一边将它戴上贝蒂的手指，一边低声地跟着江波念那些陈词滥调。他根本不想让任何人知道此事。他的一个想法是在没有暴露自己的身份之前溜走，因为塔特先生至今还在严格地替他保守秘密。佩里是持重的年轻人——这种行为可能会损害他刚起步的律师业务。

“拥抱新娘！”

“拿掉面具，骆驼，吻她！”

当贝蒂嬉笑着朝他转过身去，开始抚摸那硬纸板做的嘴鼻时，佩里的心跳本能地加快了。他感到自己的自我控制能力正在消失，他渴望用自己的双臂抱住她，宣布自己的身份，并亲吻那仅有一步之遥的带笑的嘴唇——但他们周围的笑声和欢呼声突然停止了，一阵奇特的寂静笼罩着大厅。佩里和贝蒂惊讶地抬头望去。江波已经用十分惊慌的声音大喝了一声“喔哟”。 所有人的眼神都朝他望去。

“喔哟！”他又说了一遍。他才把手上一直倒拿着的骆驼结婚许可证转过来，拿出眼镜，费劲地研究着它。

“嗨！”他惊呼了一声，在一片寂静中，屋中的每一个人都清晰地听到了他说的话：“这是一张货真价实的结婚许可证。”

“什么？”

“啊？”

“再说一遍，江波！”

“你真识字吗？”

江波挥手让大家安静。佩里意识到自己犯了个错误，静脉中的血液都熊熊地燃烧起来了。

“哎哟！”江波重复了一遍。“这是一张正式的许可证，其中的一方就是这位年轻的女士，贝蒂·梅迪尔小姐，而另一方是佩里·帕克赫斯特先生。”

人人都倒吸了一口气，所有人的目光都投向那只骆驼，人们开始窃窃私语。贝蒂迅速地从他身旁闪开，她那黄褐色的眼睛放射出愤怒的光芒。

“你是帕克赫斯特先生吗，你这个骆驼？”

佩里没有回答。人群更紧地围拢来，盯住了他。他尴尬地僵在那里。当他望着那捣乱的江波时，硬纸板做的脸庞仍露出一副如饥似渴的讥讽的神态。

“你最好表个态！”江波慢吞吞地说，“这是一件非常严肃的事。除了在这个俱乐部工作之外，我刚好还是第一卡勒德浸礼教会的正儿八经的牧师。我真觉得你们好像已办完了一切手续，正式结婚了。”

五

后续的情景将永远载入塔利霍俱乐部的编年史。一些壮硕的已婚妇女昏了过去；百分之一百的美国人都在骂人；那些睁大了眼睛的初涉社交的女子在闪电般时聚时散的人群中窃窃私语。混乱的舞厅里到处都可以听到尖刻却又奇怪地压低了音量的嘈杂声。狂热的青年们发誓要杀了佩里或者江波，或者是他们自己，或者是某个人。那个浸礼会的牧师被一群骚动的吵吵嚷嚷的业余律师围得水泄不通。他们在追问，威胁，要求提供先例，下令取消婚约，特别想弄清楚刚才发生的一切是不是有预谋。

在屋角里，汤森太太靠在霍华德·塔特先生的肩上低声抽泣。塔特先生徒劳地想安慰她却无济于事，两人都在大声地反复说：“都是我的错。”在室外铺满白雪的人行道上，赛勒斯·梅迪尔先生，就是那位铝人，正由两个强壮的车夫挟着，慢慢地来回走动。他一会儿满口脏话，一会儿又发疯地求他们让他去揍江波。当天，为了参加晚会，他滑稽地打扮成婆罗洲的野人，最严格的舞台监督都会承认，他这个角色真是扮演得无可挑剔。

此时，两位主人公真正成了众矢之的。贝蒂·梅迪尔——或者应该是贝蒂·帕克赫斯特？——正在大发雷霆，身旁围着几个姿色较差的姑娘。那些漂亮一些的正在七嘴八舌地议论她，所以不大去理会她。大厅的另一端，站着那只骆驼，还算完整，只有脑袋部分可怜地荡在胸前。佩里正在对周围那些愤怒而困惑的男子认真地表白，说他是无辜的。每过几分钟，当他显然已说明了实情时，又有人会提起那张结婚证书，于是拷问又会重新开始。

托莱多公认的第二美女，一个名叫马里恩·克劳德的姑娘，对贝蒂说了句话，这才改变了局面。

“好了，”她幸灾乐祸地说，“一切都会过去的，亲爱的。毫无疑问，法庭会取缔它的。”

贝蒂愤怒的泪水奇迹般地在眼中干涸了。她紧闭着双唇，冷冷地瞥了马里恩一眼。然后站起身来，将她的同情者左右分开，穿过房间直接朝佩里走去。佩里恐慌地凝视着她。寂静又一次笼罩了整个屋子。

“你能不能正正经经地同我谈五分钟？这是不是也包括在你的计划之中？”

佩里点点头，他一时说不出话来。

贝蒂冷酷地示意佩里跟着她，接着就高昂着头往外走到厅里，匆匆地朝一间清静的小棋牌室走去。

佩里起身想跟着她，但是因为后腿动不了而突然停了下来。

“你留在这儿！”佩里粗暴地命令道。

“不行！”从驼峰传来一声抱怨，“除非你先出去，再让我出去。”

佩里迟疑了一下，但是他无法再忍受好奇人群的目光，只好含糊其词地下了个命令。于是，这只骆驼的四条腿就小心翼翼地从房间里走了出去。

贝蒂在等他。

“喂，”她开始咆哮，“瞧瞧你干了些什么！你，还有那张荒唐的许可证！我告诉过你不该领许可证的！”

“我亲爱的姑娘，我……”

“别叫我‘亲爱的姑娘’，如果经过这次丢人的把戏，你还找得到妻子的话，就留着叫你真正的妻子吧。也不要想假装这一切不是事先安排好的。我知道，你给那个黑跑堂塞过钱！你知道你干过这事儿！你敢说你不想娶我？”

“想……当然啦……”

“好了，你最好还是承认吧！你尝试过，现在你还想干什么？你知不知道，我父亲快气疯了？如果他想杀死你，你也活该。他会掏出枪，将一颗冰冷的子弹射进你的身体。即使这次结婚……这件事能够取消，它也会影响我下半辈子！”

佩里忍不住轻声引用了那句话：“啊，骆驼，你想拥有这位美丽的舞蛇女一辈……”

“住嘴！”贝蒂喊道。

一阵沉默。

“贝蒂，”佩里终于开口了，“只有一种做法能让我们真正摆脱困境，那就是你嫁给我。”

“嫁给你！”

“是的。真的，这是唯一的……”

“你闭嘴！我不会嫁给你的，即使……即使……”

“我知道，即使我是地球上剩下的最后一个男人。但是，你要是关心你的名誉……”

“名誉！”她嚷道。“你现在倒想到我的名誉了，真不错啊。你在雇佣那个可怕的江波之前，为什么就没有考虑到我的名誉呢……”

佩里绝望地举起了双手。

“好吧，你要我干什么都行。上帝作证，我放弃一切权利！”

“可是，”一个新的声音说，“我不放弃。”

佩里和贝蒂吓了一跳，贝蒂用手捂住了胸口。

“天哪，这是什么？”

“是我，”骆驼的后背说话了。

佩里猛地拉下了骆驼的表皮，于是，一个委靡不振的瘸子就挑衅地站在了他们面前，身上挂着一件湿漉漉的衣服，手里紧握着一只几乎喝空了的酒瓶。

“喔唷！”贝蒂喊道，“你把这家伙带到这里来吓唬我！你对我说他是个聋子——那个可怕的家伙！”

骆驼的后背坐到椅子上，舒心地叹了口气。

“别这样说我，女士。我不是一个小人物。我是你的丈夫。”

“丈夫！”

贝蒂和佩里同时发出了这一声喊。

“怎么，当然了。我同那家伙一样，是你的丈夫。那个黑人并不是把你嫁给这骆驼的前半部。他是把你嫁给整个骆驼的呀。喂，你手指上戴的戒指还是我的呢！”

贝蒂哼了一声，就将戒指从手指上取下，生气地扔到地上。

“这到底是怎么回事？”佩里茫然地问。

“你最好还是把我搞定了，要搞得像模像样的。如果你不干，我就同你一样，有权娶她！”

“那要犯重婚罪的，”佩里说着，严肃地朝贝蒂转过身去。

今晚，佩里的决定性时刻到来了，这是他为自己的命运最后赌上一把的机会。他站起身来，先望了贝蒂一眼。贝蒂被这个新出现的复杂状况吓坏了，正有气无力地坐在那里。然后他又朝那个忐忑不安而又神气活现地在椅子上左右摇晃的家伙扫了一眼。

“很好，”佩里慢吞吞地对那家伙说，“你可以拥有她。贝蒂，我会向你证明，就我而言，我们的婚姻完全是偶然的。我会完全放弃娶你为妻的权利，把你交给……交给这个男人，你戴过他戒指的男人——你的合法丈夫。”

一切都静止下来了，只有四只恐惧的眼睛盯着他。

“再见了，贝蒂，”他沮丧地说。“在你新找到的幸福中别忘了我。我会乘早车去遥远的西部。记着我的好处，贝蒂。”

他最后望了他们一眼，转过身去。当他的手触到门把时，他的脑袋低垂到了胸前。

“再见了，”他又说了一遍，转动了门把。

但是一听到这声音，那些蛇和光滑的棕色头发就使劲朝他扑去。

“啊，佩里，别留下我！佩里，佩里，你带我走！”

她的眼泪浸湿了他的脖子。他冷静地用双臂抱住了她。

“我不在乎，”贝蒂喊道。“我爱你，只要你能在此时此刻叫醒一个牧师，再来一次，我就跟你一起去西部。”

那骆驼的前半身从她的肩上望着骆驼的后半身——他们特别微妙而深奥地相互挤了挤眼，只有真正的骆驼才能懂得其中的奥妙。

裘　因译

五一节

一场战争打胜了；在得胜的人民那个伟大的城市[①]里盖起一座座凯旋门，处处撒着白色、红色和玫瑰色的鲜花，点缀得色彩缤纷。在整个春季的漫长的白天里，归来的士兵跟在咚咚的鼓声和欢乐、嘹亮的铜管乐器声后面走上那条主要的公路，商人和店员停止拌嘴和算账，挤到窗口去，神情严肃地把凑在一起的白脸对着经过的部队。

这个伟大的城市里从来没有这么繁华过，因为随着战争的胜利，供应变得丰裕起来，南方和西部的商人带着一家人拥到这里来尝一尝一切可口的美酒名菜，欣赏一下五花八门的表演——还要给他们的女人买冬天穿的皮大衣、金线提包、各种颜色的绸拖鞋、银色和玫瑰色的缎子和金线织的衣料。

得胜的人民的记者和诗人喜气洋洋、嚷嚷咧咧地交口赞美和平和正在来临的繁荣，使得越来越多的乱花钱的阔佬从各地汇集到这里来喝着使人兴奋的美酒，使得商人们的小首饰和拖鞋的销路越来越好，最后他们不得不发出强大的呼声，要求更多的小首饰和更多的拖鞋，要不，他们就应付不了那些要求他们以货易货的买卖了。他们有些人甚至无可奈何地举起双手乱挥，叫喊：

“糟糕！我再也没有拖鞋啦！真糟糕！我再也没有小首饰啦！愿老天保佑我吧，因为我不知道自己该怎么办啦！”

但是没有一个人听他们大声嚷叫，因为熙来攘往的人群太忙了——一天天，步兵们精神抖擞地在公路上走过，个个兴高采烈，因为归来的小伙子都是纯洁和勇敢的，牙齿完整，脸颊红润，而国内的年轻姑娘都是处女，面貌和身段都长得美丽动人。

所以在这个时期里，在这座伟大的城市里，有许多奇遇，其中有几件——也许是一件吧——就记录在这里。

一

一九一九年五月一日早晨九点钟，有一个年轻人问比尔特莫尔旅馆的登记房间的职员，菲利普·迪安先生是不是住在这里，如果住在这里的话，他能不能给迪安先生的房间通

① 指纽约。

个电话。问讯的人穿着一身裁剪得很好，但是已经破旧的衣服。他长得矮小、瘦削，皮肤黑糁糁，相貌倒算得上漂亮；他眼睛上面长着长得异乎寻常的眼睫毛，眼睛下面却有半圆形的病态的青色斑痕。由于他脸上显出一种不自然的光亮，好像他一直在发低热似的，他那青色的斑痕就越发引人注目了。

迪安先生是住在这里。那个年轻人被指引到旁边的一架电话机前。

一秒钟以后，电话接通了；楼上不知什么地方传来了睡意蒙眬的招呼声。

“迪安先生吗？”——声音非常热切——“我是戈登，菲尔①。我是戈登·斯特雷特。我在楼下。我听说你在纽约，我就想到你在这儿。”

睡意蒙眬的声音逐渐变得热情起来。“唔，戈迪②，你好啊，老弟！唔，我当然感到惊奇和高兴！我的老天，戈迪，你马上上楼来吧！”

几分钟以后，菲利普·迪安穿着蓝绸的睡衣睡裤，开了房门，接着两个年轻人带着一点窘态热情地互相招呼。他们两人都是二十四岁光景，都是大战前的那一年耶鲁大学的毕

① 菲尔，菲利普的爱称。
② 戈迪，戈登的爱称。

业生；不过在其他方面就截然不同了。迪安长着一头金发，脸色红润，单薄的睡衣睡裤裹着结实的身子。他身上的一切显得合适和舒服。他经常微笑，露出大暴牙。

“我是打算要来看你的，”他热情地嚷着说，“我有两个礼拜休假。你请坐一下，我马上就来跟你谈。先去洗一个淋浴。”

他走进洗澡间以后，他的客人神经质地用他那双黑眼睛骨碌碌地打量着房间周围。墙角落里摆着一个巨大的英国旅行袋，有几张椅子上乱七八糟地放着一些引人注目的领带和柔软的羊毛袜，在这中间，堆着一叠一色的厚绸衬衫。他的眼光在旅行包和衬衫上停留了一下。

戈登站起身来，拿起一件衬衫，仔细看了一分钟。那是一种非常厚的绸料子，黄底淡蓝条纹——约摸有十一二件哪。他不由自主地盯着自己的衬衫袖口看——袖口边已经磨损，边上都起毛，而且脏得变淡灰色了。他放下绸衬衫，拉直自己上装的袖子，把磨破的衬衫袖口卷上去，不让它们露出来。接着，他走到镜子跟前，带着无精打采、闷闷不乐的关心神情看他自己。他的领带以前是出风头的，已经褪色，而且尽是皱纹——它再也遮盖不住领口上绽开的钮扣洞。他相当懊丧地想起，只是在三年以前，他在大学四年级学生办的一次选举中，有一些人选他为班级里服装最讲究的人。

迪安一边从洗澡间走出来，一边擦着身子。

“昨天夜晚看到你的一个老朋友，”他说，“在门厅里我从她身旁走过，拼命想都想不出她的名字。就是四年级那一年你带到纽黑文来的那个姑娘。”

戈登惊奇得跳起来。

“伊迪丝·布拉丁？你指的是她吗？”

“就是她。漂亮极啦。她仍然有点像美丽的玩具娃娃——你懂得我这话是什么意思：好像你碰碰她，她就会给弄脏似的。”

他沾沾自喜地打量着镜子里他自己闪闪发亮的身子，微微浮出笑意，露出一部分牙齿。

“她反正一定有二十三岁了，”他接着说。

“上个月刚二十二岁，”戈登心不在焉地说。

“什么？啊，上个月。唔，我猜想她是来参加伽马-普赛[①]舞会的。你知道今天夜晚我们在戴尔莫尼科饭店有一场耶鲁的伽马-普赛舞会吗？你还是来的好，戈迪。也许半个纽黑文的人都在那儿。我能给你弄到一份请帖。”

迪安懒洋洋地穿上新换的内衣，点了一支烟卷，在开着的窗前坐下；早晨的阳光照进屋来，他仔细看着阳光中的膝盖和小腿。

---

① 伽马是希腊语中第三个字母（Γ、γ）的音译，普赛是第二十三个字母（Ψ、ψ）的音译。这里伽马-普赛是耶鲁大学的学生联谊会的名称。

“坐啊，戈迪，”他提议，“告诉我你做了些什么事，眼下在做什么，样样都告诉我。”

不料戈登一下子瘫在床上，躺在那里愁眉苦脸，毫无生气。他脸色平静的时候，那张嘴习惯地有点张开，这时突然变得不听使唤，显出一副可怜相。

“怎么啦？”迪安急忙问。

“啊，天啊！”

“怎么啦？”

“样样事情都倒楣透顶，”他可怜巴巴地说，“我彻头彻尾地垮了，菲尔。我走投无路了。”

“嗯？”

“我走投无路了。”他的声音在颤抖。

迪安的那双蓝眼睛带着估量的神情更仔细地察看他。

“你看上去完全是一副倒楣相。”

“是啊。我把一切都弄得糟糕透顶。”他停顿了一下。“我还是从头讲起好——你不会感到厌烦吧？”

“当然不会，讲吧。”然而在迪安的声音里有一种犹豫不决的调子。他到东部来是打算来休假的——发现戈登·斯特雷特处境困难，他有点恼火。

“讲吧，”他重复了一遍，接着把声音压低一点加了一句，“想开一点。”

“唔，”戈登吞吞吐吐地开始说，“我二月里从法国回来，到哈里斯堡家里去了一个月，接着就到纽约来找到了一个职务——在一家出口公司里干活。他们昨天把我辞退了。”

“辞退你？”

“我正要谈到这件事，菲尔。我要坦白地告诉你。遇到了这样的事情，恐怕只得找你了。我要是坦白地告诉你的话，你不会反对吧，对不，菲尔？”

迪安的态度变得有点僵硬。他原来在拍膝盖，这会儿拍得不那么认真了。他模模糊糊地感到他被不公道地强加上负担了；他甚至拿不准他要不要听这种事情。虽然发现戈登·斯特雷特有什么小小的困难，他绝不会感到惊奇，但是在眼下这件不幸的遭遇中却有什么事情使他反感和硬起心来，尽管它激起他的好奇心。

“讲吧。”

“是个姑娘。”

“嗯。”迪安打定主意不让任何事情破坏他这次旅行。如果戈登老是这么沮丧，那么他就不得不少跟戈登会面。

“她叫朱厄尔·赫德森，”床上继续传来痛苦的声音。“她过去一直是‘纯洁’的，我猜想，直到约摸一年以前。住在这儿纽约——家境清寒。她家里人现在都去世了，她跟一个老姑妈待在一起。你听我说，差不多在我遇见她的时候，大家成群结队地开始从法国赶回来——我尽是忙着欢迎新来的人和不断地跟他们一起参加舞会。事情就这么开始了，菲尔，就是从喜欢看看大家和让大家喜欢看看我开始的。”

“你应该有点头脑。”

“我知道，”戈登停顿了一下，接着又没精打采地说下去，“我眼下是自立了，你知道，可菲尔，我受不了穷。接着来了这个害人的姑娘。有一阵，她有点爱上了我，而我呢，尽管从来不打算纠缠得太深，可总是好像要在什么地方遇见她似的。你料想得到我给那些出口商干的工作——当然啦，我一直打算画图；给杂志画插图；干那一行能挣许多钱。”

“你干吗不干呢？你想要发迹的话，就得认真干，”迪安冷冷地、一本正经地提醒他。

“我试过，稍微试了一下，可是我的画粗糙。我有才能，菲尔，我能画——不过我就是不懂得怎么画。我应该进美术学校，可我拿不出钱。唉，一礼拜以前，事情终于变成危机。就在我花得差不多只剩一块钱的时候，那个姑娘开始来找我麻烦。她要一笔钱；挑明了说她要是得不到这笔钱的话，就能叫我日子不好过。”

“她能吗？”

“我怕她能。这就是我丢掉职务的一个原因——她一直不停地打电话到我办公室里来，害得我最后在那儿站不住脚。她有一封全写好了的、寄给我家里人的信。唉，她确实把我难住了。我不得不给她一笔钱。”

尴尬的停顿。戈登一动也不动地躺着，他的双手握紧着摆在身旁。

“我走投无路啦，”他接着说，声音在颤抖。“我快要发疯了，菲尔。我要是不知道你要到东部来的话，我想我已经自杀了。我要你借给我三百块钱。”

迪安的双手一直在轻轻地拍他自己的光着的脚踝，突然停住了——这两个人都拿不稳事情会闹到什么地步，关系一下子变得紧张和别扭起来。

过了一秒钟，戈登接着说：

“我已经刮了家里不少钱，再也不好意思开口要一个子儿了。”

迪安仍然没有回答。

“朱厄尔说，她非要两百块不可。”

“干脆回绝她。”

“是啊，听起来倒挺容易，不过她有两封我醉后写给她的信。不幸的是，她压根儿不是你料想的那种优柔寡断的人。”

迪安流露出厌恶的神情。

“我受不了那种女人。你应该早就避开。”

“我知道，”戈登有气无力地承认。

“你得实事求是地考虑事情。你要是没有钱的话，就得干活和避开女人。”

“你说起来倒容易，”戈登开始说，他的眼睛眯起来了。“你反正有用不完的钱。”

“我哪儿有这么许多钱。我家里对我用钱卡得他妈的真紧。就因为我有一点回旋的余地，我不得不特别小心，免得滥用乱花。”

他把百叶窗推上去，让更多的太阳光照进来。

“我压根儿不是个一本正经的人，老天知道，”他从容不迫地接着说，“我喜欢乐一乐——我喜欢在这样一个假期里有许多乐事，你，你——你落得这副窝囊相。我以前从来没有听到过你这么谈话。你看上去有点像垮台了——不但经济上，而且精神上。”

“这两件事不是经常连在一起的吗？”

迪安不耐烦地摇摇头。

“你身上老是有一股我不知道的气味。有点邪门。”

“这是一种焦急、贫穷和夜晚失眠的气味，”戈登有点针锋相对地说。

“我不知道。”

“啊，我承认我是叫人沮丧的。我自己的心情沮丧嘛。不过，我的上帝，菲尔，一礼拜的休息，一套新衣服，手边有点钱，那我就会像——像过去的我。菲尔，我能够画得飞快，这你知道。可是我有一半时间买不起像样的绘画材料——我筋疲力尽、丧失信心、走投无路的时候，可不能画啊。手边有一点钱，我就能休息几个礼拜，然后开始干了。”

“我怎么知道你不会把钱花在另一个女人身上？”

“干吗揭人的疮疤呢？”戈登平静地说。

“我不是揭你的疮疤。我讨厌看到你这副模样。”

“你肯把这笔钱借给我吗，菲尔？”

“我不能马上决定。这是一个大数目——借掉了，对我非常不方便。”

“你要是不肯的话，那我就完了——我知道我在苦苦哀求，而且这全是我自己的不是，不过——事情确实是这样。”

“你什么时候能把钱还我？”

看来有点希望，戈登考虑了一下。也许最聪明的办法是说老实话。

“当然，我可以答应下个月还你，不过——我还是说三个月好。我一开始卖画就还。”

“我怎么知道你会卖掉你的画呢？”

迪安的声音里有一种新的冷酷的调子，使得戈登提心吊胆，微微打了个冷颤。可能他拿不到这笔钱了吧？

“我估计你对我还是有点信任的。”

“我从前倒有——可是我一看到你这副模样，就开始拿不准了。”

“难道你以为我要不是已经山穷水尽的话，会这样来找你吗？难道你认为我是喜欢这样吗？”他突然停止说话，咬着嘴唇觉得他还是把他声音里越来越大的火气压下去的好。说到头来，他是来求人的。

“你看来把事情安排得挺容易，”迪安发火地说，“你把我摆在这样的位置上，我要是不借钱给你的话，就变成一个没见过世面的人——啊，你，你就是这样安排的。那让我告诉你，对我来说，去弄三百块钱可不是一件容易的事。我的收入并没有高到这样一笔数目对我毫无影响。”

他离开椅子，开始穿衣服；他仔细地挑选着服装。戈登伸直了双手，紧紧抓住床边，把哭叫的愿望硬压下去。他的脑袋像要裂开来似的，脑子里有什么在嗡嗡地旋转，他嘴里又干又苦，他能够感到自己血液的热度，他的血液正在分解成数不清的、均匀的血球，像屋顶上滴下来的缓慢的水珠。

迪安一丝不苟地系好领带，刷刷眉毛，一本正经地拿掉沾在牙齿上的一丝烟叶。接着他在香烟盒里装满烟卷，考虑周到地把空纸盒扔在废纸篮里，然后把香烟盒摆在背心口袋里。

“吃过早饭了吗？”他问。

“没有，我已经不吃早饭了。”

“唔，咱们出去吃一点吧。咱们以后会决定那笔钱借不借的。我对这件事感到腻烦。我到东部来是想来乐一乐的。”

“咱们上耶鲁俱乐部去，”他闷闷不乐地继续说，接着带着含蓄的责备又说，“你已经丢掉了职位。你没有别的事情可做了。”

“我要是有一点钱的话，就会有许多事情可做，”戈登直截了当地说。

“啊，看在老天的分上，把这件事撂开一会儿！把我这次旅行闹得毫无兴趣有什么意思哪。这点钱拿去，拿去吧。”

他从钱包里抽出一张五元的纸币，扔给戈登。戈登仔细地把纸币折起来，放进口袋。他脸颊上添了一片颜色，添了一种并不是发烧造成的光亮。在他们转身走出去以前，有一刹那，他们的眼光相遇了；在那一刹那，两个人都发现了什么，使得他们都迅速地眼睛向下看。因为在那一刹那，他们突然很明显地互相憎恨。

二

中午，五号路和第四十四街上挤满了人。灿烂、愉快的太阳用飘忽不定的金光照进漂亮的商店的大橱窗，照亮了网眼提包、钱包和摆在灰色天鹅绒盒子里的一串串珍珠，照亮了各种颜色的华丽的羽毛扇，照亮了豪华的服装的花边和绸料，照亮了室内装饰家精心布置的陈列室里的拙劣的绘画和优美的仿古家具。

年轻的职业妇女们，一对对和成群结队地在那些橱窗前闲逛，从那些富丽堂皇的陈列中挑选她们未来的闺房陈设，陈列品中甚至有一套横摆在床上的、显示家庭气息的男人的睡衣睡裤。她们站在珠宝店橱窗前，找到她们中意的订婚戒指、结婚戒指和白金手表，接着她们一路溜达过去，参观羽毛扇和披在夜礼服外面的斗篷；借此消化她们当午饭的三明治和圣代。

人群中尽是穿军服的人，从停在赫德森河里的大舰队上来的水手，佩着从马萨诸塞到加利福尼亚各师番号的士兵，一心想引起人们的注意，但是发现这个伟大的城市已经对士兵丝毫不感兴趣，除非他们整整齐齐地集合起来，排成漂亮的队形，不舒服地背着背包和扛着步枪。

迪安和戈登在杂乱的人群里转悠；迪安兴致勃勃，看到人类展示了最五光十色、花里胡哨的一面，变得活跃起来；戈登却想起他经常是人群中的一个，筋疲力尽，有一餐、没一餐地随便吃一点，被使用过度的身体已经糟蹋坏了。对迪安来说，奋斗是有意义的，充满青春活力和欢乐的；对戈登呢，那是凄凉的、毫无意义的和没完没了的。

在耶鲁俱乐部里，他们遇到一群以前的同班同学，那些人大叫大嚷地招呼迪安这个外地来的人。他们把躺椅和大椅子排成半圆形坐在一起，人人面前摆着一杯威士忌苏打。

戈登觉得谈话长得没个完叫人腻烦。他们都在一起吃了午饭，一到下午就喝酒，个个喝得精神兴奋。他们当天夜晚都要去参加伽马—普赛舞会——那可能是大战以来最精彩的一个舞会。

“伊迪丝·布拉丁要来的，”有一个人对戈登说，“她从前一直是你的情人，对不？你们两人不是都是哈里斯堡人吗？”

“对。”他设法改变话题。“我不时地看到她哥哥。他有点信仰社会主义。在纽约这儿办了一份报纸什么的。”

“跟他喜欢玩的妹妹倒不一样，是不？”那个提供消息的热心人接着说，“唔，她今天夜晚会跟一个叫彼得·希梅尔的三年级学生一起来的。”

戈登要在八点钟同朱厄尔·赫德森会面——他答应过给她一点钱。他不安地看了几次手表。到了四点钟，迪安站起来说，他要到“里弗斯兄弟商店”去买一些衬衫领和领带，这才使戈登松一口气。但是当他们离开俱乐部的时候，那群人中有一个同他们一起走，这使戈登大为懊丧。迪安眼下心境轻松愉快，一心想参加当天夜晚的舞会，高兴得有说有笑。他在里弗斯的铺子里挑了一打领带，每挑一条都同那个跟来的人商量好久。他认为窄领带还会再流行吗？里弗斯再也拿不出威尔士和马戈特森衬衫领，这不是丢脸吗？眼下没有一种衬衫领能像“科文顿”一样的了。

戈登简直有点慌了。他马上要这笔钱。而且他现在也产生了一个模模糊糊的念头，想去参加伽马-普赛舞会。他想要看到伊迪丝——就在他到法国去以前，同伊迪丝在哈里斯堡郊区俱乐部一起度过了一个浪漫的夜晚；从这以后，他没有遇见过她。这段私情已经结束了，淹没在战争的骚乱中，完全遗忘在最近三个月的错综复杂的纠纷中。但是她那泼辣、快活、陶醉在自己的无关紧要的闲谈中的音容笑貌意想不到竟然在脑海中重现，并且给他带来了成百件往事的回忆。他在大学里一直带着超然、可是一往情深的爱慕把伊迪丝的脸珍藏在心底里。他那时候喜欢画她——在他房间四周有十几张她的素描——打高尔夫球的，游泳的——他闭着眼也能画出她锋芒毕露、引人注目的侧面像。

他们在五点半离开里弗斯，在人行道上停留了一下。

“唔，”迪安亲切地说，“我全准备好了。我想回旅馆去刮一个脸，理一下发，按摩一次。”

“很好，”另一个人说，“我想我跟你一起去吧。”

戈登拿不稳，他到底是不是受骗上当了。他好不容易才压制住自己，没有转过脸去对那个人恶狠狠地喊叫：“去你妈的，你这该死的东西！”他在绝望中怀疑，迪安也许同那个人谈过，约他一路走，借此避免为了借钱发生争吵。

他们走进比尔特莫尔旅馆——旅馆里由于住了许多姑娘，显得气氛活跃——她们大多数来自西部和南方，是许多城市里的初进社交界的灿烂的明星，聚集在这里为了参加一所著名的大学的一个著名的学生联谊会[①]举办的舞会。但是在戈登的眼睛里，她们的脸模模糊糊，像是在梦中。他鼓起勇气准备作最后一次要求，正要开口说一些他自己也不知道的话，这时候，迪安突然向那个人打个招呼，抓住戈登的胳膊，把他拉到一边。

"戈迪，"他迅速地说，"我已经把这件事情从头至尾地仔细想过了，我已经拿定主意不能把那笔钱借给你。我愿意帮你忙，不过我觉得力不从心——少了这笔钱，我要有一个月手头不方便。"

戈登呆呆地望着他，想不通自己以前怎么从来没有注意到他那排上牙暴得多么厉害。

"——我非常遗憾，戈登，"迪安接着说，"不过事情就是这样。"

他掏出钱包，从容不迫地数了七十五块钞票。

"这是，"他一边说，一边把钱递过去，"这是七十五块；加起来一共八十。除了我必须花在这次旅行上的钱以外，我身边只有这些现款。"

① 指耶鲁大学的伽马-普赛学生联谊会。

戈登机械地举起握紧的手，伸直手指，好像他的手是他握着的一把钳子，接过钞票，他又握紧了。

“我在舞会上跟你会面吧，”迪安接着说，“我还得去理发店。”

“再见，”戈登用紧张而沙哑的声音说。

“再见。”

迪安开始微笑，但是看上去好像改变了主意。他轻松地点点头，接着就走掉了。

但是戈登站在那里，他那张漂亮的脸被痛苦折磨得变了样，那卷纸币紧紧地握在他手里。接着，他突然淌下眼泪，眼前变得一片模糊，他磕磕绊绊、歪歪斜斜地走下比尔特莫尔的台阶。

三

当天夜晚，约摸九点钟光景，六号路上一家简陋的饭馆里走出两个人来。他们相貌丑陋，营养不良，除了最低的智力以外什么也没有，连那种使生命具有生气的动物的活力也没有；他们不久以前还在一片陌生的国土上的一个肮脏的城市里受冻挨饿，被虱子折磨；他们穷困，没有朋友；一生下来就像浮木似的被人乱扔，他们会像浮木似的被人乱扔到死。他们穿着美国陆军的制服，两个人的肩膀上都佩着从新泽西征调来的那个师的番号；他们三天以前刚被运到这里来。

两个人当中个子高的那一个叫卡罗尔·基[①]，这个姓叫人想起，在他的血管里流动着的是蕴藏着某种潜力的血液，尽管由于一代代的退化，这种血液已经被稀释得很淡了。但是，即使有人没完没了地盯着看他那张没有下巴的长脸、他的呆滞的水汪汪的眼睛和高颧骨，也找不出一丝他祖先的禀赋和与生俱来的智力。

他的伙伴是黑皮肤，罗圈腿，一双老鼠眼，还长着一个残缺了大部分的鹰钩鼻。他那种好勇斗狠的姿态明摆着是故意装出来的，是从那个充满谩骂和攫夺、充满体力恐吓和体力威胁的世界上借来的一种保护工具，他一向就是生活在那个世界上的。他叫格斯·罗斯。

他们离开那家饭馆，在六号路街上一路闲逛过去，带着既有极大的兴趣、又完全超然的态度挥舞着牙签。

“上哪儿去？”罗斯问，他的声调听起来好像哪怕基建议去南海群岛，他也不会感到惊奇。

“咱们去试一试，是不是能弄到一点酒，你看怎么样？”

① 作者暗指卡罗尔·基是美国国歌《星条旗》的歌词作者弗朗西斯·斯科特·基（1780—1843）的后代。

禁酒时期①还没有开始。他提出去弄酒，是因为法律规定禁止把酒卖给士兵。

罗斯热烈地表示同意。

“我有了一个主意，”基想了一会儿，接着说，“我在这一带有一个兄弟。”

“在纽约？”

“对。他是个老家伙。”他的意思是说，那是一个哥哥。“他在一个小饭馆里当侍者。”

“也许他能给咱们弄一点。”

“我想他能！”

“说真的，我明天再也不穿这身该死的军服了。再怎么着也不穿了。我要为自己去弄一套像样的便服。”

“嘿，我也许不要。”

他们两人的钱加在一起还不到五块，所以他们的打算主要是说着玩的，反正没有害处，而且是一种安慰。不管怎样，这样说说好像使他们两人都感到高兴，因为他们用低低的笑声和提到《圣经》里一些大人物来加强他们的谈话效果，还另外加上这样一些强调的措辞，像“啊，老弟”、“你知道”和“我看是这样”，重复了许多次。

---

① 1920 年起，美国历史上的禁酒时期开始。此篇的情节是发生在 1919 年 5 月 1 日夜晚，故作者说禁酒时期还没有开始。

这两个人的全部精神食粮就是一声用鼻音表示的不满意见，那是针对养活他们的机构——部队、商店，或者贫民院——和那个机构中的他们的顶头上司的，而且随着岁月的推移，那种意见越来越大了。直到那天早晨，那个机构是“政府”，那个顶头上司是“上尉”——他们从那里溜出来，眼下还没有选定新的束缚。现在他们隐隐约约地感到不自在，感到前途未卜，一肚子怨气，还有点心情不安。他们煞费苦心地假装对自己能脱离军队感到宽心，还互相保证军纪再也不能统治他们顽强的、爱好自由的意志，借此掩盖他们目前的心境。然而，事实上，他们觉得在这新得到的、毫无疑问的自由中还不及待在监狱里自由自在。

基突然加快步子。罗斯抬头看去，一眼看到街上五十码外聚集了一群人。基低声笑起来，开始向人群跑去；因此，罗斯也低声笑起来；他那两条短罗圈腿在他伙伴的迈着大步的笨拙的长腿旁迅速移动。

一走到人群的外围，他们就马上变成其中一分子，分辨不出来了。这群人当中有穿得破破烂烂的、醉醺醺的平民，也有属于许多师的、带着不同程度的醉意的和没有喝过酒的士兵，大伙儿围着一个身材矮小的犹太人，他留着很长的黑色连鬓胡子，在做手势；他一边挥舞两条胳膊，一边在发表一篇激昂慷慨、然而简明易懂的演说。基和罗斯已经挤到接近前排了，他的话打动了他们共同的意识，他们怀着强烈的猜疑仔细打量着他。

“……你们从战争中得到什么呢？”他狂热地喊叫，“好好想一想，好好想一想！你们发财了吗？你们得到许多送上来的钱吗？——没有；你们要是保全了性命和两条腿的话，就算是幸运的啦；你们要是回来发现老婆没有跟别的花了钱避免参加战争的男人一起跑掉，那你们就算是幸运的啦！这就是你们幸运的时刻！除了约翰·皮尔庞特·摩根和约翰·戴维森·洛克菲勒[1]以外，谁从战争中得到什么呢？”

就在这当儿，那个矮小的犹太人的演说被打断了，他留着胡子的下巴尖上被狠狠地揍了一拳，他向后倒下去，手脚笔直地躺在人行道上。

“该死的布尔什维克！”那个动手打人的、当铁匠的大个子士兵喊叫。传来一阵闹哄哄的赞同声，人群围得更近了。

那个犹太人摇摇晃晃地站起来，五六个拳头向他伸过去，他顿时又倒下去。这一回，他躺着不站起来了，他嘴唇里面和外面都开裂了，鲜血从伤口渗出来。

周围响起了一片骚动的人声；不到一分钟，罗斯和基发现他们自己挤在混乱的人群里，在六号路上涌过去，领头的是一个身材瘦削、戴着一顶帽边下垂的帽子的平民和那个使演说迅速结束的结实的士兵。人群很快地越来越大，大得吓

---

① 这两人是美国财阀。

人；另外还有一批害怕卷入是非的平民组成一条人流沿着人行道跟在他们后面，用间歇的叫好声给予他们精神上的支持。

“咱们上哪儿去？”基对紧挨在他身旁的那个人大声喊叫。

贴在他身旁的那个人指指那个戴着垂边帽的带头人。

“那个人知道哪儿还有许多他们的人！咱们去给他们瞧瞧！”

“咱们去给他们瞧瞧，”基高兴地对罗斯低声说，罗斯兴高采烈地对挨在他另一边的那个人重复着这句话。

队伍飞快地在六号路上走着，到处都有士兵和水兵参加进来，还随时有平民参加进来；平民们总是嚷着说，他们刚离开部队，好像是在出示一张新成立的体育和游乐俱乐部的入场证似的。

后来，队伍拐弯到一条横路上，接着向五号路走去；人群里到处都在传说，他们是到托利弗会堂赤色分子的开会地点去。

“在哪儿啊？”

这个问题在队伍里传开去；过了一会儿，答案传回来了。托利弗会堂在第十街上。另外有一伙士兵去砸会场，现在已经到了那儿啦！

但是，第十街听起来很远，话音刚落，就响起一片呻吟。有二十来个人离开了队伍。其中有罗斯和基，他们放慢脚步，变成闲逛，让更热心的人继续向前跑去。

“我情愿去弄点酒，”基说，他们停下来，然后在一片“挨枪子的”和“开小差的胆小鬼”的喊叫声中向人行道走去。

“你的哥哥在这一带工作吗？”罗斯问，装出一副像是从浅薄的话题谈到不朽的话题的人的神气。

“他应该在这一带，”基回答，“我已经有两年没看到他了。从那时起，我出门到宾夕法尼亚去了。也许他晚上不工作也难说。就在这一带。要是他没离开的话，那他保证能给咱们弄一点。”

他们在这条街上来回走了几分钟，找到了那个地方——那是在五号路和百老汇中间一家装潢讲究、烹调低劣的饭馆。基进去打听他的哥哥乔治，罗斯在人行道上等着。

“他不在那儿了，”基一边走出来，一边说，“他在戴尔莫尼科当侍者。”

罗斯聪明地点点头，好像他早就料到似的。人不应该对一个能干的人偶尔调换工作感到惊奇。他从前认识一个侍者——接着，他们一边走，一边长篇大论地谈论到底侍者挣的工资是不是比小账多——最后的结论是，这取决于那个侍者工作的饭馆的社会地位。两个人互相给对方描绘了百万富翁在戴尔莫尼科进餐的景象，说什么他们只喝了一夸脱香槟酒，就把五十元票面的纸币乱撒，在这以后，两个人就都暗自想到当侍者了。事实上，基的狭窄的头脑里正在悄悄地打定主意，要求他哥哥给他找一个职位。

“一个侍者能够把那些家伙剩在瓶里的香槟酒一股脑儿喝完，”罗斯简直津津有味地提醒说，接着像是想起了什么似的，加了一句，“啊，老弟！”

他们来到戴尔莫尼科的时候，已经十点半了，他们惊奇地看到一辆辆出租汽车像流水似的开到门前，车子里走出美妙的、没有戴帽子的年轻女士，每一个都有一个穿夜礼服的直挺挺的年轻绅士陪着。

“这是舞会，”罗斯肃然起敬地说，“也许咱们还是不进去的好。他会很忙的。”

“没什么，他不会忙的。他应付得了。”

他们犹豫了一下，走进那扇在他们看来最不复杂的门，发现他们自己在一间小餐厅里，顿时拿不准该怎么办，就忐忑不安地站在餐厅的一个不显眼的角落里。他们脱下军帽，拿在手里。他们的心头蒙上一片愁云；房间的一头有一扇门砰地打开，把他们两人吓了一大跳，只见有一个侍者像彗星似的出现，飞快地穿过房间，走进另一头的一扇门，不见了。

侍者们像闪电似的这样经过了三次，他们运用所有的机智总算叫住了一个。那个侍者转过身子，怀疑地望着他们，接着用猫一样轻的脚步走近来，好像准备着随时转身逃跑。

“喂，”基开始说，“喂，你认识我哥哥吗？他在这儿当侍者。”

“他姓基，”罗斯加了个注解。

认识的，那个侍者认识基。他在楼上，他想。在那个最大的舞厅里，正在举行一次盛大的舞会。他会去告诉他。

十分钟以后，乔治·基出现了，带着极大的猜疑招呼他弟弟；他的第一个最自然的念头是，他弟弟是来向他借钱的。

乔治是高个子，没有下巴，不过他跟他弟弟在其他方面却一点不像了。这个侍者的眼光并不呆滞，而是机灵和闪亮的，他的态度温和，看得出一直是在室内工作的，稍微有点优越感。他们照例互相问好。乔治已经结婚，有了三个孩子。他听到卡罗尔参军以后到国外去过，相当有兴趣，但是并不认为了不起。这使卡罗尔失望。

“乔治，”客套话结束以后，做弟弟的说，“我们要弄一点酒，他们不卖给我们。你能给我们弄一点吗？”

乔治考虑着。

“行。也许我能。不过，也许得要半个钟头。”

“好吧，”卡罗尔表示同意，“我们等。”

这当儿，罗斯开始朝身旁的一张椅子上坐下去，不料乔治发火地大喝一声，吓得他马上站起来。

“嗨！注意啦，你！不能坐在这儿！这间房间全布置好了，十二点钟要开宴会的。”

“我不会弄坏它的，”罗斯气呼呼地说，“我敷过去虱剂。”

“别在意，”乔治严厉地说，“要是侍者头儿看到我在这儿说话，他会狠狠地骂我一顿。”

“哦。”

一提到侍者头，对另外两个人来说，就是理由充足的解释了；他们忐忑不安地摸着国外带回来的军帽，等着他安排。

“我告诉你们，”乔治停顿了一下，说，“我有一个地方，你们可以在那儿等着；你们跟我来吧。”

他们跟着他走出另一头的那扇门，穿过一个没有人的餐具室，从一段黑暗、盘旋的楼梯走上去，最后走进一间小房间，那里摆着一堆堆桶和一排排硬毛刷子，有一盏孤零零的电灯亮着，发出暗淡的光线。他收下两块钱，答应半个钟点以后送一夸脱威士忌来，就把他们撇在那里走了。

“乔治挣得不少，我敢打赌，”基一边在一个倒放着的桶上坐下来，一边神情阴郁地说，“我敢打赌，他一礼拜能挣五十块。”

罗斯点点头，吐了一口唾沫。

“我也敢打赌，他是挣这么多。”

“他对舞会说了些什么？”

“许多大学生。耶鲁大学的。”

他们两人互相严肃地点点头。

“说不准那群士兵眼下在哪儿吧？”

“我不知道。我知道那对我来说真他妈的走得太长了。”

“对我也太长。你不会看到我走得那么远了。”

十分钟以后，他们坐立不安起来。

“我去看看那一头外面是什么，”罗斯一边说，一边小心谨慎地向另一扇门踱过去。

那是一扇绿呢弹簧门；他小心地推开一英寸。

“看到什么？”

罗斯剧烈地吸了一口气，才开口回答。

“他妈的！啊呀，这儿有酒！”

“酒？”

基走过去，同罗斯一起站在门口，一个劲地望着。

“不管是对谁，我都敢担保，这是酒，”他集中精神盯着看了一会儿以后说。

那间房间比他们待的那间约摸大一倍——已经准备好，用来开一次豪华的酒会。两张铺着白桌布的桌子上摆着一排排听凭选择的瓶酒，威士忌啦、杜松子酒啦、白兰地啦、法国和意大利苦艾酒啦，还有橘子汁，那一瓶瓶排得整整齐齐的苏打水和两个空的盛潘趣酒的大钵就不用说了。房间里眼下还没有人。

“那是为他们那场刚开始的舞会准备的，”基低声说，“听到小提琴的演奏声吗？嗨，老弟，跳支舞我倒不反对。”

他们轻轻地关上门，交换了一个互相领会的眼色。用不着互相试探就已经完全知道。

“我真想拿上两瓶，”罗斯加重了语气说。

“我也想。”

“你想咱们会被人看到吗？”

基考虑着。

“也许咱们还是等他们开始喝了以后才下手好。他们现在把那些酒摆得整整齐齐，所以他们知道有多少瓶。”

他们为这件事争论了几分钟。罗斯一心想，在有人走进房间以前，现在就拿一瓶，塞在上衣下面。但是，基主张谨慎。他害怕他可能给他哥哥惹麻烦。要是他们等到开了几瓶酒以后，那么拿上一瓶就毫无关系，人人都会想准是哪个大学生干的。

他们还在争论的时候，乔治·基走进来，只对他们咕哝了一下，就匆匆穿过房间，从绿呢弹簧门里走出去。一分钟以后，他们听到几下噗噗的开瓶塞的声音，接着是劈劈啪啪的冰块声和哗哗的倒酒声。乔治在调潘趣酒。

两个人互相看着，高兴地咧开了嘴笑起来。

“啊，老弟！”罗斯低声说。

乔治又出现了。

“说话轻点，小伙子，”他迅速地说，“你们要的东西我五分钟以后给你们取来。”

他从他进来的那扇门里出去。

等他的脚步声在楼梯上越来越轻，罗斯小心谨慎地望了一眼，就倏地窜进那间充满欢乐气氛的房间，拿了一瓶酒回来。

“嗨，你听我说，”他们兴高采烈地享用第一口酒的时候，他说，“咱们等他来，问他咱们是不是能待在这儿，喝他给咱们拿来的酒——你瞧。咱们告诉他，咱们没有别的地方可以喝酒——你瞧。那么咱们能趁那边那个房间里没有人的当儿，悄悄溜进去，塞一瓶在咱们的上衣底下。咱们不是就有足够的酒，可以让咱们喝上两天了——懂吗？”

“当然啦，”罗斯热烈地同意。“啊，老弟！要是咱们想卖给士兵的话，咱们就能随时卖给他们。”

他们静默了一会儿，满心欢喜地想着这个主意。接着基抬起手来，解开那件值日军官的上衣的领扣。

“这儿很热，是不？”

罗斯热切地同意。

“热得像地狱。”

四

她从化妆室里出来，穿过通向过道的休息室，那个休息室是为了雅观起见设在化妆室和过道中间的，这时候，她仍然很生气——倒并不是因为发生了那件事情，她才冒火，归根结蒂，那不过是她社交生活中一件平凡的事情，而是因为那件事情偏偏发生在那天夜晚。她对自己没有不满意。她装出一副她一向惯用的既庄严又表示沉默的同情的正确态度。她干脆而熟练地阻止了他。

事情发生在他们的出租汽车离开比尔特莫尔的时候——向前面那条横马路走了还不到一半路程。他笨拙地举起右臂——她坐在他右边——想要悄悄围住她身上那件毛皮滚边的深红斗篷。这样做就犯了一个错误。一个小伙子想要拥抱一个他拿不准会不会默默同意的年轻小姐，一定要先用离她较远的那条胳膊搂她，这样才比较优雅。这样就可以避免笨拙地举起他那条较近的胳膊。

他的第二个失礼是无意识的。她那天下午是花在理发店里的——一想到她的发式会突然被人弄坏，她就会非常恼火——可是彼得做那个不幸的动作的时候，他的胳膊肘偏偏微微擦了一下她的头发。这是他第二个失礼。两个已经很够了。

他开始嘟囔。一听他的嘟囔，她就肯定他不过是个大学里的毛孩子——伊迪丝才二十二岁；不管怎样，这次舞会，大战以来第一次这样的舞会，越来越引起她的联想，引起她回想另一件事情——另一次舞会和另一个人，她对那个人的感情可以说是一种带着悲伤的眼光的、青春期的梦幻。伊迪丝·布拉丁正陷在回忆戈登·斯特雷特的情网中。

她就是带着这种心情从戴尔莫尼科的化妆室里出来的，在过道口站了一下，眼光越过她前面的一个裹着黑衣服的肩膀，望着那群像尊严的黑蛾似的、在楼梯头飞快地转来转去的耶鲁人。从她刚出来的那个房间里飘来浓酽的芳香，那是来来去去的许多搽得香喷喷的年轻美人留下的——强烈的香水味和微细的、充满回忆的香粉末。这股飘出来的香味在过道里同冲鼻的纸烟味混在一起，愉快地从楼梯上一路飘下去，弥漫在那个正在举行伽马-普赛舞会的舞厅里。这种气味她非常熟悉，它给人刺激，使人兴奋，带有叫人不能安静的芬芳——时髦的舞会的气味。

她想到自己的外貌。她赤露着的胳膊和肩膀用香粉敷成乳白色。她知道今夜在穿着黑色礼服的脊背衬托下，她的胳膊和肩膀看上去非常柔软，而且像牛奶似的微微闪亮。发式梳得得意极了；她那泛红的浓发被处理得高高耸起，起伏弯曲，变成美妙悦目的波浪形。她的嘴唇是美丽的鲜红色；她的眼珠是鲜艳娇嫩的蓝色，像瓷做的。她是一个十全十美、无比娇艳、挑不出一点毛病的美人，从复杂的发式到小巧的脚配合得非常匀称。

她想着今天夜晚在这个狂欢会上她要说什么，听到那些高高低低的笑声和拖着走的脚步声，看到一对对男女在楼梯上走上走下，她已经隐隐约约地想到她要说的话了。她要说的是多少年来她一直在说的那种语言——她的专长——用流行的措辞、加上一点报刊用语和大学俚语组成的而且结合得很自然的谈吐，这种谈吐显得随便，稍微带点挑逗性，还有点感伤色彩。她听到一个坐在楼梯上她附近的姑娘说："你连一知半解也算不上，亲爱的！"禁不住微笑起来。

她一流露出微笑，她的火气就消失了；闭上眼睛，她欢乐地深深吸一口气。她垂下双臂，轻轻碰碰那裹着她的身子、显出她的身段的柔软的衣服。她从来没有感到她自己是这么柔软，从来也没有这么欣赏过她自己的白皙的双臂。

"我散发着芳香，"她坦率地对自己说，接着想起了另一个念头——"我生来就是为了爱情的。"

她喜欢这句话的声音，又想了一次；接着她不可避免地接连想到新近才产生的、闹得她心烦意乱的对戈登的梦想。两个月以前，她思路一转，突然发现自己一个没有预料到的愿望，想同他再见；眼下，这种思路的转变被带到这个舞会上，这个时刻中来了。

伊迪丝虽然是个时髦的美人，却是个生性严肃、思想迟缓的姑娘。她也多少具有使她哥哥变成社会主义者和和平主义者的那种爱好思考的愿望和青春期的理想主义。亨利·布拉丁原来是科内尔大学的经济学讲师，他离开那里，到纽约来，在一份激进的周刊的专栏上为不可治愈的社会痼疾提供最新的良方。

伊迪丝没有那么蠢，只要能治愈戈登·斯特雷特就心满意足了。戈登的性格中有一个她想要照料的弱点；他性格中有一种她想要保护的无所作为的缺陷。她想要一个她认识了好久的人，一个爱她好久的人。她有点厌倦了；她想要结婚。她凭着一堆书信，五、六幅画和同样数目的回忆，再加上这点厌倦，她决定下次遇见戈登，他们的关系将要改变。她要说一些改变他们关系的话。正好有这个夜晚。这是她的夜晚。所有的夜晚都是她的夜晚。

接着，她的思想被一个神色庄重的大学生打断了，他带着委屈的神情和不自然的拘谨站在她前面，向她低低地鞠了一个躬，低得异乎寻常。这就是同她一起来的那个人，彼得·希梅尔。他是一个高个子，生性幽默，戴着角边眼镜，有一副吸引人的异想天开的神情。她突然相当讨厌他——也许因为他没有能够跟她接吻。

“唔，”她开始说，“你仍然对我发火吗？”

“一点也不。”

她走上前去，握住他的胳膊。

“我真抱歉，”她温柔地说，“我不知道我刚才干吗这么发脾气。今天夜晚我因为某种莫名其妙的原因情绪不对头。我真抱歉。”

“没什么，”他咕哝着说，“别提了。”

他感到窘得受不了。难道她是在揭他刚才那个过错的疮疤吗?

“那是一个错误，”她故意用同样的柔和声调接着说，“咱俩都把它忘了吧。”为了这句话，他恨她。

几分钟以后，他们像在舞池里漂过似的走出去，这时候，十二个特地雇来的摇摆着、叹息着的爵士乐队成员正在给挤满在舞厅里的人演奏：“要是一支萨克斯管和我被撇在一边，那么为什么两个人凑成一对！”

一个留着小胡子的人插进来请她跳舞。

“喂，”他带着责备的口气开始说，“你记不得我了？”

“我就是想不起你的名字，”她轻松地说——“可我完全认识你。”

“我遇见你是在……”他的声音不愉快地低下去，因为一个长着非常漂亮的金头发的男人插进来请她跳舞了。伊迪丝对那个不认识的人轻轻地说着客套话：“谢谢，人很多——待会儿找我跳吧。”

那个非常漂亮的男人坚决要同她热烈地握手。她认为他是她许多叫吉姆的熟人当中的一个——至于他的姓，那只有天知道了。她甚至记得他跳起舞来有一种特殊的节奏；等他们一开始跳，她发现自己果然不错。

“到这儿来了好久了吗？”他亲密地低声说。

她向后靠了一下，抬头望着他。

“两礼拜。”

“你住在哪儿？”

“比尔特莫尔。哪一天打电话给我。”

“我会打的，”他向她保证，“我一定打，咱们去喝茶。”

“好啊——就这样。”

一个黑皮肤的人礼貌周到地插进来请她跳舞。

“你不记得我了吧，是不？”他一本正经地说。

“我想我记得。你姓哈兰。”

“不对。巴洛。”

“唔，反正我知道那是两个音节的。你就是在霍华德·马歇尔的家庭舞会上尤克里里琴演奏得很精彩的那个小伙子。”

“我演奏过——不过不是……”

一个龅牙的男人插进来请她跳舞。伊迪丝闻到一股威士忌酒味。她喜欢喝过一点酒的男人；他们兴致要高得多，知情识趣，善于恭维——要容易交谈得多。

“我姓迪安。菲利普·迪安，”他兴高采烈地说，“你不记得我了，我知道，不过你过去常跟我四年级的时候一个同寝室的人一起到纽黑文来，他叫戈登·斯特雷特。”

伊迪丝迅速抬起头来。

“是的，我跟他去过两回——‘浅口舞鞋和轻便舞鞋’晚会和三年级的舞会。”

“你当然见过他，”迪安漫不经心地说，“他今晚来了。我刚才还看到他。”

伊迪丝大吃一惊。然而，她原来相当有把握，他会来的。

“什么，不，我已经有……”

一个红头发的胖子插进来请她跳舞。

“喂，伊迪丝，”他开始说。

“唷——原来是你……”

她脚一滑，微微绊了一下。

“对不起，亲爱的，”她机械地咕哝说。

她看到了戈登——戈登脸色煞白，无精打采，靠在门边上，一边吸烟，一边向舞厅里望。伊迪丝能够看到他的脸又瘦又憔悴——他把拿着香烟的那只手举到嘴唇旁，手在颤抖。现在他们跳到离他很近的地方。

“……他们邀请了那么许多叫人腻烦的家伙，你……”那个矮胖子正在说。

“喂，戈登，”伊迪丝在她舞伴的肩膀上喊叫。她的心怦怦地乱跳。

他那双又大又黑的眼睛盯着她看。他向她跨出一步。她的舞伴放开她——她听到他在嘟嘟囔囔地讲蠢话。

“……可是有一半没有舞伴的男人喝醉了，不久就走了，所以……”

接着，她身旁传来低低的声音。

“我可以请你跳舞吗？”

她突然同戈登在一起跳舞了；他的一条胳膊搂着她；她感到那条胳膊由于痉挛而搂得很紧，感到放在她背上那只手的手指头伸开着。她拿着一条挑花手帕的那只手几乎要被他的手捏碎了。

“唷，戈登，”她开始气喘吁吁地说。

“你好，伊迪丝。”

她又滑了一下——为了要站稳，她把身子猛地向前一冲，脸碰到了他的夜礼服。她爱他——她知道她爱他——接着静默了一刹那，她心里悄悄涌起一种奇怪的、不自在的感觉。有什么事情不对头。

她的心突然一阵绞痛的悸动，她发觉了事实真相。他可怜巴巴，情绪沮丧，有点醉醺醺，而且累得快要倒下来了。

“啊……”她不由自主地嚷叫。

他的眼睛向下望着她。她突然看到他的眼睛上尽是血丝，而且无法控制地骨碌碌转动着。

“戈登，”她低声说，“咱们去坐吧。我要坐。”

他们差不多在舞池中央，但是她看到两个男人从房间对面走过来，所以她站住脚，抓住戈登无力的手，领着他跌跌撞撞地穿过人群；她紧闭着嘴唇；她的脸尽管涂了胭脂，却有一点苍白；她的眼睛含着眼泪微微打颤。

她在铺着柔软的地毯的楼梯高处找了一个地方；他沉重地坐在她身旁。

“唔，”他心神不安地盯着她看，开始说，“我看到你当然感到高兴，伊迪丝。”

她望着他，没有回答。他这副模样对她的影响是不可估量的。多少年来，她看到过带着各种程度的醉态的男人，从大叔大伯一直到开汽车的，而她的感觉也从有趣到讨厌，大有不同，但是她眼下第一次产生一种新感觉——一种说不出的恐怖。

“戈登，”她带着责备的口气说，几乎是在叫，“你看上去像魔鬼。”

他点点头。“我有麻烦，伊迪丝。”

“麻烦？”

“种种麻烦。你别跟我家里人去说，我可是彻头彻尾地垮了。我是个蠢货，伊迪丝。”

他的下嘴唇耷拉下来。他看上去好像没有看到她。

“你能不能——你能不能，”她犹豫地说，“你能不能告诉我是怎么回事，戈登？你知道，我一直对你感兴趣。”

她咬紧嘴唇——她原打算说一些更有力的话，但是最后发觉她自己说不出口。

戈登垂头丧气地摇摇头。“我不能告诉你。你是一个好女人。我不能把这种事告诉一个好女人。”

“简直是胡扯，”她像是吵嘴似的说，“我想你在这样的情况下叫任何人好女人，都是十足地道的侮辱。这是骂人哪。你喝醉啦，戈登。”

“谢谢，”他庄重地垂下脑袋，“谢谢你告诉我。”

“你干吗要喝酒？”

“因为我他妈的太痛苦了。”

“难道你以为喝了酒就会好一点吗？”

“你要干什么——想法改造我吗？”

“不；我想要帮助你，戈登。你能不能把事情告诉我？”

“我的处境糟糕透顶。你最好是能做到装作不认识我。”

“为什么，戈登？”

“我真抱歉，我插进来请你跳舞——这对你是不公道的。你是一个纯洁的女人——而且是十足地道的。得了，我另外找个人来跟你跳舞。”

他笨拙地站起来，但是她伸出手去，把他拉到她身旁，坐在楼梯上。

“喂，戈登。你真荒谬。你在刺痛我。你的举动像一个——像一个疯子。……”

“我承认。我是有一点疯疯癫癫。我是不大对头，伊迪丝。我是有点毛病。这不要紧。”

“这要紧，告诉我。”

“就是这样。我一向不大正常——跟其他小伙子有点不一样。在大学里倒没什么，可是现在一团糟了。四个月来，我身子里的零件像女人衣服上的小钩子一个个地断了，再断掉几个，衣服就要散开了。我很快就要疯了。”

他转过脸来，眼睛直勾勾地望着她，大笑起来。她吓得从他身旁移开。

“到底是怎么回事？”

“我就是这样，”他重复着说，“我就要疯了。这整个地方对我来说，就像是一场梦——这个戴尔莫尼科……”

他在说话的时候，她发现他完全变了。他一点也不轻松、愉快和随便——显得非常冷漠和沮丧。她心里涌起一阵反感，接着是一种轻微的、令人惊奇的厌烦。他的声音似乎是从一片巨大的虚空中发出来的。

“伊迪丝，”他说，“我过去常想自己聪明，有才能，是个艺术家。现在我知道自己不中用。不会画，伊迪丝。我说不上干吗要告诉你。”

她心不在焉地点点头。

“我不会画，我什么也不会做。我穷得一无所有，像教堂里的老鼠。”他沉痛地笑起来，而且声音也太高了一点。“我变成一个他妈的臭要饭的，剥削我朋友的寄生虫。我是个一败涂地的人。我穷得要命。”

她越来越厌恶了，等着一找到借口就站起来。

戈登突然眼泪汪汪。

“伊迪丝，”他显然用极大的努力克制自己，转过身来对她说，“我没法告诉你，我听到还有一个人对我感兴趣，对我是一件多么了不起的事情。”

他伸出手去拍拍她的手，她不由自主地把手缩回去。

“你真是太好了，”他重复着说。

“唔，”她慢腾腾地说，盯着看他的眼睛，“任何人总是高兴看到一个老朋友的——可是我真遗憾，看到你这样，戈登。”

他们互相望着，谈话停顿了一会儿；他的眼睛里犹豫不决地闪烁着瞬息的热望。她站起来，停住脚望着他，脸上毫无表情。

“咱们跳舞吗？”她冷冷地提议。

——爱情是脆弱的——她在想——不过碎片也许保存下来了，那些已经到了嘴边的话，那些原来可能要说出口的话。新的情话、温柔的情意已经记在心里，珍藏着给下一个爱人。

五

彼得·希梅尔，那个陪可爱的伊迪丝来的人，不习惯于被拒绝；一被拒绝，他感到委屈、尴尬和丢脸。两个月以来，他一直同伊迪丝·布拉丁互通快信，而且知道他们互通快信的唯一原因和理由是因为这能使他们情感交流，所以他原以为自己的地位是相当稳固的。他费尽心机，找不出她有任何理由只是为了接一个吻这样的事情，对他表示这种态度。

因此，当那个留着小胡子的男人插进来请她跳舞的时候，他就离开舞厅，走进过道，一路上自言自语，把一句话翻来覆去地说了好几遍。经过相当的删节，这句话是：

"唔，要是哪一个姑娘跟一个男人勾搭，后来又狠狠地叫他下不了台，她既然干出了这样的好事——要是我走出去，喝它一个酩酊大醉，她也就没有什么可抱怨的啦。"

他就这样穿过餐厅，走进一间同餐厅相通的小房间，那天黄昏早些时候，他在那里待过。那间房间里在一排排酒瓶旁有几大钵潘趣酒。他在摆酒瓶的桌子旁一张椅子上坐下来。

喝到第二杯威士忌苏打，他脑子里那些腻烦、厌恶、时间的单调感、混乱的事情就都变成模糊的背景，在这个背景前，浮现出闪闪烁烁的蜘蛛网似的思想脉络。一件件事情已经变得心平气和了，已经安静下来了；一天的纠纷排成整齐的队形，按照他打算把它们打发掉的简单愿望，全体出发，走得无影无踪。烦恼一消除，灿烂的、无孔不入的象征性的想法就出现了。伊迪丝变成一个轻浮的、无足轻重的姑娘；用不着为她牵肠挂肚；倒不妨拿她取笑一番。她像一个他自己的梦中的角色，是在他周围形成的那个表面世界的一部分。他自己也变得有点象征性，成为一个典型：大陆上的纵酒狂欢者、游戏人间的出色的梦想家。

接着，那种象征性的心境消失了；当他喝第三杯威士忌苏打的时候，他的想象力引来了热烈的欢乐；他进入这样一个境界，好像仰天躺在令人愉快的水面上漂动。就在这当儿，他注意到他附近一扇绿呢门开了两英寸光景，而且在那道隙缝后面有一双眼睛一动不动地望着他。

“嗯，”彼得平静地咕哝了一下。

绿呢门关上了——接着又打开——这一次只开了半英寸。

“躲躲猫[①]，”彼得咕哝着。

门没有关上，接着他发觉有一连串紧张的断断续续的

---

① 这是一隐一现逗小孩的一种游戏。

低语。

“一个人。”

“他在干什么？”

“他坐着看。”

“他还是滚开好。咱们还得弄一小瓶。”

彼得听着这些传到他耳朵里来的话。

“眼下，”他想，“这是最值得注意的。”

他感到兴奋。他大大地高兴起来。他认为他恰巧碰到一件神秘的事情。他故意假装出一副满不在乎的样子站起来，绕过桌子，接着飞快转过身去，拉开绿呢门，吓得躲藏着的罗斯慌忙逃进房间。

彼得鞠了一个躬。

“你好！”他说。

躲藏着的罗斯把一只脚稍微挪到另一只脚前面，摆出准备打架、逃走或者讲和的架势。

“你好！”彼得有礼貌地重复了一遍。

“我挺好。”

“我能请你喝一杯吗？”

躲藏着的罗斯用锐利的眼光紧盯着他看，怀疑他可能话里有刺。

“好吧，”他最后说。

彼得指指一张椅子。

“坐吧。”

“我有个朋友，”罗斯说，“我那儿还有个朋友。”他向绿呢门指指。

“那咱们一定要让他一起来。”

彼得穿过去，打开门，欢迎躲藏着的基出来，基满腹猜疑，拿不准这是怎么回事，而且感到心虚。椅子找来了；三个人坐在潘趣酒钵旁。彼得给他们一人一杯威士忌苏打，还从香烟盒里掏出烟卷来给他们一人一支。他们带着一点腼腆的神情都接受了。

“行了，”彼得轻松地继续说，“我能不能问，你们两位先生为什么情愿把空闲的时间消磨在一间就我看到主要只是摆了一些擦洗用的硬毛刷子的房间里？而且人类已经进步到了这样的阶段，除了礼拜天以外，天天要制造一万七千张椅子……”他停顿了一下。罗斯和基呆呆地注视着他。“你们能不能告诉我，”彼得接着说，“你们干吗要挑中那种用来把水从一个地方运到另一个地方的器具当座位呢？”

听到这儿，罗斯对这种话哼了一下。

“最后，”彼得结束他的话，“你们能不能告诉我，你们既然进了这座挂满巨大的美丽枝形灯架的大厦，为什么在一盏光线暗淡的电灯下消磨黄昏？”

罗斯望着基；基望着罗斯。他们哈哈大笑起来；他们笑得前俯后仰；他们发现只要互相望着就不可能不笑。但是他们不是在同他一起笑——他们是在笑他。对他们来说，一个这样说话的人不是喝得酩酊大醉，就是彻头彻尾地疯了。

"你们是耶鲁人，我猜想，"彼得说，他刚喝完了一杯威士忌苏打，正在调另一杯。

他们又哈哈大笑起来。

"不对。"

"嗯？我原以为你们是那所大学的低年级部分，那个叫作谢菲尔德科学学校的学生。"

"不对。"

"哼，唔，那可真是太糟了。毫无疑问，你们都是哈佛人，都想急于隐瞒你们的姓名，在这——这个青紫色的天堂里，就像报上所说的。"

"不对，"基轻蔑地说，"咱们正在等人。"

"啊，"彼得一边喊叫，一边站起来，在他们的杯子里倒满了酒，"很有趣。跟一个清洁女工约会，对不？"

他们两人怒气冲冲地否认这种说法。

"这没什么，"彼得打消他们的顾虑，"别辩护了。一个清洁女工跟世界上任何一位小姐一样好。吉卜林说：'任何一位小姐，骨子里都是格雷迪的裘迪。'①"

① 这句俏皮话源出英国小说家和诗人吉卜林的一首诗《女士们》的最后两行，意谓女人不管是什么身份，在本质上都是一样的。彼得在借用时对原诗有所改动。

“一点不错，”基下流地对罗斯眨眨眼说。

“谈谈我的情况吧，譬如说，”彼得喝完了杯子里的酒，继续说，“我遇到一个宠坏了的姑娘。宠得他妈的坏透了的姑娘，坏得我还从来没见过。不愿意跟我接吻；什么理由也没有。故意勾搭我，引得我一定想要跟她接吻，然后啪地一扔！把我甩了！年青一代到底会变成什么样子？”

“唷，运气不好，”基说——“运气太不好了。”

“啊，老弟！”罗斯说。

“再来一杯吗？”彼得说。

“我们刚才有一会儿差一点去打架，”基停顿了一下说，“不过路太远了。”

“打架？——这倒是个主意，”彼得说，他坐也坐不安稳，“把他们全揍一顿！我过去在部队里待过。”

“那是一个相信布尔什维克主义的家伙。”

“这倒是个主意！”彼得热烈地嚷叫。“这正是我要说的话！杀死布尔什维克！消灭他们！”

“咱们是美国人，”罗斯说，流露出坚强、好斗的爱国主义。

“一点不错，”彼得说。“世界上最伟大的民族！咱们都是美国人！再来一杯。”

他们再来一杯。

六

一点钟，一班特殊的乐队来到戴尔莫尼科，即使在有许多特殊的乐队的这一天中，它也是特殊的。乐队的成员傲慢地坐在钢琴周围，担任起为伽马-普赛学生联谊会演奏音乐的任务来。领班的是一个大名鼎鼎的长笛演奏家，凭着他的一手绝技红遍纽约；他能头着地脚朝天，一边扭动肩膀，一边用长笛吹奏最新的爵士歌曲。在他表演的时候，全场的灯都关熄，只剩下一盏聚光灯照着那个长笛演奏家，还有一片流动的灯光，投射出摇曳的阴影和在拥挤的跳舞的人的头顶上像万花筒似的变换着的色彩。

伊迪丝跳着舞进入那个疲倦的、梦幻似的境界，只有初进社交界的人才习惯于这种境界，这同一个豪迈的人接连喝了几大杯威士忌苏打以后感到的兴奋一模一样。她的思想模模糊糊地在乐声中流动；她的舞伴在变换着色彩的暗淡的灯光下，像不真实的幻影似的变换。她现在昏昏沉沉地认为，自从舞会开始以来，好像已经有几天过去了。她已经同许多男人零零碎碎地谈论过许多话题。她被人吻过一次，求爱过六次。那天黄昏早些时候，各种不同的大学生同她跳过舞，但是现在她像在场所有比较出风头的姑娘们那样，有她自己的随从——那就是说，五六个风流的男子挑中了她，或者交替享受她和另一个选中的美人的迷人的丰姿；他们按照固定不变的次序连续不断地插进来请她跳舞。

她看到戈登几次——他在楼梯上坐了好久，手掌支着头，他呆滞的眼光盯着他前面地板上一个无边无际的斑点；他看上去非常沮丧，而且醉醺醺——但是伊迪丝每一次都迅速移开她的眼光。那一切好像是好久以前的事了；她的头脑现在迟钝了，她的感觉已经昏昏沉沉，简直像快要睡着似的；只有她的脚在跳舞，她的声音在说一些隐晦的关于感情问题的笑话。

但是伊迪丝看到彼得·希梅尔神气活现和快快活活地喝得醉醺醺插进来请她跳舞的时候，还没有倦得不能表示正当的愤怒。她气得直喘气，抬头望着他。

"嗨，彼得！"

"我有点喝醉了，伊迪丝。"

"嗨，彼得，你真是讨人欢喜，你真是！难道你不认为这是放肆吗？——你这是跟我在一起嘛。"

接着她勉强微笑起来，因为他像猫头鹰似的带着感伤的神情望着她，脸上一下子现出一种愚蠢的痉挛的微笑。

"亲爱的伊迪丝，"他开始热烈地说，"你知道我爱你，对不？"

"你明明白白地讲出来了嘛。"

"我爱你——我只是要你跟我接吻，"他悲哀地加了一句。

他的尴尬、他的害臊都没有了。她是全世界最美丽的姑娘。最美丽的眼睛，像天上的星星。他要赔不是——首先，是为了他冒昧地想要吻她；第二，是因为喝酒——但是他刚才非常沮丧，因为他以为她对他非常恼火。……

那个红头发的胖子插进来，抬头望着伊迪丝，高兴地微笑着，请她跳舞。

"你带舞伴来吗？"她问。

"没有。"原来红头发的胖子是个没有女伴的人。

"唔，你愿意——这会给你添很大的麻烦吧——今晚陪我回家吗？"(这种极腼腆的表示是伊迪丝的迷人的做作——她知道那个红头发的胖子马上会陶醉在一阵狂喜中。)

"麻烦？嗨，我的老天爷，我不知道有多么高兴哪！你知道，我不知道有多么高兴哪。"

"非常感谢！你太可爱了。"

她看了一下自己的手表。一点半。当她自言自语地说"一点半"的时候，她脑子里模糊地想到她哥哥在吃午饭的当儿告诉她，他每天夜晚在报社里工作到一点半以后。

伊迪丝突然向她眼前的那个舞伴转过脸去。

"戴尔莫尼科到底在什么街上？"

"街？啊，那还用说，当然在第五街上啰。"

“我的意思是说，在什么街口？”

“噢——让我想一想——它在第四十四街口。”

这证实了她的想法。亨利的办公室一定在街对面，就在拐角上；她顿时想起她可以溜过去一会儿，扑到他的身上，使他大吃一惊，哪儿来了一个耀眼的美人，她的夜礼服外面罩着深红新斗篷哪，“让他高兴高兴”。这恰巧是伊迪丝非常喜欢做的那种事情——违背习俗的得意事情。这个念头缠住了她，使她甩也甩不掉——她犹豫了一下，就打定主意了。

“我的头发快要完全披下来了，”她讨人欢喜地对她的伴儿说，“我去梳一梳，你不会有意见吧？”

“一点也不会。”

“你真讨人欢喜。”

几分钟以后，披着她那件深红斗篷，她从旁边的楼梯上一溜烟似的跑下去，想到她这次小小的冒险，激动得满面红光。她从站在门口的一男一女身旁擦过——一个没下巴的侍者和一个胭脂搽得太红的年轻女郎，正在热烈地争论——打开大门，走进温暖的五月的夜晚。

七

那个胭脂搽得太红的年轻女郎用短促而恶狠狠的眼光在

她后面瞟了一眼——接着又扭过头来，同那个没下巴的侍者重新争论。

“你还是上楼去跟他说我在这儿好，”她气势汹汹地说，“要不我自己上楼去。”

“不行。你不能上楼去！”乔治严厉地说。

那个姑娘流露出讥讽的微笑。

“我不能，我不能吗？唔，我告诉你吧，我认识许多大学生，更多的是他们认识我，而且乐于带我去参加舞会，比你这一辈子里看到的还多呢。”

“也许是这样……”

“也许是这样，”她打断他的话，“啊，她们随便哪一个就像刚才走掉的那一个一样——天知道她上哪儿去了——她们那些被请来的就能随便来来去去——但是我要看一个她们的朋友，一个低微的挂挂火腿、给人端端油炸饼圈的侍者却站在这儿，把我拦在外面。”

“喂，”那个做哥哥的基气呼呼地说，“我不能丢掉饭碗啊。也许你说的那个家伙不想见你呢。”

“啊，他不可能不想见我。”

“何况那么一大堆人，我怎么能找到他呢？”

“啊，他在那儿，”她完全有把握地保证说，“你只要向随便哪一个问戈登·斯特雷特，他们就会把他指给你看。他们全都互相认识，那些家伙。”

她拿出一个网线提包，从包里掏出一张一元的钞票，递给乔治。

“拿去，”她说，“这是一点小意思。你去找到他，给我捎个信。你告诉他，他要是五分钟以内不到这儿来，我就上楼去。”

乔治悲观地摇摇头，把这件事情考虑了一会儿，非常犹豫不决，后来总算走进去了。

还不到规定的时间，戈登已经下来了。他比那天黄昏早些时候醉得更厉害，而且模样也变得不同了。脸上的酒意像结成一层硬壳似的。他昏昏沉沉，磕磕绊绊——说话都几乎不连贯了。

“你好，朱厄尔，”他口齿不清地说，“马上就来。朱厄尔，我弄不到那笔钱。尽了最大的力。”

“别提什么钱啦！”她厉声说，“你已经有十天没来找我了。到底是怎么回事？”

他慢腾腾地摇摇头。

“心境很坏，朱厄尔。生病。”

“你要是生病的话，干吗不告诉我。我并不是不顾死活地斤斤计较那笔钱。你开始不睬我以前，我从来不在钱上找你麻烦。”

他又摇摇头。

“没有不睬你。压根儿没有。”

“没有！你已经有三个礼拜不来找我了，除非你已经醉得懵懵懂懂，连你自己干了些什么也不知道了。”

“病了，朱厄尔，”他重复着说，疲劳地把眼光转向她。

“你不是身子挺不错嘛，能够上这儿来，跟你的社交界的朋友们玩得挺痛快。你告诉过我，你要找我一起去吃晚饭，你说你会带一些钱来给我。你连电话也不肯费神打一个给我。”

“我弄不到一点钱。”

“我刚才不是说过，那不要紧吗？我要看见你，戈登，可是你好像情愿找别人。”

他极力否认这种说法。

“那么，拿了你的帽子跟我走，”她建议。

戈登犹豫不决——她突然走上前去，两条胳膊搂住他的脖子。

“跟我一起走吧，戈登，”她几乎凑着他的耳朵在说，“咱们上德维内里斯去喝上一杯，然后到我的公寓去。”

“我不行，朱厄尔……”

“你行，”她热切地说。

“我病得很厉害。”

“唔，那你不该待在这儿跳舞。”

戈登向周围瞟了一眼，眼光里交织着宽心和绝望的神情，踌躇起来；接着她突然把他拉到她身旁，用柔软、丰满的嘴唇吻他。

“好吧，”他费劲地说，“我去拿帽子。”

八

伊迪丝走出来，走到五月的夜晚清澈的蓝色天空下，发现第五街上一个人也没有。大商店的橱窗都是黑魆魆的；店门外都罩着大铁门，这些商店已经成为白昼的豪华景象的坟墓。向第四十二街望过去，她看到那些通宵饭馆里映出来的、混合在一起的、模糊的灯光。在第六街的高架铁道火车站那儿，一列火车发出刺眼的亮光，在车站上平行的微弱的灯光中轰隆隆地穿过街道，飞快地驶进空气清新的黑暗。但是第四十四街上倒寂静无声。

伊迪丝把斗篷裹裹紧，飞快地穿过第五街。一个单身的男人从她身旁经过，用粗嗄的低声说：“上哪儿去，小妞儿？”她吓了一大跳。这使她想起，她小时候有一个夜晚穿着睡衣在附近街上溜达，一条狗从一个大得闹不清的后院里对她汪汪乱叫。

不到一分钟，她抵达目的地，第四十四街上一所比较陈旧的二层楼建筑，在楼上的窗口她高兴地看到一些灯光。外面有足够的亮光，使她能看出窗边的招牌——纽约号角。她走进黑暗的过道，一秒钟以后看到角落里的楼梯。

接着，她走进一间又长又低的房间，房间里摆着许多办公桌，四面墙上都挂着报纸的合订本。那里只有两个人。他们坐在房间的两头，两个人都戴着绿眼罩，就着办公桌上孤零零的台灯光在写作。

她在门口踌躇地站了一会儿，接着两个人同时扭过头来，她认出了她的哥哥。

“嗨，伊迪丝！”他迅速站起来，惊奇地走近她，拿掉眼罩。他是个瘦削的高个子，黑皮肤，有一双敏锐的黑眼睛，戴着很厚的眼镜。那是一双神思恍惚的眼睛，好像眼光一直盯在同他谈话的人的头顶上。

他把双手放在她的两条胳膊上，亲亲她的脸颊。

“有什么事？”他重复着说，有点惊慌。

“我刚才在那边戴尔莫尼科参加舞会，亨利，”她兴奋地说，“我忍不住跑来看你。”

“你来看我，我感到高兴，”他警惕的神情很快地消失，又像往常一样神思恍惚了。“不过你不应该在夜晚独自个儿出来，对不？”

坐在房间另一头的那个男人好奇地望着他们，但是亨利向他招招手，他走过来了。他身材臃肿，有一双眨巴的小眼睛；卸掉了硬领和领带，他看上去像个礼拜天下午的中西部庄稼人。

“这是我妹妹，”亨利说，“她顺便进来看看我。”

“你好！”那个胖子微笑着说，“我叫巴塞洛缪，布拉丁小姐。我知道你哥哥早已把这个姓忘了。”

伊迪丝有礼貌地笑着。

“唔，”他继续说，“我们这个地方不怎么精彩吧，是不？”

伊迪丝向房间周围望一下。

“看上去很好嘛，”她回答，“你们把炸弹放在哪儿？”

“炸弹？”巴塞洛缪重复着说，大笑起来，“真是太妙啦——炸弹。你听到她的话吗，亨利？她想要知道咱们把炸弹放在哪儿？喂，真是太妙啦。”

伊迪丝身子一转，坐上一张空办公桌，两条腿垂在桌边摇晃。她哥哥坐在她身旁的一张椅子上。

“唔，”他心不在焉地问，“你这一回到纽约来旅行觉得怎么样？”

“不坏。我跟那些淘气的姑娘一起在比尔特莫尔待到礼拜天。你明天能不能来吃午饭？”

他想了一下。

“我特别忙，”他不同意，“我讨厌跟许多女人在一起。”

“好吧，”她平静地表示同意，“那你跟我一起去吃午饭。”

“很好。”

“我十二点钟来找你。”

巴塞洛缪显然急于回到他的办公桌旁去，但是他好像认为不说两句玩笑话就走开，就显得没有礼貌。

“唔，”——他尴尬地说。

他们两人扭过头来。

“唔，我们……我们在这个黄昏的早些时候有一段叫人兴奋的时间。”

两个男人交换了一下眼色。

“你应该来得早些，”巴塞洛缪继续说，胆子稍微大了一点。“我们照例有一场杂耍。”

“你这是真话？”

“一场小夜曲，”亨利说，“许多士兵聚集在楼下街上，对着招牌大叫大嚷。”

“为什么？”她追根究底。

“就是一群人，”亨利心不在焉地说，“只要是一群人，就不得不喊叫。他们缺少一个富有首创精神的人带头，要不，他们就可能硬冲进来，把这儿的东西砸个稀巴烂。”

“是啊，”巴塞洛缪说，又转过身去对着伊迪丝说，“应该早些来。”

他看来好像认为，说上这几句，就有足够的借口可以走开了，因为他猛地转过身子，回到自己的办公桌旁去了。

“所有的士兵都反对社会主义者吗？”伊迪丝追问她的哥哥，“我的意思是说，他们都猛烈地攻击你和这一切吗？”

亨利重新戴上眼罩，打了个呵欠。

“人类已经有了漫长的历程，”他漫不经心地说，“可是咱们大多数人都有返祖现象；那些士兵不知道他们要些什么，他们憎恨什么，或者他们喜欢什么。他们习惯于大呼隆行动；他们看来没法不示威游行。所以就碰巧反对我们。今天夜晚，这个城里处处在骚动。你知道，今天是五一节。”

“刚才到这儿来捣乱得厉害吗？”

“一点也不，”他轻蔑地说，“九点钟光景，约摸有二十五个士兵站在街上，开始对着月亮吼叫。”

“啊，”——她改变话题，“你高兴看到我吗，亨利？”

“什么，那还用说。”

“你看上去可不像是这样。”

“我是高兴嘛。”

“我猜想你认为我是一个——一个浪费的人。有点像世界上最坏的贪图享乐的女人。”

亨利大笑起来。

“一点也不。趁你还年轻，高高兴兴地玩吧。怎么会有这样的想法？难道我看上去像个古板和认真的青年吗？”

“不……”她停顿了一下，“……可是我不知道为什么开始想到我刚才参加的舞会同……同你的一切目的是彻头彻尾的不一样啊。那种舞会看来有点……有点不合时宜，对不？……我参加那种舞会，而你在这儿为一个目标工作，要是你的理想实现，那种舞会就再也不可能举行了。”

“我倒不是那么想的。你还年轻，而你的行为是你受的教养的结果。去吧——高高兴兴地玩吧。”

她的脚一直懒洋洋地在摇晃，这时停住了；她的声音降低了一个音调。

“我希望你会……会回到哈里斯堡来，高高兴兴地玩玩。你拿得稳你这条路是走对了……”

“你穿着美丽的袜子，”他打断她的话，“到底是怎样的？”

“是绣花的，”她向下瞟了一眼回答，“漂亮吗？”她撩起下摆，露出丝袜裹着的苗条的小腿，“或者你不赞成丝袜吧？”

他看上去好像有点恼火，黑眼睛锐利地盯着她看。

“难道你要设法证明我是这么对你挑剔的吗，伊迪丝？”

“根本没有这个意思……”

她停住嘴。巴塞洛缪哼了一下。她扭过头去，只见他已经离开办公桌，站在窗前。

“什么事？”亨利问。

“人，”巴塞洛缪说，过了一会儿又说，“人多得密密匝匝。他们从第六街在走过来。”

“人。”

那个胖子把鼻子贴在玻璃窗上。

“士兵，天啊！”他用强调的语气说，“我早就想到他们会回来的。”

伊迪丝跳起来，跑过去，同巴塞洛缪一起站在窗前。

“他们有许多人！”她激动地喊叫，“来啊，亨利！”

亨利把他的眼罩戴戴好，但是仍然坐着。

“咱们还是把灯关掉好吧？”巴塞洛缪出了个主意。

“不用。他们一下子就会走开的。”

“他们不会的，”伊迪丝一边从窗口望出去，一边说，“他们连想也没想到走开。他们还有人在来。瞧——整整一大堆人从第六街口拐过来了。”

凭着街灯的黄光和蓝影，她能够看到人行道上挤满了男人。他们大多数穿着军服，有的清醒，有的已经醉得糊里糊涂了；这伙人向上不连贯地乱叫乱嚷。

亨利站起身子，走到窗前，让办公室的灯光映出一个他的长长的侧影。叫声顿时变成一片有节奏的嚷叫，接着小块的口嚼烟叶啦，香烟盒啦，甚至硬币啦，像连珠炮似的一连串小东西劈劈啪啪地扔到窗上来。大门一打开，吵吵闹闹的声音现在开始从楼梯上传过来了。

“他们上来啦！”巴塞洛缪喊叫。

伊迪丝焦急地转过脸去看亨利。

“他们上来啦，亨利。”

他们的叫声从楼下的过道里传来，现在听得相当清楚了。

“该死的社会主义分子！”

“帮德国佬的家伙！喜欢德国鬼子的家伙！”

“二层楼，正面！来啊。”

“咱们要逮住这帮小子……”

接下来的五分钟像是在做梦。伊迪丝感到一片叫嚷声对着他们三个人突然爆发，就像是一场大雨，感到楼梯上那么许多脚步声像是霹雳，还感到亨利抓住她的胳膊，把她拉到房间后头去。接着房门打开了，一股人流被推进来——他们倒不是带头的，而是恰巧走在前面。

“喂，老弟！”

“太迟了吧，对不？”

“你跟你的女朋友。你这该死的东西！”

她注意到有两个醉得很厉害的士兵被推到前面，他们傻头傻脑地摇晃着——其中一个又矮又黑，另一个是个高个子，没有下巴。

亨利走上前去，举起一只手。

“朋友们！”他说。

吵闹的叫声暂时静了下来，只是断断续续地有一些咕哝声。

“朋友们！”他重复着说，他那双神思恍惚的眼睛盯着看那群人的头顶上，“你们今天夜晚闯进来，不是在损害别人，而是在损害你们自己。你们看我们像有钱人吗？我们像德国人吗？我合情合理地问你们……”

“安静下来！”

“我说你安静点！”

“喂，谁是你的女朋友，伙计？”

一个穿便服的男人一直在办公桌上乱翻，突然举起一份报纸。

“找到啦，”他叫起来，“他们要德国人打赢这场战争！”

又有一股新的人流从楼梯上涌进来，房间里一下子挤满了人，全围着这三个站在房间后面的脸色苍白的人。伊迪丝看到那个高个子、没有下巴的士兵仍然站在前面。那个黑皮肤的矮子不见了。

她侧着身子稍微向后走去，站在开着的窗口附近，窗外阴凉的夜风把新鲜空气吹进来。

接着房间里一片骚乱。她发觉士兵们拥上前来，看见那个胖子抓起一张椅子在头顶上挥舞——灯光顿时熄灭，接着她感到粗布衣服下温暖的肉体推推搡搡，她耳朵里充满了喊叫声、践踏声和鼻息咻咻声。

一条人影不知从哪儿窜出来，擦过她的身子，跌跌撞撞地走动，接着被拥到旁边去，突然从开着的窗口里摔出去，不见了，传来一阵吓慌了的、不连贯的叫声，在一片闹声中，叫声断断续续地消失了。凭着后面的建筑物里映出来的微弱的灯光，伊迪丝很快地看了一眼，他是那个高个子、没下巴的士兵。

她心里惊奇地冒起了怒火。她拼命挥舞胳膊，向扭打得最激烈的地方不顾死活地硬冲进去。她听到咕哝、诅咒和拳头打在衣服上的声音。

“亨利！”她发疯似的喊叫，“亨利！”

后来，几分钟以后，她突然发觉房间里另外有几条人影。她听到深沉的、威吓性和权威性的声音；她看到在一个个打架的人堆中有几道黄光。叫声越来越零落了。扭打越发激烈，接着就停止了。

灯光突然亮起来；房间里全是警察，他们用警棍四面乱揍。传来了洪亮和深沉的声音：

“马上散开！马上散开！马上散开！”

接着是：

“安静下来，出去！马上散开！”

房间里看上去空得像一个脸盆。一个刚才在角落里扭打过的警察，放开他抓住的那个当兵的对手，猛推一下把那个人赶出门去。深沉的声音继续在说话。伊迪丝现在看到那是站在门旁的一个脖子像公牛一样粗的警长发出来的。

“马上散开！那儿没有路！你们自己的一个士兵被人从后面的窗口推出去，摔死啦！”

“亨利！”伊迪丝喊叫，“亨利！”

她用拳头拼命打着她前面那个人的脊背；她在另外两个人中间擦过去，打啊，叫啊，硬开出一条路来走到坐在一张办公桌附近地板上的一个脸色非常苍白的人跟前。

“亨利，”她热烈地喊叫，“怎么啦？怎么啦？他们把你打伤了吗？”

他的眼睛闭着。他呻吟，接着抬起眼睛望着，厌恶地说：

“他们把我的一条腿弄断了。我的老天，这帮蠢货！”

“马上散开！”那个警长嚷着说，“马上散开！马上散开！”

九

“蔡尔兹，第五十九街”在任何一个早晨八点钟，同它的连锁姊妹店相比，大理石桌面比较窄，平底锅的亮度也比较差。你会看到一群眼角上还有睡意的穷人设法笔直看着他们自己面前的食物，借此避免看到别的穷人。但是第五十九街上的蔡尔兹在四个钟头以前却和从俄勒冈州的波特兰到缅因州的波特兰[1]的任何一家蔡尔兹饭馆，大不相同。在它那墙壁灰白而卫生的餐室内，可以看到各种各样的人闹嚷嚷地混在一起，歌剧合唱女演员啊、大学生啊、初进社交界的姑娘啊、生活放荡的人啊、卖笑女郎啊——可以说混在这里的人是百老汇，甚至五号路上那伙最欢乐的人中的代表性人物。

在五月二日一大早，这里异乎寻常地挤得满满的。那些父亲拥有私人庄园的、不受传统束缚的姑娘，兴奋地脸朝着大理石桌面。她们正在兴致勃勃、津津有味地吃荞麦糕和炒蛋，要她们四个钟头以后再到这里来重吃一顿，那是根本不可能的。

有几个歌剧合唱女演员，她们是罢演午夜场的时事讽刺剧以后，到这里来的，她们坐在一张旁边的桌子上，希望在散戏以后用不着再装模作样了。除了她们以外，所有的人几乎都是从戴尔莫尼科的伽马-普赛舞会上来的。每隔一会儿，就有一个神情呆滞、像耗子一样探头探脑、同这里的气氛完全不相称的人，带着疲倦、困惑的好奇心望着那些活泼的女人。但是神情呆滞的人极少。这是五一劳动节的第二天早晨，空气里仍然有庆祝的气氛。

格斯·罗斯，虽然神志清醒，但是有点昏头昏脑，应该

① 即从美国的西部到美国的东部。

算在神情呆滞的那一类人内。他在那场骚乱以后，怎么从第四十四街来到第五十九街，只有一片模模糊糊、闹不清楚的记忆。他看到卡罗尔·基的尸体被放进一辆救护车运走，然后他同两三个士兵向非闹市区走去。在第四十四街和第五十九街中间什么地方，那几个士兵遇到几个女人，不见了。罗斯溜达到哥伦布广场，挑中了闪烁着幽暗的灯光的蔡尔兹来满足他对咖啡和油炸饼圈的想望。他走进去，坐了下来。

他周围飘浮着轻松的、无关紧要的闲谈和尖声的大笑。起先，他弄不懂是怎么回事，但是经过五分钟的迷惑，他发觉那是一个欢乐的舞会的余波。这里那里有一个坐不住的、兴高采烈的小伙子在桌子中间亲切和友爱地转悠，不加区别地一一握手，还不时地停下来开个玩笑，而激动的侍者们高高地托着荞麦糕和炒蛋，暗暗咒骂他，把他从挡住的道上推开。罗斯坐在那张最不引人注目和人最少的桌子旁；对他来说，整个场面就像是绚烂夺目的美人和狂欢展览。

过了一会儿，他逐渐注意到坐在他斜对面的那一对，他们背对着人群，是房间里最不叫人感兴趣的一对。那个男的已经喝醉了。他穿着夜礼服，领带歪着，衬衫由于泼着了水和酒皱了起来。他的眼睛模糊和充血，不自然地骨碌碌转动着。他嘴里的呼吸声短促。

“他喝得太多啦！”罗斯想。

那个女的即使说不上完全清醒，也差不了多少。她相貌漂亮，黑眼睛，脸色发烧似的通红，而她像鹰一样机灵地把眼光盯着她那个伴儿。她时不时地把身子凑过去，热切地对他低声说话；他就会沉重地垂着头，或是非常讨厌和吓人地眨眨眼，算是回答。

罗斯默不作声地对他们仔细打量了几分钟，直到那个女人迅速地狠狠看了他一眼；接着他把眼光移到两个最引人注目地、兴高采烈地在转悠的人身上，他们在桌子间转个没完。他惊奇地认出其中一个就是在戴尔莫尼科非常滑稽地款待他的年轻人。这使他带着模糊的感伤和轻微的害怕想起了基。基死了。他从三十五英尺高的地方摔下去，脑壳像个砸开的椰子那样裂开来。

“他是一个好小伙子，”罗斯悲伤地想着，“他确实是个好小伙子。他运气太坏了。”

两个转悠的人走近来，从罗斯的桌子和另一张中间走过来，带着高兴、亲切的神情既同朋友，也同陌生人打招呼。罗斯突然看到黄头发、龅牙齿的那一个站住脚，神情古怪地望着对面的一男一女，接着不赞成地摇起头来。

那个眼睛充血的人抬头看。

“戈迪，”那个转悠的龅牙齿说，“戈迪。”

“喂，”那个衬衫上有渍子的人口齿不清地说。

龅牙齿朝那一对悲观地摇摇手指头，带着冷冷的谴责的神情瞟了那个女人一眼。

“我怎么跟你说的，戈迪？”

戈登在椅子上动了一下。

“滚开！”他说。

迪安继续站在那里，摇摇手指头。那个女人开始发火了。

“你走开！”她恶狠狠地嚷叫，“你喝醉啦，你这个醉鬼！”

“他也喝醉啦，”他的手指头暂时停止摇动，指着戈登。

彼得·希梅尔从容不迫地走过来，现在带着猫头鹰似的神情，摆出一副想要发表议论的样子。

“喂，”他开始说，好像是被请来处理孩子间小小的争吵似的，“有什么纠纷？”

“你把你的朋友带走，”朱厄尔刺耳地说。“他在打扰我们。”

“什么事？”

“你听我说过啦！”她尖声说，“我说把你的喝醉了的朋友带走。”

她提高了的声音响得超过饭馆里的谈笑声；一个侍者急忙赶来。

“你得轻一点！”

“这人喝醉啦，”她喊叫，“他在侮辱我们。”

“啊—哈，戈迪，”那个被指责的人坚持着说，“我怎么对你说的。”他转过身去对那个侍者说：“戈迪跟我是朋友。我曾经出力帮助过他，对不，戈迪？”

戈迪抬头看。

“帮助我？见鬼，没有！”

朱厄尔突然站起来，一把抓住戈登的胳膊，帮助他站稳身子。

“走吧，戈迪！”她凑到他面前，几乎是凑着他耳朵低声说，“咱们离开这儿。这个人喝醉了，发酒疯。”

戈登让自己被拉起来，向门口走去。朱厄尔把头扭回来一下，对闹得他们离开的那个人说话。

“你那一套我全知道！”她恶狠狠地说，“好朋友，你真是，哼。他把你那套全告诉我了。”

接着，她抓住戈登的胳膊；他们一起穿过好奇的人堆，付了账，走出去。

“你得坐下，”他们走掉以后，那个侍者对彼得说。

“什么事？坐下？”

“对——要不，就出去。”

彼得转过脸来对着迪安。

“来，”他建议，“咱们把这个侍者狠狠揍一顿。”

“行。”

他们向他走过去，他们的脸沉下来了。那个侍者向后退。

彼得突然伸出手去，在他身旁桌子上一个盆子里抓了一把炒肉丁，向空中一扔。肉丁像雪片似的、抛物线状地、慢腾腾地落在附近一些人的头上。

“嗨！安分点！”

“撵他出去！”

“坐下，彼得！”

“少说废话！”

彼得哈哈大笑，鞠了一个躬。

“谢谢你们热心喝彩，女士们，先生们。要是有人再借给我一点肉丁和一顶礼帽，咱们继续表演。”

饭馆里那个维持秩序的人[①]急忙走来。

“你得出去！”他对彼得说。

“见鬼，不出去！”

“他是我的朋友！”迪安怒气冲冲地插嘴说。

一群侍者聚集起来。“撵他出去！”

“还是走好，彼得。”

短短地搏斗了一下，那两个人被推推搡搡地向门口赶去。

“我还有帽子和大衣哪！”彼得喊叫。

“好，去拿吧，快一点。”

---

① 美国的饭馆、剧院、旅馆往往雇用身材结实的大汉驱逐闹事的人。

那个维持秩序的人松开了抓住彼得的手；彼得做了一个极灵巧的滑稽姿态，马上飞也似的转到另外一张桌子旁去，把大拇指碰着鼻尖，伸开其他四个手指头[①]，对着那帮恼火的侍者发出嘲弄的大笑。

"我想还是再等一会儿好，"他说。

又开始追赶了。四个侍者被派去堵住一面，另外四个堵另一面。迪安抓住两个侍者的上衣。在重新追捕彼得以前，发生了另一场搏斗，最后，他在打翻了一个糖缸和几个咖啡杯以后，终于被抓住了胳膊。在收款员的桌子旁又发生了一场新的争执，彼得想要另外买一盆肉丁带走，用来扔警察。

但是，把他请出门去引起的这场混乱，却及不上另一个景象精彩；饭馆里的人个个被那个景象所吸引，流露出赞赏的眼光，而且不由自主地发出拉长了的"啊—啊—啊！"

饭馆正面的大玻璃已经变成深雪青色，马克斯菲尔德·帕里什[②]画的月夜的颜色——那青色看上去好像紧贴在玻璃板上，要挤到饭馆里来似的。曙光从哥伦布广场上来了，奇妙、寂静的曙光，映出了不朽的克里斯托弗[③]的巨大的雕像的轮廓，还奇怪而神秘地同饭馆里的越来越暗的黄电灯光混合在一起。

---

① 在西方习俗中这是一个侮辱人的手势。

② 马克斯菲尔德·帕里什（1870—1966），美国画家。

③ 克里斯托弗，哥伦布的名字。

十

进先生和出先生没有被人口调查员记在册子上。你在社会事业登记册，或者出生、结婚、死亡登记册，或者食品店的记账本上去找他们，是找不到的。他们已经湮没在遗忘中；证明他们曾经存在的一切证据都是模糊的、无法确定的，在法庭上也不可能得到承认。然而我有最充分的根据可以肯定，在一个短短的时间内，进先生和出先生呼吸着、生活着，有他们自己的姓名，生气勃勃地显露出他们自己的个性。

在他们短短的一生中，他们穿着本国的服装，在一个伟大的国家的伟大的公路上行走，受到嘲笑、咒骂、追赶和躲开。接着，他们消失了，再也听不到了。

当一辆敞篷出租汽车在熹微的五月晨光中在百老汇飞速驰过的时候，他们已经模模糊糊地形成了。进先生和出先生的灵魂坐在汽车中惊奇地谈论着那青色的亮光这么快地染遍克里斯托弗·哥伦布雕像后面的天空，迷惑地谈论着那些在街上蒙眬地匆匆走过的早起者，他们的苍老、灰白的脸就像被风吹得在灰色的湖面上漂动的纸片。他们对一切事情都意见一致，从蔡尔兹那个维持秩序的人的荒谬到人生事务的荒谬。这天早晨唤醒了他们热烈的心灵中酒醉后的极度喜悦，使他们变得疯疯癫癫。他们对生活的欢乐确实是这么敏锐和强烈，使他们觉得应该用大喊大叫来表达。

“呀—啊—呵！”彼得用手做了个传声筒大叫——接着迪安参加喊叫了，他的喊叫虽然同样具有意义和象征性，却由于口齿不清而引起回声。

“唷—嗬！呀！唷嗬！唷—布巴！”

在第五十三街上，他们遇到一辆公共汽车，车顶上有个头发剪短的黑皮肤美人；在第五十二街上，他们遇到一个清道夫，他躲避，逃开，用痛心和悲伤的声音嚷叫：“瞧你们在闹什么！”在第五十街上，一群人在一座很白的建筑物前面一条很白的人行道上转过脸来盯着他们的背影看，喊叫：

“这儿有伴，小伙子。”

在第四十九街上，彼得向迪安转过脸去。“美丽的早晨，”他庄重地说，那双猫头鹰似的眼睛乜斜着。

“也许是吧。”

“去吃点早饭，怎么样？”

迪安表示同意——还加了一句：

“早饭和酒。”

“早饭和酒，”彼得重复了一遍，接着他们互相望着，点点头。“这符合逻辑。”

接着他们两人都忍不住哈哈大笑起来。

“早饭和酒！啊，天啊！”

“没有这种东西，”彼得说。

“不卖吗？不要紧。咱们逼着他们卖。施加压力。”

“运用逻辑的力量。”

出租汽车突然在百老汇拐弯，顺着一条横马路开去，然后在第五街上一座庄重的、像坟墓似的建筑物前停住。

“怎么啦？”

出租汽车司机告诉他们，戴尔莫尼科到了。

这有点把人闹糊涂了。他们不得不花几分钟集中思想考虑一下，因为既然这么吩咐过，就一定有个理由。

“刚才提到大衣，”出租汽车司机提醒说。

这就对了。彼得的大衣和礼帽。他把它们忘在戴尔莫尼科了。事情弄明白以后，他们从出租汽车里出来，挽着胳膊向入口走去。

“嗨！”出租汽车司机说。

“嘿？”

“你们把车钱给我。”

他们摇摇头，生气地表示不行。

“待一会儿，现在不行——咱们吩咐你等着。”

出租汽车司机不同意；他马上要钱。他们以极大的自我克制，带着不屑计较的神情把钱付给他。

彼得在幽暗、无人的衣帽间里摸来摸去，找不到他的大衣和礼帽。

“没了，我想。谁偷走了。”

“说不定是哪个谢菲尔德的学生。”

“完全可能。”

“没关系，”迪安大方地说，“我把自己的大衣和礼帽也留在这儿——那么咱们就穿得一个样了。”

他脱下大衣和帽子，正要挂在钩子上的时候，他那东张西望的眼光像受到催眠术的摆布似的被钉在衣帽间的两扇门上的两大块纸板吸引住了。左面那扇门上有个大黑体字：“进”，右面那扇门上显示着同样醒目的字：“出”。

“瞧！”他快活地喊叫。

彼得的眼光跟着他手指头点的方向看去。

“什么？”

“瞧那两块牌子。让咱们拿走。”

“好主意。”

“也许是一对非常难得和非常珍贵的牌子。也许早晚有用。”

彼得把左面那块牌子从门上拿下来，想方设法要把它藏在自己的身上。牌子相当大，这事情有点困难。他忽然想出一个主意；带着装模作样的神秘莫测的姿态，他转过身去。过了一会儿，他像演戏似的飞快地转过身来，向钦佩的迪安伸出两条胳膊，显示自己。他把牌子插在背心里面，完全遮住了衬衫的前胸。实际上，那个大黑体字“进”盖在衬衫上。

“唷嗬！”迪安乐坏了，“进先生。”

他照样把自己那块牌子插进去。

“出先生！”他得意洋洋地说，“进先生遇见出先生。”

他们向前走去，握手。他们忍不住又哈哈大笑起来；使人颤抖的愉快的痉挛使他们摇来晃去。

“唷嗬！”

“咱们可能弄到许多早饭。”

“咱们到……到康默多饭店去。”

他们胳膊挽着胳膊，从门口出去，向东拐到第四十四街上，直奔康默多饭店。

他们出来的时候，一个身材矮小的黑皮肤的士兵回头看他们，那个士兵脸色非常苍白和疲倦，一直没精打采地在人行道上转悠。

他开始走过来，好像要同他们说话，但是他们马上盯着他看，眼光里显露出毫不相识的神情，他就等他们歪歪斜斜地在街上走过去，然后跟在他们后面，隔开约摸四十步，一边暗暗地笑，一边用愉快的、期待的声调反复低声说：“啊，老弟！”

进先生和出先生这时候正在用开玩笑的谈话交换着未来的计划。

“咱们要酒；咱们要早饭。缺一样也不成。这是不能分开的。”

“咱们两样都要！”

“两样！”

现在天相当亮了；过路人用好奇的眼光盯着那两个人。他们显然在讨论什么事情，而且两个人都对这场讨论热烈地感兴趣，因为他们时不时地发出一阵大笑，笑得那么厉害——两个人仍然胳膊挽着胳膊——身子弯得差一点叠起来了。

走到康默多饭店前，他们同那个睡眼蒙眬的看门人互相说了几句粗话，有点困难地推动转门，随即穿过一个门厅，那里人很少，但是在场的人都被他们吓了一大跳；他们走进餐厅，一个被闹糊涂了的侍者把他们领到角落里一张偏僻的桌子旁。他们眼巴巴地看着菜单，动不出脑筋，互相为难地咕哝着每一样菜名。

“菜单上看不到一种酒，”彼得埋怨地说。

只听得侍者在说话，但是听不懂他在说什么。

“再说一遍，”彼得耐着性子宽容地继续说，“菜单上一种酒也没有，真是毫无理由，叫人扫兴。”

“有啦！”迪安自信地说，“让我来对付他。”他转过脸去，对着侍者。“给我们来……给我们来……”他急切地看着菜单。“给我们来一夸脱香槟酒和一……一……也许是火腿三明治吧。”

那个侍者神情疑惑。

“去拿来！”进先生和出先生同时吼叫。

那个侍者咳了一声，走掉了。他们等了短短一会儿，在这期间，他们没有发觉，侍者头已经仔细地察看过他们。接着香槟酒端来了；一看到酒，进先生和出先生就高兴起来。

“想想看，他们会反对咱们拿香槟酒当早饭——想想看。”

他们两人全神贯注地幻想着这种可怕的可能性，但是他们脑子太差，想不出。他们两人一起想象也想不出竟然有那么一个世界，在那里有人可能反对别人拿酒当早饭[①]。那个侍者打开瓶塞，发出响亮的噗的一声——他们的玻璃杯里顿时盛着泛着泡沫的淡黄液体。

“祝你健康，进先生。”

“彼此彼此，出先生。”

那个侍者走开了；过了几分钟；瓶里的香槟酒低下去了。

“真——真叫人不痛快，”迪安突然说。

“什么事不痛快？”

“想到了他们会反对咱们拿香槟酒当早饭。”

---

① 这里暗指美国国会通过的禁酒法。

“不痛快？”彼得考虑着，“对，说得对——不痛快。”

他们又不由自主地大笑，号叫，摇摆，在椅子上笑得前俯后仰，一遍遍地互相重复着“不痛快”这个词——好像每重复一遍就使这件事越发变得荒谬似的。

又愉快地过了几分钟，他们决定再来一夸脱。侍候他们的那个侍者急忙去同他的顶头上司商量；那个谨慎的人明确地指示，不再供应香槟酒。他们的账单送来了。

五分钟以后，他们胳膊挽着胳膊，离开康默多饭店，沿着第四十二街穿过好奇的、盯着他们看的人堆，走到范德比尔特大街比尔特莫尔门口。在那里，他们灵机一动，想出了闯过难关的办法，不自然地挺直身子，迅速迈开脚步，穿过门厅。

一走进餐厅，他们又重来了一次刚才的表演。他们兴奋得很，一会儿哈哈大笑，笑得弯下身去，一会儿突然谈论政治、学校和他们快活的心情。他们的手表告诉他们，现在已经九点了；他们模模糊糊地记起他们参加了一个值得纪念的舞会，他们永远不会忘记这件事情。他们舍不得离开这第二瓶酒。他们哪一个只要一提到“不痛快”这个词，两个人就嘻嘻哈哈乐得喘不过气来。现在，餐厅在飞也似的旋转；一种奇妙的轻松气息弥漫着并且净化着沉闷的气氛。

他们付了账，离开餐厅，走进门厅。

这时候，大门转动了，这是那天上午第一千次转动。走进门厅的是一个脸色非常苍白的年轻美人，眼睛底下有着黑圈，穿着很皱的夜礼服。她由一个衣服朴素的结实的男人陪同着，显然那个人不是一个合适的伴儿。

在楼梯头，那两个遇到进先生和出先生。

“伊迪丝，”进先生一边开始说，一边高兴地向她走去，很快地鞠了一个躬，“亲爱的，早安。”

那个结实的男人用询问的眼光瞟了伊迪丝一下，好像只是要求她允许马上把这男人撂倒，免得他挡道。

“请原谅我称呼得太亲热，”彼得考虑了一下又加了一句，“伊迪丝，早安。”

他抓住迪安的胳膊肘，把他推到前面去。

“见见出先生，伊迪丝，我最好的朋友。形影不离。进先生和出先生。”

出先生走上前去，鞠了一个躬；事实上，他走得太前，弯得太低，微微向前一斜，为了站稳身子，一只手在伊迪丝的肩膀上轻轻按了一下。

“我是出先生，伊迪丝，”他讨人欢喜地咕哝着，“是进先生、出先生。”

“是进和出先生，”彼得骄傲地说。

但是伊迪丝笔直地凝视着他们的旁边，眼光盯着她上面走廊里一个无边无际的斑点。她向那个结实的男人微微点点头，他像头公牛似的走上前来，用矫健灵活的动作把进先生和出先生推向两边。他和伊迪丝在两人中间穿过。

但是，走了十来步，伊迪丝又站住了——站住脚，指着那个矮个子、黑皮肤的士兵，他望着这群人，尤其是进先生和出先生的生动的表演，带着几分迷惑、出神和害怕的模样。

“瞧，”伊迪丝喊叫，“瞧那儿！”

她的声音提高了，几乎变成尖叫。她点着的手指头微微颤抖。

“就是那个士兵把我哥哥的脚弄断的。”

十几个人叫起来；一个穿燕尾服的男人离开桌子旁的座位，麻利地蹿上去；那个结实的男人简直像闪电似的向那个矮个子、黑皮肤的士兵扑过去，接着整个门厅里的人把那几个人团团围住，进先生和出先生就此看不见他们了。

但是，在进先生和出先生看来，这件事不过是这个飞快地运动、旋转的世界的一个像彩虹似的五光十色的片断。

他们听到响亮的人声；他们看到那个结实的人跳起来；画面突然模糊了。

接着他们乘在一个向天上开去的电梯里。

“哪一层，请问？”开电梯的说。

“哪一层都成，”进先生说。

“最高一层，”出先生说。

“这是最高一层，”开电梯的说。

“再加一层，”出先生说。

“再高一点，”进先生说。

“天上，”出先生说。

十一

在离第六街不远的一家小旅馆的卧房里，戈登·斯特雷特醒过来，后脑勺感到痛，血管都在难受地悸动。他望望卧房各个角落里幽暗、灰色的影子，又望望角落里一张大皮椅上一个破了的地方，那张椅子摆在那里已经使用好久了。他看到地板上的衣服，乱七八糟、尽是皱纹的衣服。他闻到隔宿的烟卷味和隔宿的酒味。窗关得紧紧的。外面，灿烂的阳光越过窗槛照进来，变成一道充满灰尘的光柱——这道光柱被一张宽阔木床的床头挡住了；他刚才就熟睡在这张床上。他躺着，一动也不动——神志麻木，昏昏沉沉；他的眼睛睁得很大，脑子里咔哒咔哒地乱响，像一架没有加油的机器。

他在看到那道充满灰尘的阳光和那个大皮椅上的裂口以后，一定经过了三十秒才感觉到有个人紧挨在他身旁；又经过了三十秒，他才发觉已经无可挽回地同朱厄尔·赫德森结了婚。

半个钟点以后，他出去，在运动器具店买了一把左轮手枪。接着他叫了一辆出租汽车到他一直住的东二十七街上那个房间去；趴在那张他摆绘画材料的桌子上，他把一颗子弹从太阳穴后面打进自己的脑袋。

萧　甘译

瓷浴盆与粉红色

这是避暑山庄楼下的一个房间。四周墙上高高地贴着一层美术护墙板。护墙板上画着一个渔夫，脚旁放着一堆渔网，还有红色海洋上的一只船；又是一个渔夫，脚旁放着一堆渔网，还有红色海洋上的一只船；还是一个渔夫，脚旁放着一堆渔网，如此等等。有一处护墙板是重叠的。在这里，我们看到半个渔夫和脚旁的半堆渔网，湿漉漉地挤在半个红色海洋上的半只船旁。这块护墙板与故事的情节无关，却令我十分着迷。我本可以无限制地继续看下去，但是屋里有两件物体，其中的一件分散了我的注意力。那是一只蓝色的瓷浴盆。这只浴盆颇具特色。它不是新的批量生产的那种浴盆。它很小巧，盆底凸出，看上去就像要跳起来似的。不过它腿短，失去了勇气，只好屈就于浴盆本身和天蓝色的漆皮。不过它粗暴地不让任何一位客人伸直他的双腿……这就给我们引出了室内的第二个物体：

那是一个姑娘，显然是浴盆的附属物，只有头和喉咙——美女们都有喉咙而不是脖子——以及影影绰绰的肩膀露在上面。在演出的最初十分钟内，观众们都全神贯注地在想，她究竟是正儿八经地在演戏，没穿衣服呢，还是穿着衣服在骗人。

姑娘的名字叫朱莉·马维斯。根据她坐在浴盆里的那副骄傲的神气，我们可以推断出，她个子不很高，但很有风度。她微笑时，上嘴唇会微微地翘起，让您想起复活节的小兔。她很快就二十岁了。

还有一样东西——浴盆的右上方有一扇窗子。窗户很窄，窗台很宽；从那里能透进缕缕阳光，但能有效地防止任何往里瞧的人看到浴盆。你开始猜想这是什么情节了吧？

我们就用歌曲来开场吧，这与惯常的做法是十分相符的。只是由于观众们吃惊的喘息声几乎淹没了前半首歌曲，我们只录下了最后那部分：

朱莉：（用活泼而热情的女高音唱着）

当恺撒来到芝加哥时
他又优雅，又幼稚，
那些庄重的年轻人
刚调教出一帮调皮小子
修女们就全成了疯子。

只要内尔维人[1]神情紧张

他就会咂舌嘲笑

这些人摇来晃去

随着库苏勒的布鲁斯乐曲

跳起罗马帝国的爵士舞。

（在随即爆发的一阵热烈掌声中，朱莉谦逊地舞动着胳臂，在水面上掀起了阵阵涟漪——至少我们觉得她是这么做的。然后，左面的门打开了，洛伊斯·马维斯走了进来。她穿着整齐，但手里拿着衣服和浴巾。洛伊斯比朱莉大一岁，但脸庞和嗓音比她差不多大一倍，而且穿着和表情显得有些保守。是的，您已经猜到了。弄错人的身份，就是这个故事围绕着的古老而生锈的轴心。）

洛伊斯：（吓了一跳）啊，对不起，我不知道你在这儿。

朱莉：喂，你好。我正在开一个小小的音乐会……

洛伊斯：（打断了她）你为什么不把门锁上？

朱莉：我没锁吗？

---

① 内尔维人（Nervii），比利时的克尔特—日耳曼人，当年几乎被朱利叶斯·恺撒灭绝。

洛伊斯： 当然没锁。你以为我是从门缝里钻进来的吗？

朱莉： 我以为你把锁撬了，亲爱的。

洛伊斯： 你真不小心。

朱莉： 是的。我高兴得像拾荒人养的一条狗。我正在开一个小型音乐会。

洛伊斯：（严肃地）别孩子气了！

朱莉：（朝房间四周挥动着一只粉红色的胳臂）你知道，这墙壁有回声。这就是在浴盆里唱歌的妙处。效果非常棒。我能给你来一段吗？

洛伊斯： 我希望你快点从浴盆中爬出来。

朱莉：（若有所思地摇着脑袋）别催我。眼下，这里是我的王国，信女。

洛伊斯： 干吗叫得这么好听？

朱莉： 因为你几乎就是清洁女神。请不要乱扔东西！

洛伊斯： 你还要多久？

朱莉：（考虑片刻）不少于十五分钟，不多于二十五分钟。

洛伊斯： 帮我个忙，十分钟行吗？

朱莉：（回想着）喂，信女，你记得吗，在今年一月里那个寒冷的一天，一个以复活节小兔式微笑闻名的朱莉准备外出，当时热水很少，可是小朱莉刚为自己灌满了浴盆，那可恶的姐姐来了，居然自己进去洗了个澡，迫使那个小朱莉只好用冷霜来沐浴——这可是又贵又麻烦呀！

洛伊斯：（不耐烦地）这么说，你不肯快点洗了？

朱莉： 我干吗要那么做？

洛伊斯： 我有约会。

朱莉： 在家里？

洛伊斯： 你管不着。

（朱莉耸了一下露出的肩尖，在水上激起一阵涟漪。）

朱莉： 那就这样吧。

洛伊斯： 好了，看在上帝的分上，是的！我是在家里有个约会——可以这么说。

朱莉： 可以这么说？

洛伊斯： 他不进来。他来叫我，我们去散步。

朱莉：（扬起了眉毛）啊，情况清楚了。就是那个文人卡尔金斯先生。我以为你已经答应母亲不会请他来的。

洛伊斯：（绝望地）妈真傻。她不喜欢他，是因为他刚离婚。妈当然比我经验丰富，不过……

朱莉：（明智地）别让妈戏弄你！经验是世上最大的金砖。所有年长的人都会推销它。

洛伊斯： 我喜欢他。我们谈论文学。

朱莉： 噢，这就是最近我在家里发现那么些大部头书的缘故了。

洛伊斯： 是他借给我的。

朱莉： 好了，你可得陪他玩了。入乡随俗嘛。不过我同书无缘。我受的教育已经足够了。

洛伊斯： 你一点恒心都没有，去年夏天你是天天看书的。

朱莉： 如果我有恒心的话，那我至今还会靠喝瓶子里的热牛奶过日子。

洛伊斯： 是的，而且很可能喝的是我瓶子里的牛奶。不过我喜欢卡尔金斯先生。

朱莉： 我从未见过他。

洛伊斯： 好了，你能不能快点？

朱莉： 好的。（过了一会儿）我等水凉了，再加点热水。

洛伊斯： （讥讽地）真有意思！

朱莉： 还记得我们过去常玩“肥皂泡”吗？

洛伊斯： 记得，那是十年前的事。我真的很惊讶你现在怎么不玩了。

朱莉： 我玩的。过一会儿就玩。

洛伊斯： 无聊的游戏。

朱莉： （热情地）不，不无聊。这对神经有好处。我敢打赌，你已经忘了该怎么玩了。

洛伊斯： （不屑地）不，我没忘。只……只要在浴盆里放满起泡沫的肥皂水，然后爬到盆边上，再滑下去。

朱莉：（轻蔑地摇头）哼！只对了一部分。滑下去时不能碰到手和脚……

洛伊斯：（不耐烦地）啊，天哪！我才不管呢！我真希望以后夏天我们要么不再来这儿，要么找一幢有两个浴盆的房子。

朱莉：你可以给自己买一只铁皮的小浴盆，或者用软水管……

洛伊斯：喔哟，住嘴！

朱莉：（不相干地）把浴巾留下。

洛伊斯：什么？

朱莉：你走的时候把浴巾留下。

洛伊斯：这条浴巾？

朱莉：（轻巧地）是的，我忘了拿浴巾。

洛伊斯：（首次朝四周扫了一眼）什么，你这个白痴！你连浴衣也没有。

朱莉：（也朝四周看看）怎么了，我就是没有。

洛伊斯：（起了疑心）你怎么进来的？

朱莉：（哈哈大笑）我想，我……我想我是飞进来的。你知道……一个白色的身影沿着楼梯飞下来，就……

洛伊斯：（感到震惊地）什么，你这个小坏蛋。你难道没有一点骄傲和自尊吗？

朱莉： 都有，而且还不少。我认为这恰巧证明了这一点。我看上去很美。我的裸体是非常漂亮的。

洛伊斯： 啊，你……

朱莉：（自言自语地）我希望人们不要穿任何衣服。我想我本该是异教徒或土著人什么的。

洛伊斯： 你是个……

朱莉： 昨天夜里我做了梦，一个星期天，在教堂里，一个小男孩拿来了一块能吸布的磁铁。他把每一个人身上的衣服都吸走了；让大家处于十分可怕的境地；人人都在哭叫，弄得好像是第一次看到自己的皮肤似的。只有我毫不在乎，所以我只是放声大笑。我不得不去传递献金盘，因为其他人都不肯干。

洛伊斯：（不听这一套）你是不是想告诉我，要是我不来的话，你会就这样跑回房间……光着……身子？

朱莉： Au naturel① 要美得多。

洛伊斯： 要是起居室内有人呢？

朱莉： 还没有人去过那里。

洛伊斯： 还没有！真让人伤心！有多久……

朱莉： 再说，我通常披一条浴巾。

洛伊斯：（彻底给摧垮了）天哪！真该揍你一顿。我希

---

① 法文，意为“回归自然”。

望有人把你抓住。我希望你走出去时，起居室里有一二十个牧师——还有他们的妻女。

朱莉： 朗德里区的克林·凯特答道，起居室里容不下这么多人。

洛伊斯： 好吧，你把浴盆当成了你的私有物；你就躺在那里吧。

（洛伊斯果断地朝房门走去。）

朱莉：（惊慌地）喂！喂！我不希罕浴衣，可是我要浴巾。我不能用肥皂和湿手巾将身子擦干。

洛伊斯：（固执地）我才不会纵容这种怪物呢。你得自己设法擦干身子。你可以像那些不穿任何衣服的动物一样在地上打滚呀。

朱莉：（又自得其乐地）好吧。滚!

洛伊斯：（轻蔑地）哼!

（朱莉打开了冷水龙头，用手指将一股抛物线的水流浇向洛伊斯。洛伊斯快步退出，随手将房门砰地碰上。朱莉大笑一声，将水龙头关上了）

朱莉：（唱着）

在那晴朗的桑特菲河上

　　一位穿着尖领衬衣的男子

　　遇见了你曾吻过的那个女子

她那佩贝科式[1]的微笑

　　她那露西尔式[2]的风度

啦……啦……啦……过了一天……

（她吹起口哨，欠过身去开水龙头。却听到水管中三下响亮的敲打声，吓了一跳。静了一会儿，她再将嘴凑近那龙头，似乎把它当成了电话筒）

朱莉： 喂！（无人回答）你是管道工吗？（没有回答）你是水管部门的吗？（沉重而响亮的敲打声）你要什么？（无人回答）我想你是个鬼，是吗？（没有回答）好吧，那就别敲了。（她伸手过去开热水龙头，没有水流出来。她又一次将嘴紧紧凑到龙头边上）如果你是管道工，那么你干这勾当是很卑鄙的。把水给我放出来。（两下沉重而响亮的敲打声）别争了！我要水……水！水！

（一个年轻人的脑袋出现在窗口，他脸上留着一撇小胡髭，长着一对富有同情心的眼睛。那两只眼睛睁得溜圆。尽管除了许多渔夫和渔网以及大片红色的海洋之外什么也看不见，但他还是开了口）

年轻人： 有人晕倒了吗？

---

① 佩贝科（Pebeco），为一家牙膏公司。

② 露西尔（Lucile，1864—1935），英国人，曾将模特表演引进英国，是第一个在跨国公司任职的服装设计师。

朱莉：（吃了一惊，立即竖起了耳朵）是些乱跳的猫！[①]

年轻人：（乐于助人地）水治不了昏厥！

朱莉： 昏厥！谁说过昏厥了！

年轻人： 你说什么呕吐[②]。

朱莉：（果断地）我没有！

年轻人： 好吧，我们以后再谈此事。你快出来了吗？还是你仍然觉得如果你现在跟我一起出去的话，人们都会说闲话？

朱莉：（笑眯眯地）说闲话！他们会吗？那不止是闲话，那将是地道的丑闻！

年轻人： 行了，你说得有些过分了。你的家人可能会有点不满，可是一切都纯粹是推想。除了几个老太婆以外，其他人甚至都不会理会此事。来吧。

朱莉： 你都不知道你在说些什么。

年轻人： 你以为会有一群人跟着我们吗？

朱莉： 一群人？每小时都会有一辆全钢的专列餐车离开纽约。

年轻人： 喂，你是在打扫房间吗？

朱莉： 什么？

---

①② 原文为 cat jumping。此词有两种意思，一为“猫跳”，俚语中则为“呕吐”。

年轻人： 我看见所有的图片都从墙上取下来了。

朱莉： 什么，我们这个房间里是从不挂图片的。

年轻人： 奇怪了。我从来没有听说过哪个房间里是不挂图片、挂毯、油画什么的。

朱莉： 这儿连家具都没有。

年轻人： 这幢房子真怪！

朱莉： 这取决于你从什么角度来看它了。

年轻人：（动情地）这么同你谈话真好——只听到你的声音。我看不到你，还高兴呢。

朱莉：（感激地）我也是。

年轻人： 你穿的是什么颜色的衣服？

朱莉：（挑剔地看了一下自己的肩膀）嗯，我想是一种粉白色。

年轻人： 适合你穿吗？

朱莉： 它……它太旧了。我穿了很久了。

年轻人： 我以为你不喜欢旧衣服呢。

朱莉： 是的，不过这是生日礼物，我好像非穿不可。

年轻人： 粉白色。噢，我想它一定好看极了。式样好吗？

朱莉： 不错。很简单，标准的模型。

年轻人： 你的声音真好听！多美的回声！有时我闭上眼，似乎看见你在一个遥远的荒岛上呼唤我。我就穿过拍岸的浪花，听着你站在那里发出的召唤，向你游去。你的两边全是水……

（一块肥皂从浴盆边上滑了下去，溅起一些水泡。年轻人眨了眨眼）

年轻人： 那是什么？我是不是做梦了？

朱莉： 是的。你……你很有诗意，对吗？

年轻人：（神情恍惚地）不。我写散文。我只有在情绪激动时才写诗。

朱莉：（喃喃地）是给小匙搅动了……

年轻人： 我一直喜欢诗歌。我至今还记得我能够背诵的第一首诗。那是《伊万杰琳》[①]。

朱莉： 那是谎言连篇。

年轻人： 我说《伊万杰琳》了吗？我想说的是《戴着盔甲的骷髅》。

朱莉： 我缺乏文化素养。但是我记住了我的第一首诗。它只有一小节：

帕克和戴维斯

生在篱笆上

① 《伊万杰琳》（*Evangeline*），为一首叙事诗，作者为美国诗人朗费罗（1807—1882），出版于1847年。

想用一毛五分钱

变出一美元。

年轻人：（急切地）你不是慢慢地喜欢起文学来了吗？

朱莉：只要不是太古老、太复杂或者太令人沮丧的。对人也是这样。我通常喜欢一些不是太老派、太复杂或者太沮丧的人。

年轻人：我当然是看了许多书。昨天晚上你对我说，你很喜欢沃尔特·司各特。

朱莉：（想了一下）司各特？让我想一下。是的，我看过《艾凡赫》和《最后的莫希干人》。

年轻人：那是库珀写的。

朱莉：（生气地）《艾凡赫》是他写的吗？你疯了！我想我还是知道的。我看过。

年轻人：《最后的莫希干人》是库珀写的。

朱莉：我才不管呢！我喜欢欧·亨利。我不知道他是怎么写出那些故事来的。大多数故事是在监狱里写的。《雷丁监狱之歌》就是他在狱中写成的。

年轻人：（咬着嘴唇）文学……文学！对我来说，它是多么重要呀！

朱莉： 嗯，正如加比 · 德斯利①对帕格森先生②所说，有了我的容貌和你的脑子，没有我们办不成的事。

年轻人： （大笑了一声）的确很难跟得上你的变化。今天你非常亲切，第二天就心情不好。要不是我十分了解你的脾性……

朱莉： （不耐烦地）喂，难道你是个业余性格鉴定师，是吗？五分钟之内就能把人摸透，然后只要提到他们，你就显得很了解情况似的。我最讨厌这种事了。

年轻人： 我不敢说把你摸透了。我得承认，你是最捉摸不透的人。

朱莉： 历史上只有两种捉摸不透的人。

年轻人： 什么人？

朱莉： 戴着铁面具的人和在电话忙音时说“嘟、嘟、嘟嘟”的人。

年轻人： 你真是难以捉摸。我爱你。你既美丽，又聪明，又善良，这种结合是最难得的。

朱莉： 你是个历史学家。请告诉我，历史上是不是有浴盆。我觉得它们从来没有引起过人们的注意。

---

① 加比 · 德斯利（Gaby Deslys，1881—1920），法国时事讽刺剧的演员，缺乏天赋，但容貌美丽，风度优雅。她的重要性在于将美国的爵士风格引入了欧洲。

② 帕格森（Henri Bergson，1859—1941），法国哲学家，获 1927 年诺贝尔文学奖。

年轻人： 浴盆！让我想想。有了，阿伽门农[①]是在浴盆里遇刺的。还有，夏洛特·科黛[②]将马拉[③]刺死在浴盆里。

朱莉：（叹了口气）那么早呀！是不是除了太阳，就没有什么新鲜事了？为什么我昨天才偶然弄到一份音乐喜剧的总谱，它至少该有二十年的历史了；封面上写着"诺曼底的希米舞"，但希米舞这个词是老拼法，用的是"C"[④]。

年轻人： 我讨厌这些现代舞。啊，洛伊斯，我多希望能看到你，到窗前来吧。

（水管里发出响亮的一声"呼"，从拧开的龙头里突然开始流水了。朱莉迅速将龙头关上）

年轻人：（诧异地）那到底是什么？

朱莉：（机灵地）我也听到了某种声音。

年轻人： 听上去像流水声。

朱莉： 是吗？怪怪的，有点像。不过刚才是我在为金鱼缸灌水。

---

① 阿伽门农（Agamennon）［希神］，迈锡尼国王，特洛伊战争中希腊联军的统帅。

② 夏洛特·科黛（Charlotte Corday，1768—1793），法国女子，思想倾向于保王党，受吉伦特派逃亡者的指使，在巴黎刺杀革命家马拉，当场被捕，并被处决。

③ 马拉（Marat，1743—1793），法国大革命时雅各宾派领导人之一，建立雅各宾专政，被刺杀。

④ 希米舞的现代拼法是 Shimies。

年轻人：（还是迷惑不解）那“呼”的一声是什么？

朱莉：一条鱼“吧”的一声咂了一下它那金色的嘴巴。

年轻人：（突然坚决地）洛伊斯，我爱你。我不是个世俗的人，我是锻工……

朱莉：（立刻感兴趣地）啊，多迷人哪。

年轻人：……向前冲的锻工。洛伊斯，我要你。

朱莉：（怀疑地）哼！你真正要的是让全世界的人都立正，并站在那儿等你说一声：“稍息！”

年轻人：洛伊斯，我……洛伊斯，我……

（洛伊斯打开房门，走了进来，随手将门碰上了。这时年轻人不作声了。洛伊斯生气地看着朱莉，然后突然看到了站在窗口的年轻人）

洛伊斯：（惊恐地）卡尔金斯先生！

年轻人：（惊讶地）我怎么以为你说过你穿的是粉白色的衣服！

（洛伊斯绝望地看了一眼后，尖叫了一声，像投降似的举起了双手，随即瘫倒在地。）

年轻人：（异常惊恐地）天哪！她晕倒了！我得马上进去。

（朱莉看到了从洛伊斯无力的手中掉下来的浴巾。）

朱莉：那我马上出去。

（她双手撑在浴盆边上，站起身来，观众席中传来一片喃喃声，似乎是喘息，又似乎是叹息。贝拉斯科[1]式的夜幕很快就降临，笼罩了整个舞台。）

幕布落下

裘因译

① 贝拉斯科（Belasco，1853—1931），美国剧作家和演员，以布景豪华、采用机械效果和对灯光的使用而闻名。

奇幻作品

一颗像里茨饭店那么大的钻石

一

约翰·T·昂格尔出生于密西西比河畔的海地斯[①]，他的家族在这个小城已经闻名好几代了。约翰的父亲经过多少次激烈的争夺，保持了业余高尔夫球的冠军；昂格尔太太善于发表政治演说的名气，用当地话说，“从温箱到温床”[②]，人人都知道。而刚交十六岁的年轻的约翰，在他换上长裤以前就已经跳遍了从纽约传来的所有最时新的舞蹈了。眼下，他要离开家一段时间了。看重新英格兰的教育是所有外省城镇的一种通病，弄得他们每年都要送走一批最有出息的小伙子，约翰的父母也得了这种病。非得把他送到波士顿附近的圣梅达斯学校去不可，否则有失他们的体面——海地斯这个地方太小了，搁不下他们这个有天赋的宝贝儿子。

如今在海地斯——要是你在那儿待过，你就知道——那些更时髦的预科学校和大学的名字已经没有多少意义了。这里的居民尽管在衣着服饰、生活方式以及阅读文学作品方面都显示出他们是跟时代亦步亦趋的，但是他们久已与世隔绝了，他们在很大程度上只是依靠传闻，因此在海地斯人看来可能是一次精心筹划的盛大集会，但是一个芝加哥牛肉公主无疑会说这样的集会“未免有点寒伧”。

这是约翰 · T · 昂格尔离家的前夕。昂格尔太太怀着母性的痴迷心情，给他那些衣箱里都装满了亚麻套装和电扇，昂格尔先生呢，还送给儿子一只塞满了钱的石棉钱包。

“要记住，这儿永远是欢迎你的，”他说。“你可以放心，孩子，我们一定把家里的炉火烧得旺旺的。”

“我知道，”约翰嘶哑着嗓子回答说。

“别忘记你是谁，又是从哪儿去的，”他的父亲骄傲地继续说，“而你决不能做出任何事情来伤害自己。你是昂格尔家的人——从海地斯去的。”

就这样，老人跟小伙子握手告别，约翰流着眼泪走了。十分钟以后，他出了城，停下来最后一次掉头回顾。大门上方那句古色古香的维多利亚时代格言，在他看来似乎显得出奇地动人。他的父亲曾经多次想换一些稍稍有点冲劲和活力的词句，比如“海地斯——这里到处有你的机会”，或者干

---

① 海地斯，与希腊神话和《圣经》中的冥府、黄泉或地狱字音相同，地狱有烈火炼狱。因此文中涉及海地斯时，往往以温暖、热等言词相谑。

② 原文是“from hot-box to hot-bed”。hot-bed 指的是培养植物的温床，而 hot-box 则有多重解释，联系上下文，可能是指吸食大麻的封闭空间。这里为了照顾两个 hot 叠用的效果，造了“温箱”一词。

脆在一幅热情握手的画上竖一块普普通通的“欢迎”的牌子，在灯光照耀中高高地耸入天空。那句古老的格言未免使人感到有点沉闷，昂格尔先生曾经这样想——可是现在……

约翰这样瞧了一会儿，接着便毅然把脸往自己的目的地方向转去。在他转身离去的时候，海地斯的万家灯火映衬着天空，似乎充满了一种温暖和热情的美。

从波士顿到圣梅达斯学校，乘一辆罗尔斯—皮尔斯汽车只须半个钟头就到了。实际距离到底是多少，谁都不会知道，因为除了约翰 · T · 昂格尔，谁都是乘罗尔斯—皮尔斯汽车去的，而且可能也没有人再像他那样去了。圣梅达斯是世界上学费最高、最顶级的私立预科男校。

开头两年，约翰在那儿过得很愉快。学生的父亲全都是财神爷，每逢夏天约翰就上时髦的游览胜地去玩。他非常喜爱他去看望的那些同学，同时使他感到惊奇的是，所有这些同学的父亲都是一个模样，他孩子气地心里纳闷，他们怎么会这样出奇地相像。他告诉他们他的家在哪儿，他们就会乐呵呵地问他：“那儿挺热吧？”约翰会逼出一抹淡淡的笑容回答说：“这可是真的。”如果他们不都是开这样的玩笑，他的反应也许会更亲切一些——这种玩笑有时最好也只是换成：“你们那儿不够热吗？”这也一样使他生气。

他在学校第二学年中期，一个名叫珀西 · 华盛顿的沉静、漂亮的男生给安插到了他的班级里。这个新生举止彬彬有礼，衣着服饰即使在圣梅达斯那样的学校也算得上是出类拔萃了。但是不知什么缘故，他跟别的男孩落落寡合。唯一跟他亲密的人是约翰 · T · 昂格尔，可是涉及他的家乡在哪里或者家庭情况如何这类问题，即使对昂格尔他也是闭口不谈的。至于他是富家子弟这一点，那是不言而喻的，但是除了像这样一些推论以外，昂格尔对他的朋友就知之甚少了。因此，当珀西邀请昂格尔到他“在西部”的家里去度暑假的时候，这对昂格尔的好奇心来说，简直是一次丰盛的美餐。他毫不犹豫地接受了邀请。

等他们两个人坐在火车里的时候，珀西才破天荒第一遭变得爱说话起来。一天他们在餐车吃着午饭评论学校里有些同学品行欠佳的时候，珀西突然改变语调，简短地说了一句话。

“我的父亲，”他说，“可是世界上最有钱的人。”

“啊，”约翰彬彬有礼地说。他不知道该用什么话来回答这样的推心置腹。他想说“那挺好呀”，但是这听起来很空洞，他正要说“真的吗”，但又忍住了，这会给人一种感觉，好像怀疑珀西说的话。而这样一句惊人的话几乎是不能怀疑的。

“最最有钱的人，”珀西重复说了一句。

“我刚才在看《世界年鉴》，”约翰开始说，“上面说在美国一年收入超过五百万元的有一个人，一年收入超过三百万元的有四个人，而——”

“啊，他们这些人都算不上什么，”珀西的嘴巴讥讽地撇成了半月形。“那是些捞小钱的资本家，金融界小人物，小商人，放债人。我的父亲能把他们的财产一股脑儿都买下来，而他们还不知道是他干的呢。”

“可他怎样——”

“为什么他们没有向他征所得税呢？因为他什么都不缴。至少可以说，他只缴一点儿——但是他绝不按照自己真正的收入缴所得税。”

“他准是非常有钱，”约翰直率地说。“我很高兴，我就喜欢非常有钱的人。”

“一个人越是有钱，我就越是喜欢他。”他那黑黝黝的脸蛋流露出一种热烈而坦率的神色。“今年复活节我上希列扎-墨菲家去玩，维维安·希列扎-墨菲有不少红宝石，像鸡蛋那么大，还有许多蓝宝石，像石弹子那么大，里面还闪闪发光呢——”

“我就喜欢宝石，”珀西兴致勃勃地表示同意说。“当然，我不愿意学校有谁知道这一点，可是我已经收集了好多啦，我一向喜欢收集宝石，我不喜欢收集邮票。”

“还有钻石呢，”约翰向往地继续说。“希列扎-墨菲家还有钻石，像胡桃那么大——”

“那算不了什么。”珀西向他凑过去，压低了嗓门儿悄悄地说。“那根本算不了什么。我的父亲有一颗钻石比里茨-卡尔顿饭店[1]还大哩。”

二

蒙大拿[2]的落日，像一个巨大的淤痕悬挂在两座高山之间，向一片发炎的天空伸展着一条条暗黑色的动脉。在这天空下面，在遥远的地方，匍匐着菲希村，渺小，阴沉，为人们所遗忘。人们这样传说，在菲希村住着十二个人，十二个忧郁、莫测高深的人，他们从这片几乎寸草不生的岩石上吮饮贫乏的奶汁，这片山岩似乎有一种神秘的滋生的力量把他们生了出来。他们变成一个与世隔绝的种族。菲希村的这十二个人好像是一种什么族类，大自然起先心血来潮把他们生了出来，后来经过再次考虑，又把他们抛弃了，任凭他们自己去挣扎，去灭绝。

远处，透过那乌青色淤痕般的落日，在荒无人烟的大地上有一长串灯火在蠕动，菲希村那十二个人像鬼魂似的聚集在简陋的车站小屋旁，瞅着这趟从芝加哥开来的横贯大陆的

① 巴黎的一家著名的豪华大饭店。
② 蒙大拿（Montana），美国西北部的一个州。

七点钟快车通过。横贯大陆的快车不知出于谁的权力，每年在菲希村约摸停靠六次左右，每逢发生这种情况，就有一两个乘客在这里下车，登上一辆总是从暮霭中出现的四轮轻便马车，向着如淤痕般的落日驶去。观看这种无谓的反常现象，在这些菲希村人中间已经变成一种礼拜的仪式了。但也不过是观看而已；他们身上并不存在任何幻想这类生命所必需的品性，能使他们惊异或者思索，要不然从这样神秘的探视中可能会产生出一种宗教信仰来。但是这些菲希村人是超乎一切宗教信仰之外的——即使是基督教的最微小最原始的信条也无法在这片贫瘠的岩石上获得立足之地——所以，这里没有祭坛，没有教士，也没有献祭；只有每天晚上七点钟在那简陋的小屋旁静默的会聚，一群会众祈祷某个黯淡无光、萎靡不振的奇迹降临。

在这样一个六月的夜晚，那个伟大的司闸员认定这趟七点钟快车应该在菲希村卸下它载运的旅客或货物。如果这些菲希村人能把什么人奉为神明的话，他们很可能会把这个司闸员奉为神圣的主宰。七点过两分，珀西·华盛顿和约翰·T·昂格尔下了火车，在这十二个灵魂出窍、张目结舌、面露怯色的菲希村人眼前匆匆走过，登上一辆显然不知从哪儿来的四轮轻便马车，便驶去了。

半小时以后，暮霭已凝成黑暗，驾车的那个沉默的黑人，向他们前面黑蒙蒙的地方一个黑蒙蒙的人影打着招呼。

回答他的呼喊的是一只明晃晃的圆盘向着他们转来，像从深不可测的黑夜里闪出一只含着恶意的眼睛。当他们驶近时，约翰看出那原来是一辆巨大的汽车的尾灯，他从来没有见过比这更大更豪华的汽车。车身是用一种比镍更富丽、比银子更轻的闪闪发光的金属制成的，车毂装饰着绿黄两色相间的珠光几何图形——那到底是玻璃还是宝石，约翰不敢妄加猜测。

两个黑人穿着闪闪发光的号衣，就像人们在伦敦皇家的行进队列的画片里看到的那样，鹄立在汽车旁边，当这两位年轻人从马车上下来的时候，用一种客人听不懂的语言向他们问候致意，那似乎是一种极土的南方黑人的方言。

“上车吧，”珀西对他的朋友说，他们的衣箱已经给扔到乌木色的车顶上了。“很抱歉，我们不得不让你乘那辆马车跑这么远，可是当然，让火车里的旅客或是菲希村的那些被上帝遗弃的家伙看见这辆汽车，那是不行的。”

“天啊，多好的车！”这声惊呼是由车子的内部装饰引起的。约翰看到车内的装饰是以金线织物作底，由无数块宝石和锦绣编织的精美华丽的丝毯构成的。两个少年尽情享受的两只扶手椅，座位铺的是一种起绒的料子，但是看起来好像是用各种不同颜色的鸵鸟羽毛梢织出来似的。

“多好的车！”约翰又一次惊异地叫了出来。

“你说这玩艺儿吗？”珀西笑道。“啊，这不过是一辆当作车站接送车的破烂儿罢了。”

这当儿，他们正穿过黑暗向那两座高山的缺口驶去。

“一个半小时咱们就到了，”珀西望着钟说道。“我还可以告诉你，你会看到一些以前从未看到过的东西呢。”

如果这辆汽车只是约翰可能会看到的东西的一种前奏，那他的确是准备好让自己吃惊的。在海地斯城流行的那种纯朴的虔敬，是以对财富的真诚崇拜和尊敬为第一信条的，要是约翰在财富面前不感到惶恐谦卑，他的父母对他这种亵渎神明的行为就会吓得逃之夭夭。

现在他们已经来到并且正驶进两座山的缺口，路几乎立刻变得更加崎岖了。

“要是月亮能照到这里，你会看到咱们是在一个大峡谷里，”珀西说，一面竭力想从车窗口望出去。他对着送话器说了一句话，男仆立刻打开探照灯，一道巨光扫过山坡。

“尽是山岩，你看到了吧。一辆普通的汽车跑半个小时准得颠得粉碎。事实上，除非你认得路，否则你就得开一辆坦克才能通过这座山。你留神看，咱们现在正往山上开哩。”

他们显然正往山上驶去，不多几分钟，汽车越过一道高坡，从那儿他们瞥见远处一轮淡淡的明月刚刚升起。汽车突然停了下来，好几个影影绰绰的人影从暗地里出现在汽车旁——也是黑人。他们用同样喑哑难辨的方言又一次向这两个年轻人请安问候；接着他们便干了起来，四根粗壮的绳索从头顶上空悬垂下来，绳索的钩子勾住了镶嵌着宝石的大轮子的毂。随着一声响亮的“嗨——唷”，约翰感觉到汽车在慢慢地离地而起——升呀升呀——摆脱了两边高耸的山岩——再升高去，直到他看见一个月光照耀的像波浪般起伏的山谷展现在他前面，同他们刚刚离开的层峦峭壁的困境形成了鲜明的对照。只有一面还有山岩——但是忽然之间他们身边或者说周围一带，一块岩石也没有了。

看来他们已经越过了一座刀刃般直指天空的巉崖。一会儿他们又开始往下降，最后轻轻一碰，他们落到了平坦的地上。

“最糟的一段路已经过去啦，”珀西眯着眼往车窗外望着说道。“从这儿只有五英里路就到了。这是我们家的路——花毯砖铺的——一路都是。这条路是属于我们家的。爸爸说美国到此为止了。”

“咱们到了加拿大了吗？”

“咱们不是在加拿大。咱们在蒙大拿落基山脉的中部。可是你现在是在美国仅有的从未测量过的五平方英里的土地上。”

“为什么没有测量过呢？他们忘记了这五平方英里的土地了吗？”

“不，”珀西咧嘴笑着说，“他们曾经三次想测量这片土地。第一次我的祖父贿赂了整整一个州的测量局；第二次他收买了美国官方，将地图胡乱篡改了一通——这样让他们拖延了十五年。最后一次可就比较困难了。我的父亲想出了一套办法使他们的罗盘处于人力所能设置的最强烈的磁场之中。他搞了一整套测量仪器，这套仪器只有细微的误差，但是就能使这个地带测量不出来，然后拿这套仪器去替换那套即将使用的测量仪器，接着他把一条河改了道，在河流两岸盖起了像一座村庄模样的建筑——这样一来，他们看在眼里，就以为那是一个离峡谷上游十英里远的村镇。我的父亲只怕一样东西，”珀西最后结束说，“世界上只有一样东西能用来发现我们。”

“那是什么东西？”

珀西把声调压低成耳语。

“飞机，”他低低地说。“我们搞了六门高射炮，一直到现在我们都这么准备着——但是已经打死了几个人，俘虏了一大帮人。我们可不在乎这一点，你知道，我的父亲跟我，可是这却使妈妈和姑娘们心神不宁，而且始终有这样的情况，我们有时候难免会措手不及。”

在新月的天空，破碎的灰鼠皮般的云朵，像珍贵的东方呢绒接受鞑靼可汗的视察似的，殷勤地飘过新月。在约翰看来，仿佛现在还是白天，他似乎正仰望着一群少年在他头顶上空飞行，撒下一本本传教小册子、一张张推销专卖药品的传单，给那些绝望的、被山岩包围的茅屋带来希望的信息。他仿佛能看见他们从云朵中向下凝望——凝望着他此刻要去的地方任何值得他们一看的东西——接下去他们又该怎样呢？他们会不会受了阴谋诡计的引诱降落到这儿来，使他们远远地离开那些专卖药品和传教小册子，直到世界的末日——或者如果他们没有落进圈套，那么一团突然喷发的烟雾和一枚爆炸的炮弹也会把他们打落到地面——闹得珀西的妈妈和妹妹“心神不宁”。约翰摇着头，张开嘴巴悄悄地发出一声佯笑。这里面到底隐藏着什么孤注一掷的交易？一个古怪的大财主出于私利采取了什么超乎道德的手段？那是一件什么可怕而又奇妙的不可思议的事儿呢？……

现在灰鼠皮似的云朵已经飘去，车窗外，蒙大拿的夜，明朗灿耀如同白昼。他们绕着一面静谧的、月光照耀的湖向前驶去，路面铺的花毯，在巨大的轮胎驶过的时候，使人感到无比平滑；他们驶进了黑暗，一座松林，一阵触鼻的气息和凉意，一会儿驶出松林，来到了一条绿草如茵的宽阔的林荫路，珀西默默地说了一句“咱们到家了”，约翰则几乎同时发出一声欣喜的赞叹。

在星光临照下，一座华丽的城堡耸立在湖畔，闪耀着大理石的光泽，扶摇直上，有附近那座山一半高，然后优美地，极其匀称地，带着一种半透明的女性的娇慵消失在一片茂密的松林的阴影里。那许多高塔，那些倾斜的胸墙上纤巧的精工装饰，千百扇金光闪闪的椭圆形、多角形、三角形的雕镂精美、巧夺天工的黄色窗子，那些在皎洁的星光与蓝影交错的平面所具有的使人倾倒的柔和感，这一切，像一首乐曲的和弦在约翰的心灵上颤抖。在那些高塔中有一座最高的、底部最黑的高塔，塔顶外面缀饰着灯彩，恍如浮动的童话世界——正当约翰在温暖的迷醉中仰望高塔的时候，上面飘下来一阵小提琴轻柔短促的和弦声，他从来没有听到这种具有洛可可式的和谐的音乐。接着，转瞬之间，汽车便在高高的宽阔的大理石台阶前停下来，台阶附近，夏夜的空气中充溢着浓郁的花香。台阶顶端，两重巨大的门悄没声息地敞开了，琥珀色的光向黑暗涌流而出，映出一位盛装的妇人的身影，乌黑的头发绾着高高的鬟髻，向着他们伸出了双臂。

“妈妈，”珀西说，“这是我的朋友，从海地斯来的约翰·昂格尔。”

后来，约翰回忆这第一夜，那嫣红姹紫的色彩，那纷至沓来的感觉印象，那轻柔如喁喁情语的音乐，那器皿和光影交错的美，那动作和脸庞……使他陷于一种眼花缭乱、迷离惝恍的境界。一个白发男人站立着，从一只金色的高脚水晶杯里喝着一种色彩缤纷的加香料的甜酒。一位如花似玉的少女，衣着装束好像是泰坦尼亚[①]，头发上绾着蓝宝石编缀的

① 泰坦尼亚（Titania），民间传说，仙境的皇后。

束带。有一个房间纯金的墙壁柔软得他用手都按得动，还有一个房间就像是按照柏拉图的关于“终极监狱”的概念造出来的——天花板、地板等等全都镶嵌着整块整块的钻石，各种大小和形状的钻石，房间的四角都点燃着高高的紫罗兰色的灯，直到最后化成一片无与伦比的雪白，刺得你眼花缭乱，超乎世人的愿望和梦想。

两个少年在这一个个房间组成的迷宫中闲步。有时在他们脚下，地板下面照明的灯光会绚丽地现出种种图案：粗犷而刺目的图案，色彩柔和的图案，纯白的、精致而复杂的嵌花式图案，这些款式无疑是按照亚得里亚海边的哪座清真寺仿造出来的。有时在一层层厚厚的水晶砖下面，他会看见湛蓝的，或者碧绿的水在打着漩儿，水中有活泼泼的游鱼和生长着彩虹似的叶簇的植物。接着他们会踏上各种不同质地和颜色的毛皮，或者穿过一道道洁白的象牙构筑的回廊，象牙那么完美无损，仿佛是从人类出现的时代以前就已灭绝的恐龙的巨大长牙上完整地切下来的……

随后，转入了一个他依稀记得的场面，他们吃晚饭了——餐桌上每一只盘子几乎都是由察觉不出是两层的纯净的钻石制成，而两层钻石之间又是用翡翠饰成的花纹精美的图案，那翡翠之薄简直像是从绿色的空气中切削下来的。音乐，回荡而迂徐，从远处的回廊飘来。他坐的椅子，是用羽毛装填的，神不知鬼不觉地向着他的背脊弯曲着，当他喝下第一杯红葡萄酒时，那椅子仿佛要把他吞没，把他制服似的。睡意蒙眬间，他努力想回答一个别人提的问题，但是这一切，紧紧围绕着他身子的甜蜜的豪华奢侈，更增添了睡梦的幻觉——珍稀的珠宝，各式各样的织物、美酒和金属器皿，在他的眼前都混成了一片美妙的迷雾……

“是的，”他尽量彬彬有礼地回答，“南方对我来说，可真是够热的。”

他竟然还加了一声强笑；后来，一动也没有动，毫无抗拒地，他似乎浮了起来，飘走了，留下了一份冰镇的甜点心，像是一个粉红粉红的梦……他酣然入睡了。

当他醒来的时候，他知道已经过了好几个钟头了。他睡在一个静寂无声的大房间里，周围是紫檀木的墙壁，暗暗的灯光，显得那么微弱，那么轻淡，简直不能称作是光。他的年轻主人正俯身站在他的身边。

“你在餐桌上睡着了，”珀西说。“我也差点儿睡着啦——过了这一年的学校生活，又能这样舒服，真是太美啦。你睡着的时候，仆人们给你脱了衣服，洗了一个澡。”

“我这是睡在床上还是睡在云朵里啊？”约翰叹息道。“珀西，珀西——在你走开之前，我得向你道歉。”

“为什么？”

“因为你曾说你们有一颗像里茨-卡尔顿饭店那么大的钻石，我当时不相信你的话。”

珀西微微一笑。

“我当时就想，你准不相信我的话。就是那座山，你知道。”

“什么山？”

“城堡就坐落在这座山上。从一座山来说，这并不是一座很大的山。可是除了山顶上大约五十英尺厚的草皮和碎石子以外，就全是钻石。一颗大钻石，一立方英里，没有一点瑕疵。你在听我说话吗？你说——”

可是约翰 · T · 昂格尔又睡熟了。

三

早晨。他醒来时睡意犹浓，只觉得屋子里满是阳光。一面墙壁的紫檀木壁板被人沿着滑轨推到一旁，这样一来他的房间就有一半敞开在日光下了。一个身材高大的黑人，穿着一身白色的制服站在他的床边。

“晚安，”约翰咕哝着说，一面想使自己头脑从这迷乱的环境中清醒起来。

“早安，先生。要洗澡啦，您准备好了吗，先生？啊，您不用起床——我会把您放到浴池里去的，您只需解开睡衣就行——对啦。谢谢您，先生。”

约翰静静地躺着，让自己的睡衣脱掉——他觉得很有趣，也很快活；他原以为这个侍候他的大个儿黑人会把他像小孩那样抱起来，可是根本没有发生这样的事；相反他感到床慢慢地向一边翘了起来——他开始往墙壁的方向滚去，起先他还有点害怕，可是等到他挨近墙壁的时候，墙上的帷幕就让开了，他顺着一道铺着羊毛的斜面继续往下滑了两码远，便扑通一声轻轻地落进了和他的体温一样热的水中。

他环顾四周。他刚从那上面滑下来的那条跑道或者说滚木坡，已经轻轻地折回原处。他被投进了另一个房间，这会儿正坐在一个凹陷的浴池里，他的头刚刚超过地板的水平面。周围的一切，紧贴着这房间的墙壁、浴池的四边和池底的，是一个蓝色的水族馆，从他坐着的水晶池底望下去，他可以看见鱼群在琥珀色的灯光中游动，他的脚趾跟它们只隔着一层水晶，但是它们若无其事地在他张开的脚趾下游过去。阳光透过头顶上面海绿色的玻璃照射下来。

“先生，我想您今天早晨也许喜欢洗热的玫瑰水和泡泡浴，先生——或许最后再用冷的盐水冲一下。”

那个黑人正站在他旁边。

“行，”约翰赞同，傻气地微笑着。“随你的便。”要想根据他自己那么一点贫乏的生活标准来吩咐这次澡该怎么洗，就会显得他自命不凡，而且很淘气。

黑人按了一个键钮，于是看来好像是从头顶上开始降下了一阵暖雨，但是一会儿约翰就发现原来是从附近一个喷泉装置里喷出来的。水变成了浅玫瑰色，一股股肥皂水从浴池四角的四只小海象头上喷射到水里，装在浴池四边的十二只小蹼轮立刻把混合的水搅成彩虹般绚丽的粉红色泡沫，无比轻柔地把他裹了起来，而在他的身边化成一片闪烁发光的玫瑰色水泡。

“要不要我给您打开电影放映机，先生？”黑人毕恭毕敬地提议说。“今天放映机里有一部上好的单卷喜剧片，要不我可以马上换一卷严肃的片子，要是您喜欢看的话。”

“不用啦，谢谢你，”约翰回答说，很有礼貌但是很坚决。这会儿他在浴池里正洗得乐滋滋的，不想再有什么赏心悦目的东西了。可是娱乐还是来了。刹那间，他定神谛听从外面传来的一阵笛声，那长笛流出的旋律恍如一道瀑布，像这间浴室一样冷冽而透绿，一支轻浮的短笛在伴奏，吹出的笛声比那覆盖在他身上使他心迷神醉的泡沫还更轻柔。

经过一阵振奋精神的冷盐水和最后一道冷清水冲洗之后，他跨出浴池，披上一件柔软的浴袍，在一只铺着同样柔软的织物的长榻上躺下来，让黑人用油、酒精和香料给他擦身。随后他又坐在一把豪华艳丽的椅子上，让黑人给他修面理发。

“珀西先生在您的起居室里等着您呢，”等这一切停当以后，黑人说道。“我的名字叫基格森，昂格尔先生。每天早晨都由我来照料昂格尔先生。”

约翰走出浴室，步入他那间阳光灿烂的起居室，他发现早餐已经准备好，珀西穿着一条白色的小羊皮灯笼短裤，光彩照人，坐在一把安乐椅里抽着烟卷儿。

四

吃早餐的时候，珀西给约翰简略叙述了华盛顿这家人的家史。

现今这位华盛顿先生的父亲是弗吉尼亚州人，是乔治·华盛顿的嫡系后裔，巴尔的摩勋爵。南北战争结束时，他是一个二十五岁的上校，有一座破敝的种植园和大约一千元金币。

这位年轻的上校名叫费茨-诺尔曼·卡尔佩帕·华盛顿，他决定把弗吉尼亚的庄园送给他的弟弟，自己上西部去。他挑了二十四个最忠实可靠、当然也是崇拜他的黑奴，他买了二十五张去西部的车票，想在那里用他们的名字领得一片土地，开办一个饲养牛羊的牧场。

他在蒙大拿待了不到一个月，事情实在搞得很糟，可是这时候他无意中碰上了他那伟大的发现。一天，他在山里骑马迷了路，因为整天没有吃东西，他开始感到饥肠辘辘。那天他又没有带长枪，因此他只得追逐一只松鼠，在追逐中，他发觉松鼠嘴里衔着一块亮晶晶的东西。松鼠逃进洞子以前——因为上帝不想让这只松鼠给他充饥——丢下了嘴上的负担。费茨-诺尔曼坐下来寻思如何脱离困境的时候，他的眼睛突然瞥见身边草丛里有一样东西在微微闪光。十秒钟后，他非但一点儿都不想吃东西，而且获得了十万美金。原来那只倔强得使人生气的松鼠，虽然不愿给他充饥，却送给他一颗完美无缺的大钻石作为礼物。

那天深夜，他终于找到了返回营地的路，十二个小时以后，他所有的男黑奴都折回到松鼠洞边，在山坡上拼命挖掘。他告诉他们，他发现了一座莱茵石矿，由于他们只有一两个人以前曾见过小粒的钻石，因此他们对他的话深信不疑。当他的巨大的发现看来已经毫无疑问的时候，他却感到左右为难了。这座山是一颗大钻石——没有一点掺杂，而是一颗纯净的钻石。他装满了四鞍囊闪烁发光的样品，骑马动身到圣保罗市去。在那儿他卖出了六颗小钻石——当他想卖出一颗比较大的钻石时，一个店主吓得晕了过去，费茨-诺尔曼被判扰乱公共秩序捉进了监狱。他越狱逃跑，赶上了一列去纽约的火车，在纽约他卖出了几颗中等大小的钻石，换得了大约二十万元金币。这回他不敢拿出特大的钻石来了——他离开了纽约，实在走得正是时候。因为珠宝商中已经引起了轰动，倒不是因为钻石大，而是因为有来源神秘的钻石出现在这座城市里。离奇的谣言传播着，说在卡茨基尔山[①]，在泽西海岸，在长岛，在华盛顿广场下面，发现了一座钻石矿。一列列游览火车每个钟头满载着带了鹤嘴锄和铁铲的男人，从纽约开往邻近各种各样的黄金城[②]。这时候，年轻的费茨-诺尔曼已走上了返回蒙大拿的路。

两个星期以后，他估计出山上钻石的蕴藏量接近于世界其他地方已经探明的全部钻石之总和。但是因为它是一颗纯粹的钻石，他无法用任何常规的计算方法加以估价——而如果他把这颗钻石出售的话，那不仅会把市场搅得天翻地覆，而且，如果钻石的价值是按照一般算术级数随着形状大小而变化的话，那么世间的所有黄金也不够买这座钻石山的十分之一。对这么大的一颗钻石，谁又能拿它做什么用呢？

这真是一种令人惊异的困境。在某种意义上，他是世界上空前最最富有的人——可是他能拥有这一切吗？如果他的秘密泄漏出去，无法预料政府为了防止珠宝市场以及黄金市场发生恐慌，会采取什么措施。他们可能立即接管矿山的所有权并且实行专卖。

没有别的选择——他必须偷偷地把他这座山卖出去。他

---

① 卡茨基尔山，在纽约州的东南部，现为避暑胜地。

② 早期西班牙探险家想象中的在南美的“黄金国”或“黄金城”，此处喻指所谓的钻石矿。

派人到南方去把他的弟弟招来，负责管理他那些黑奴随从——那些从来不知道奴隶制已经废除的黑人。为了使那些黑人深信不疑，他向他们宣读了一份他自己拟定的公告，宣布说佛莱斯特将军把溃散的南方军队重新组织了起来，并且在一次激烈的战斗中打败了北军。那些黑人毫无保留地相信他的话。他们通过一项决议，宣称这是一件好事，并且立刻举行了“奋兴仪式”①。

费茨-诺尔曼自己则带着十万元和两箱大大小小的粗钻石，动身到国外去。他乘了一艘中国舢板去俄国，离开蒙大拿六个月以后，他到了圣彼得堡。他在低贱的客栈住下以后，立即去拜见宫廷珠宝匠，说他有一颗钻石要卖给沙皇。他在圣彼得堡待了两个星期，冒着随时会被杀害的危险，从一个客店转移到另一个客店，在整整半个月里，他只敢打开他的箱子三四次。

他答应一年之后再带更大更好的钻石回到俄国来，这才被准许离开俄国前往印度，但是在他离开之前，宫廷执掌财务的官员们已经给他在几家美国银行用四个不同的化名存入了一千五百万元。

他在国外跑了两年多一点，一八六八年他回到美国。他

① 基督教新教的一种仪式，旨在激发一个宗教团体中的活跃分子，从而获得新的皈依。美国新教的传教士常在非洲和印度等地开展奋兴仪式。

去过二十二个国家的首都，跟五个皇帝、十一个国王、三个亲王、一个沙赫[1]、一个可汗和一个苏丹[2]交谈过。这时费茨-诺尔曼估计他自己的财产已经高达十亿元了。他有一个能始终防止他的秘密泄漏出去的办法。如果他事先不大肆渲染一番——自从巴比伦第一帝国时代以来，为了占有他这颗大钻石，经历过一段如何充满凶险的灾殃、奸情、革命和战争的历史——他就决不让他任何一颗大钻石在公开场合留一个星期。

从一八七〇年直到一九〇〇年他去世为止，费茨-诺尔曼·华盛顿的历史是一部用黄金写成的长篇史诗。当然，还有一些其他次要的情节——他逃过了那几次测量，他娶了一位弗吉尼亚州的小姐，她给他生了一个独子，以及由于一连串不幸的纠葛，他不得不杀死他的弟弟——他的弟弟不幸嗜酒纵饮，酩酊大醉之后，言语轻率，好几次几乎危及他们的安全。但是，除此以外，就很少有其他命案玷污那些兴旺发达的幸福岁月了。

就在他去世以前，他改变了策略，除了那仅仅几百万元看得见的财产以外，他把全部财富买了大批稀有的矿石，把这些矿石标作"小古玩"存入世界各地银行的保险库里。他的儿子布拉多克·塔尔登·华盛顿继承父志，在这方面甚至

① 沙赫，波斯国王。
② 苏丹，昔日土耳其君主。

干得更彻底。他把矿石换成最稀有的元素——镭——这样一来，价值相等于十亿元金币的镭，可以放进一只不比雪茄烟盒大的容器里。

费茨-诺尔曼死了三年以后，他的儿子布拉多克认为事情已经干得差不多了。他和他的父亲从这座钻石山获得的财富，是无法精确地计算出来的。他有一本用密码记录的笔记簿，约略地记下他存放在得到他惠顾的千百家银行里的镭的数量，同时记下他存放这些镭时所用的化名。然后，他做了一件非常简单的事——他把这座钻石矿封了起来。

他把钻石矿封了。从这座矿山采出的钻石，已经足够让全体华盛顿家族今后的子孙世世代代享尽荣华富贵了。他只操心一件事，那就是要保住他的秘密。唯恐一旦秘密被人发现，那么，在可能引起的一场恐慌中，他就会同世界上所有的有产者一起，一下子变得赤贫如洗。

这就是约翰·T·昂格尔现在来此做客的家族。这就是他来此以后的翌晨，在他那间用银子砌成墙壁的起居室里听到的故事。

五

吃过早餐以后，约翰寻径步出那重庞大的大理石正门，好奇地观察着眼前的景色。从钻石山到五英里以外的嶙峋陡峭的花岗巉岩，整个山谷仍然散发出一层金黄色雾霭，懒散地飘浮在一片连绵起伏的草地、湖泊和花园的上空。满眼是一丛丛的榆树林，构成一座座精巧的林荫，跟那片把群山裹在一派深绿色中的茂密粗壮的松林匪夷所思地形成对照。就在约翰眺望的时候，他看见大约在半英里之外有三只小鹿一只接一只地从榆树丛中跑出来，接着又跳着笨拙而欢快的步伐消失在另一个黑色条纹的半明半暗的树丛里了。如果能看见山羊在林间哗哗作响地走过，或者在那碧翠碧翠的绿叶丛中，瞥见它那像山林水泽的仙女般的浅红的皮肤和扬起的金发，约翰也绝不会感到惊奇的。

他怀着这样淡漠的希望走下大理石阶，却稍稍惊醒了台阶下睡着的两只毛色光亮的俄罗斯狼犬，便径自循着一条似乎并不明确通往什么方向的蓝白相间的砖砌小路向前走去。

他驰目骋怀，自得其乐。年轻人，一方面所得尚不足，一方面又满怀着幸福，所以他们要求生活始终必须符合他们所憧憬的美好未来，否则他们就不能在现实中生活，而这美好的未来——鲜花和黄金，少女和星辰，这些不过是不可比拟、不可企及的青春美梦的先兆和预示而已。

约翰拐到一个平坦的角落，那儿一大簇玫瑰花丛在空气中散发着浓郁的芳香，他穿过一座花园，向树林下一片苔藓走去，他还从来没有在苔藓上躺过，他想知道苔藓是否真的那么柔软，人们把它作为形容词到底有没有道理。这时，他看见一个姑娘穿过草地向他走来。她是他所见过的最美丽的姑娘。

她穿着一件刚好垂到膝下的雪白的小长袍，一只缀着蓝幽幽的蓝宝石片的木樨花环绾着头发。她走来的时候，浅红的光脚上溅着露水。她比约翰年轻——不超过十六岁。

“你好，”她柔声地喊道，“我叫吉斯米。”

对于约翰而言，她的意义已远远不止一个名字了。约翰向她走过去，当他走近时，几乎不敢再挪动一步，生怕踩上她赤裸的脚趾。

“你还没有见到过我呢，”她柔声说。她那蓝莹莹的眼睛还加了一句，“啊，那你可真是错过了不少呢！”……她继续柔声说，“昨天晚上你见到了贾斯米，她是我的姐姐。昨天我感染了莴苣毒，”接着，她的眼睛又接下去说，“每逢我生病的时候，我就很温柔——可等我病好了，我也很温柔。”

“你令我难忘，”约翰的眼睛说，“我自己可也不蠢呢。”——“你好吗？”他说出声来。“我想今天早晨你该好些了吧，”“亲爱的，”他的眼睛颤抖着说。

约翰发觉他们已经走上了那条小径。在她的提议下，他们一起在苔藓上坐下来，他不知道苔藓有多柔软。

他对女人很挑剔。一点缺陷——脚踝太肥啦，嗓子太粗啦，装了一只玻璃假眼睛啦——就足够使他兴趣索然。此时此地，他平生破天荒第一遭坐在一位少女身旁，而这位少女在他看来简直是十全十美的美女化身。

“你家是在东部吗？”吉斯米怀着痴迷的兴趣问。

“不，”约翰简短地答道。“我是从海地斯来的。”

她或者是没有听到过海地斯这个地名，或者是不知道对这个地方该说些什么动听的话，所以她不再就这个问题谈下去了。

“今年秋天我就要到东部去上学啦，”她说。“你想我会喜欢去吗？我要到纽约贝尔琪小姐的学校去读书。那可是个很严格的学校，可你知道每逢周末我就会回家，跟家里人一起住在我们在纽约的家里，因为爸爸听人说那儿的女学生走路都得两个两个地走。”

“你的父亲要你尊重自己，”约翰说。

“我们是这样，”她回答说，她的眼睛闪耀着尊严。“我们谁都没有受到过大人的处罚。爸爸说我们不应该受到处罚。我的姐姐贾斯米还是个小女孩的时候，她把他推下了楼，他只是爬了起来，就一瘸一拐地走开了。”

“妈妈听说你是从——呃，”吉斯米接下去说，“你是从你来的那个地方来的，你知道，她吓了一跳。她说在她还是个年轻姑娘的时候——可是你知道，她是西班牙人而且是个老派人。”

“你们在这儿要住很久吗？”上面这段话使约翰感到有些刺痛，这段话似乎是很不客气地指他是乡巴佬的意思。为了掩饰他这样的感情，他问道。

“珀西和贾斯米和我，每年都上这儿来歇夏，可是明年夏天贾斯米要去纽波特[1]。明年秋天前她要去伦敦，首次在社交圈露面，她要进宫觐见英王呢。”

“你可知道，”约翰迟疑着开口说，“你比我刚见到你的时候所想象的要世故得多呢。”

“啊，不，我可不是那样的，”她急忙叫起来。“我可不愿意想象我是那样的人。我认为世故的年轻人简直俗气透啦，你说是吗？我其实一点儿也不世故。要是你说我是那样的人，我可要哭啦。”

她难过得嘴唇都颤抖了。约翰不得不辩白说：

“我没这个意思，我只是说说逗着你玩儿。”

“因为要是我真是那样，我倒不在意了，”她坚持说，“可我不是那样。我很天真，像个小姑娘似的。我从来不抽烟，也不喝酒，只读一点诗歌，其他什么书也不看。我几乎不懂数学或者化学。我穿得也挺简单朴素——事实上，我几乎根本不打扮。我认为你说的世故这两个字跟我毫不相干。我认为姑娘家应该身心健康地享受她们的青春。”

“我也是这样想，”约翰真心实意地说。

---

① 纽波特（Newport），应指英国威尔士东南部的一个港口，威尔士的第三大城市。

吉斯米又快活起来。她向他露出了笑靥，一颗未掉落的泪珠从她一只碧蓝碧蓝的眼角掉了下来。

“我喜欢你，”她低声亲热地说。“你在我们这儿就准备一直跟珀西在一起吗，你愿意跟我好吗？你想想看——我是一个地地道道的没有什么经验的姑娘，我这一生还从来没有碰到一个男孩子爱过我。家里人连让我独自一个人看一看男孩子都不让，除了看珀西以外。我刚才出来一直往这座林子里走，就希望能单独见到你。”

约翰真是受宠若惊，他按着从海地斯的舞蹈学校里学来的款式，撅起屁股深深鞠了一个躬。

“咱们现在还是走吧，”吉斯米柔媚地说。“十一点钟我得跟妈妈在一起。你还没有请我吻你一次呢，我本来以为现在男孩子都兴这样哩。”

约翰骄傲地挺直了身子。

“有些男孩是那样，”他回答说，“可我不是那样。姑娘们不干这种事情——在我们海地斯。”

他们并肩向屋子走去。

六

在一片阳光下，约翰面对布拉多克·华盛顿先生站着。

这位长者年纪四十光景，长着一张傲慢的茫然的脸，一双聪明的眼睛，一副结实的身材。每天早晨他身上都闻得出马的气味——最好的马。他握着一根普通的灰白色桦木手杖，把手上镶的是一块蛋白石。他和珀西正带着约翰在各处参观。

“奴隶的住所就在那儿，”他用手杖指着他们左面沿着山腰优美伸展的一溜哥特式大理石回廊说。“我年轻的时候，有一阵子给那时荒唐的理想主义迷住了心窍而越出了生活的常轨。那时候，他们的日子过得真是豪华。比方说，我给他们每个房间都装了花砖浴缸。”

“我猜想，”约翰讨好地笑了一声，鼓起勇气说，“他们准是用浴缸装煤了。希列扎-墨菲先生告诉我，有一次他——”

“希列扎-墨菲先生的意见，我想，对我无关紧要，”他冷冷地打断了他的话。“我这些奴隶并没有在浴缸里装煤。他们奉命每天必须洗澡，因此他们都洗了。要是他们不洗澡，我就要命令他们用硫酸洗头。后来由于另外一个不同的理由，我又停止让他们洗澡了。他们有好些人受了凉，死了。对某些种族来说，水对他们并没有什么益处——除非作为一种饮料。”

约翰笑出声来，接着他决定庄重地点头同意。布拉多克·华盛顿让他觉得很不自在。

“这些黑人全都是我的父亲当初带到北方来的黑人的后

代。现在他们大约有二百五十人。你注意听他们说话，因为他们与世隔绝得太久了，所以他们原来的方言已经变成了一种几乎无法听懂的土语了。我们从他们中间挑了几个人，教这些人说英语——比如我的秘书和两三个照料屋子的仆人。”

“这是高尔夫球场，”他接下去说，这时他们正沿着一片天鹅绒般的可以过冬的草地漫步。“你瞧，一片碧绿，没有球道，没有杂草，没有障碍物。”

他心情愉快地对约翰微笑着。

“笼子里关着很多人吗，爸爸？”珀西突然问道。

布拉多克·华盛顿愣了一下，接着不由自主地诅咒了一声。

“里面还少关了一个，”他突然阴沉地嚷道——接着又说，“咱们碰到麻烦啦。”

“妈妈刚告诉我，”珀西说，“那个意大利教师——”

“这是一个大错，”布拉多克·华盛顿怒气冲冲地说。“可是当然咱们还是有机会能把他逮住的。也许他死在林子里了，或者从一座悬崖翻身掉下去了。要是他真的逃跑了——这种可能性是始终存在的，他谈的情况别人也不会相信。不管怎样，我已经派出二十四个人到附近几个城镇去寻找他了。”

“那么还没有找到他吗？”

“有点儿希望。他们中间有十四个人向我的代理人报告，说他们每个人都杀死了一个面貌跟描述相符的人。可是当然，他们可能想的只是赏金罢了——”

他打住了。他们来到了一个大地洞前，这个大洞穴有一座旋转木马那么大，上面盖着坚固的铁栅。布拉多克·华盛顿向约翰招了招手，便把他的手杖伸进铁栅。约翰走到洞边去瞧。他的耳朵立即受到下面传来的一阵狂野叫喊声的袭击。

“来吧，到下面地狱里来吧！”

“你好，小伙子，上面空气怎么样？”

“嗨！扔一根绳子给我们！”

“给一个隔夜吃剩的炸面圈好吗，伙计，要不给两个吃剩的三明治行吗？”

“喂，小伙子，要是你把那个跟你在一起的家伙推下来，我们就给你表演一出捉迷藏。”

“给我狠狠揍他一顿，行吗？”

太暗了，看不清下面的洞穴。但是从这种粗犷的乐观气氛，从语言和声调粗鲁而富有活力来判断，约翰知道他们是那种生气勃勃的中产阶级的美国人。接着，华盛顿先生抽出手杖，在草丛里按了一个键钮，地下的景象一下子明亮起来。

“这些是爱冒险的海员，该他们倒霉，发现了这座‘黄金城’，”他说。

他们的脚下是个碗形的大土穴。四边很陡，看来是磨光玻璃，微呈凹形的地上站着二十多个半是平民打扮半是穿着军人制服的飞行员。他们仰起了脸，流露出愤怒、怨恨、失望和愤世嫉俗的幽默，满脸是长久没刮的大胡子，但是除了少数几个显得憔悴以外，他们似乎是一批吃得很好、身体健康的家伙。

布拉多克·华盛顿把一张花园坐椅拉到洞穴边坐下来。

"唔，你们好吗，伙计们？"他亲切地询问道。

阳光照耀的空中升起一片杂七杂八的咒骂声，除了少数几个人心情沮丧叫不出声来以外，大伙儿都咒骂起来，但是布拉多克·华盛顿听着这阵咒骂，镇定自若，不动声色。等到咒骂的回声最后静寂下来，他又说话了。

"你们想出一条解决你们困难的出路没有？"

七嘴八舌的话语从下面他们中间飘上来。

"我们决定在这里愉快地留下来！"

"把我们放回地上去，我们就有办法！"

布拉多克·华盛顿等他们再安静下来，说道：

"我已经把形势给你们讲过了。我并不需要你们在这儿。我但愿从来不曾见到过你们。是你们自己的好奇心把你们引到这里来的。不论什么时候，但凡你们能想出一条出路来，只要不影响我和我的利益，我都愿意考虑。但是，只要你们还是一心一意只想挖隧道——我知道你们已经又在动手挖一条新的隧道了——你们就不会有多大进展。尽管你们都呼天号地思念家里的亲人，可是，你们在这里的生活并不像你们喊得那么艰难。要是你们真是挂念家里亲人的那种人，那你们就决不会干飞行这个行当啦。”

一个身材高大的人从人群中走出来，举起一只手以引起这个捉拿他的人注意他要说的话。

“让我问你几个问题！”他叫道。“你是在假装做好心人。”

“说得多荒唐。像我这样地位的人怎么能好心对待你们呢？你还不如说一个西班牙人是好心对待一块猪排的吧。”

听了这句粗鲁话，二十四块猪排都垂下了头。但是那个身材高大的人继续说：

“好极了！”他叫道。“这一点我们以前就已经争论清楚了。你不是人道主义者，你不是个好心人，可你总还是个人嘛——至少你说你是人嘛——你应该能设身处地好好为我们想一想，那是多么——多么——多么——”

“多么什么？”布拉多克·华盛顿冷冷地问道。

“——多么不必要——”

“对我来说可不是那样。”

“唔——多么残忍——”

“这一点咱们已经谈过啦。要保存自己就不存在残忍不残忍的问题。你们都当过兵，你们懂得这个道理。再说点别的吧。”

“唔，多么愚蠢。”

“对，”华盛顿同意说，“我允许你这样说。可是你不妨想一想，除此以外还能有别的办法吗？我提出过，如果你们愿意，我可以把你们一起或者任何一个人毫无痛苦地处死。我提出过把你们的妻子、情人、孩子和母亲都绑架到这里来。我会把你们下面这个洞穴加以扩建，供你们衣食，让你们度过余生。如果能有什么方法使人患上永久健忘症的话，我愿意给你们都做一次手术，然后立刻释放你们，放到我这个禁区以外的地方去。但是我最多就到这一步了。”

“相信我们决不告发你，你看怎么样？”有人这样叫道。

“你们并没有严肃认真地提出这样的建议，”华盛顿讥讽地说。“我可是真的放出一个人来教我的女儿学意大利语。上个星期他跑啦。”

二十四个喉咙里忽然发出狂暴的欢呼声，接着是一片欢乐的混乱。囚徒们跳起木鞋舞，欢呼着，反复用常声和假声歌唱着，在一阵突发的生动活泼的情绪中互相扭打着。他们甚至沿着这个碗形大洞的玻璃边尽可能地往高处跑，接着又屁股落地滑回洞底。那个身材高大的人开始唱起一支歌来，大伙儿都跟着唱了起来：

啊，咱们要把皇帝吊死

在一棵酸苹果树上——

布拉多克·华盛顿怀着谜一般的沉默坐着，直到歌曲唱完。

“你们知道，”等到总算有少数几个人注意他时，他说，“我对你们并没有恶意。我愿意看到你们过得快快活活。这就是为什么我没有一下子就把一切全都告诉你们。那个家伙——他叫什么名字？克利契蒂契洛？——已经给我那些代理人在十四个不同的地方击毙了。”

他们没有猜出那十四个地方指的是城市，欢乐的喧哗立刻停止了。

“可是尽管这样，”华盛顿愠怒地叫道，“他到底还是想逃跑来着。有了这样一次教训，难道你们还指望我给你们中间任何一个人再试一试的机会吗？”

下面又一迭连声地叫喊起来。

“当然啦！”

“你的女儿喜欢学中文吗？”

“嗨，我能讲意大利语！我的母亲是意大利人。”

“也许她喜欢学纽约的方言吧！”

“要是她就是那个长着一对大大的蓝眼睛的小妞儿，那我能教她许多比意大利语更妙的玩艺儿。”

“我能唱爱尔兰民歌——还能用铜乐器伴奏。”

华盛顿先生蓦地伸出手杖，戳了一下草地里的键钮，地下的情景倏然消逝，只留下那铁栅的黑牙忧郁地盖着黑洞洞的大嘴。

“嗨！”下面传出一个人的声音，“你不给我们说一句祝福的话就跑了吗？”

可是华盛顿先生，带着后面跟随的两个小伙子，已经漫步向高尔夫球场的第九洞走去了，似乎这个洞穴和洞里关着的那些人不过是高尔夫球场上的一道障碍，他那矫健的铁头球棒毫不费力地就取得了胜利。

七

在钻石山的庇护下，七月是一个夜里凉得要盖毯子，白昼却又阳光灿烂而温暖的月份。约翰和吉斯米在相爱。他还不知道他送给她的一只金质的小足球（上面镌刻着 Pro deo et patria et St. Mida① 的铭文）已经挂在她贴胸的白金项链上了。可是小金球却知道。而她也没有觉察到有一天从她那朴素的头饰上掉落下来的一枚大蓝宝石已经被约翰柔情地珍藏在他的珠宝盒里了。

---

① 拉丁文，献给上帝、国家和圣米达。

一天后半晌，当那红宝石和貂皮装饰的音乐室悄无人声的时候，他们俩在那里一起待了一个钟头。他握着她的手，她瞅了他一眼，那眼神儿美得他忍不住悄悄地唤出了她的名字。她俯着身子向他凑过去——接着又犹豫起来。

“你是说‘吉斯米’吗？”她温柔地问道，“还是说……”①

她要问清楚。她想她可能误解了他的意思。

他们俩过去谁都没有跟人亲吻过，但是在这一个小时里，这似乎并没有什么关系。

下午的时光流走了。那天夜里，当那座最高的塔楼上飘来最后一阵音乐的时候，他们各自在床上躺着，没有入睡，幸福地想象着这一天度过的一分一秒。他们已经决定结婚，越快越好。

八

华盛顿先生和这两个年轻人每天都上密林里去打猎或者捕鱼，或者在那使人昏昏欲睡的球场上打高尔夫球——这种比赛出于外交上的礼仪总让他的主人打赢——或者在那山区

---

① 在英语中，“吉斯米”这个名字与“吻我”谐音，故有此问。

特有的清凉湖水中游泳。约翰发觉华盛顿先生的性情多少有点苛刻——他除了自己的看法或者见解以外，对谁的看法或见解都毫无兴趣。华盛顿太太整天冷冰冰的，不苟言笑。看来她对两个女儿漠不关心，全副心思都放在她的儿子珀西身上，每天晚上在餐桌上她操着语速飞快的西班牙语，跟珀西谈个没完没了。

大女儿贾斯米，外貌像吉斯米——只是她有点罗圈腿，而且长着一双大手和大脚——但是在气质上却跟吉斯米大不相同。她最爱看的书都是关于“穷女孩给她们鳏居的父亲管家”这一类故事。约翰从吉斯米那里了解到，世界大战结束时贾斯米既震惊又失望，到现在都没缓过来，当时她正准备动身去欧洲，到军营流动餐厅里去当熟练工。她甚至因此憔悴了一阵子，布拉多克 · 华盛顿曾采取步骤企图在巴尔干半岛策动一场新的战争——但是她看到一张几个塞尔维亚伤兵的照片以后，便对所有这一切失去了兴趣。但是珀西和吉斯米似乎从他们的父亲那里继承了他那种盛气凌人的傲慢态度。他们每一转念，都千篇一律地贯穿着彻头彻尾的自私。

关于这座城堡和山谷的种种不可思议的事情都使约翰着迷。珀西这样告诉他，布拉多克 · 华盛顿曾设法绑架了一位园林设计师、一位建筑师、一名舞台装置家以及上世纪遗留下来的一位颓废诗人。所有的黑人都供他们使唤，保证供给他们世界上所能找到的一切材料，让他们搞出一些别出心裁的玩艺儿来。可是他们一个个都显出自己毫无用处。那个颓废诗人因为离开了春天的林荫大道，立刻就号啕大哭起来——他含糊其辞地说了一些关于香料、类人猿和象牙之类的话，可是没一句话含着实际价值。而那个舞台装置家则想把整个山谷变成一套机关布景，搞出一些耸人听闻的效果来——像这些玩意儿，对华盛顿一家人来说，很快就会感到厌倦的。至于那两个建筑师和园林设计师，他们只想照陈规老套办事，因循守旧，没有一点儿创新。

但是他们至少解决了该怎样处置他们的问题——一天夜晚他们在一间屋子里，想就一座喷泉应该造在哪里取得一致意见，争论了整整一夜，第二天一早他们都发疯了。如今他们舒舒服服地给关在康涅狄格州韦斯特波特的一所疯人院里。

“可是，”约翰好奇地问，“你们所有这些奇妙的客厅、大堂、过道和卧室又是谁设计的呢？”

“唔，”珀西回答说，“告诉你会教人害臊，可那是一个拍电影的家伙搞的。他是我们发现的一个唯一惯于挥金如土的人，尽管他把餐巾塞在领子里，既不会写字也不会阅读。”

八月将尽，约翰想到自己很快又得回到学校里去，不禁懊丧起来。他和吉斯米决定明年六月一起私奔。

“要是能在这里结婚，那就更好啦，”吉斯米坦承道，

“但是当然，我根本不可能指望爸爸会答应我嫁给你。所以，这样我宁肯私奔。眼下有钱的人在美国结婚真可怕——他们总要向新闻界发布公告，说什么他们准备穿着边角零料就结婚了，他们的意思无非是说，只有一点儿旧珍珠和欧仁妮①女皇用过的花边②。”

“我知道，”约翰激动地说。“我在希列扎-墨菲家的时候，他们家的大女儿格温多琳嫁给了一个人，他的父亲拥有半个西弗吉尼亚州，可是她写信告诉家里说，单凭她丈夫做银行职员拿的那点薪水，她的日子过得有多么艰辛——她最后说：‘谢天谢地，不论怎么样，我总还有四个能干的女仆人，也还能有点儿用处吧。’”

“真丢人，”吉斯米评论说。“不想想世界上有千千万万的人，那些工人啦，其他所有人啦，他们只有两个女仆，日子照样过得去。”

八月底的一个下午，吉斯米偶然漏出一句话，改变了整个局面，也把约翰吓得心惊胆战。

当时他们正依偎在他们最喜爱的那座林子里，在亲吻之余，约翰正飘飘然陶醉在他罗曼蒂克的预感之中，这些想入非非的预感使得他俩的关系平添了几分辛酸。

---

① 欧仁妮（Eugénie，1826—1920），拿破仑三世之妻，后为法国女皇，在位期间为1853—1871年。

② 指当时正当三十年代美国经济大萧条。

“有时我想咱们根本不会结婚，”他感伤地说。“你太富了，也太华贵了。没有一个像你这样有钱的姑娘能跟其他普通的女孩一样。我应该娶一个奥马哈①或者苏城②的富裕的五金批发商的女儿，她能有那么一份五十万元的嫁妆，我也就该心满意足了。”

“我曾经认识一个五金批发商的女儿，”吉斯米说。“我就不信你能心满意足。她是我姐姐的朋友，上我们这儿来玩过。”

“喔，这么说你们还有别的客人来过？”约翰惊奇地叫了出来。

吉斯米似乎后悔自己不该说这句话。

“啊，是的，”她急忙说，“我们有几个客人。”

“可你们——你的父亲不怕他们到外面去说吗？”

“啊，是有点儿怕，有一点儿，”她回答说。“让咱们谈点别的比这快活一点的事吧。”

可是约翰却激起了好奇心。

“比这快活一点的事儿！”他说。“这有什么不快活的？她们不是正派的姑娘吗？”

使他大吃一惊的是，吉斯米哭了起来。

---

① 奥马哈（Omaha），国内布拉斯加州东部一城市。

② 苏城（Sioux City），美国衣阿华州西部城市。

“是的，她们都是挺好的——这，这，整个问题恰恰就在这儿。我跟她们中间几个越来越亲热，贾斯米也是这样，可是不管怎样，她还是继续邀——邀请她们上我们这儿来玩，我不懂她为什么要这样做。”

约翰的心里生出不祥的疑窦。

“你的意思是说，她们在外面说了，于是你的父亲把她们——给撵走了？”

“比这更糟，”她断断续续地咕哝说。“爸爸不喜欢冒险——可贾斯米还是一个劲儿写信邀她们来，而且她们又玩得那么快活！”

她止不住一阵悲痛。

约翰给这一番吐露吓愣了，张口结舌地坐在那里，只觉得浑身神经在颤抖，好像许多麻雀躲在他的脊梁骨上。

“嗐，我告诉给你听了，可我真不该告诉你的，”她说，突然冷静下来，擦干了她那深蓝色的眼睛。

“你的意思是不是说，你的父亲在她们离开之前把她们全给杀死了？”

她点点头。

“通常是在八月——或者九月初。我们首先总是尽可能地从她们身上得到快乐，这对我们来说完全是很自然的事。”

“这真恶心！——这多——啊，我要发疯啦！你是不是承认——”

“是的，”吉斯米打断了他的话，耸了耸肩膀。“我们不能把她们严密地监禁起来，像对付那些飞行员那样，这样，她们就会变成一种每天不断向我们良心发出的谴责。把她们杀了，对贾斯米和我总比较好一些，因为爸爸干得比我们预料的还快。这样我们就免得跟她们告别了。”

“你们就这样杀了她们！嘿！”约翰叫道。

“干得干净利落。趁她们熟睡的时候把她们毒死——总是对她们家里人说，她们在西部的比尤特得了猩红热死了。”

“可是——我真不懂你们干吗还不断地邀请她们上你们家来呢？”

“我可没有邀请她们，”吉斯米发作起来。“我一个也没有邀请过，是贾斯米请她们来的。再说，她们总是玩得很快活的。最后她还送给她们最好的礼物。将来我可能也会请客人来的——我也会硬着心肠这么干的。我们不能让死亡这种不可避免的东西来阻挡我们享受人生的乐趣。你想想，要是我们没有一个客人，我们在这儿该有多么寂寞。啊，爸爸和妈妈，跟我们一样也牺牲了一些最好的朋友。”

“所以，”约翰嚷嚷着控诉道，“所以你现在让我跟你谈情说爱，也假装跟我谈爱啦，结婚啦，可你自始至终清清楚楚地知道，我绝不可能活着从这儿出去——”

“不，”她激动地抗议说。“绝不会再这样干了。起先我是那样的。那回你就在这儿。我忍不住想跟你谈情说爱，而且我认为你生命的最后几天，对咱们两人来说也许都是快活的。可是接着我爱上了你，而——而对你就要——就要给干掉，我也是真心实意地难过，尽管我宁肯你给干掉也不愿让你再去吻另外一个姑娘。”

“哦，你愿意，你愿意这样吗？”约翰恶狠狠地叫道。

“我太愿意啦。再说，我常听人说一个姑娘家跟一个男人谈情说爱，可又知道自己根本不可能跟他结婚，那就会更带劲。啊，干吗我要告诉你？现在我可能败了你的兴，刚才你不知道有这回事，咱们玩得真快活啊。我知道这么一来，你就会有点灰心丧气啦。”

“啊，你是让我灰心啦，不是吗？”约翰气得声音都发抖了。“这一套我听够啦。要是你不过是想跟一个你自己知道比死尸好不了多少的人谈情说爱闹着玩，一点儿不讲尊严和体面的话，那我跟你一刀两断了！”

“你不是死尸！”她惶恐地辩白道。“你不是死尸！我不许你说我是吻了一具死尸！”

“我没这么说！”

“你说的！你说我吻了一具死尸！”

他们的嗓门提高了，但是突然传来一阵脚步声，他们两个顿时沉默下来。脚步声沿着那条小径朝着他们的方向传来，不一会儿，玫瑰花丛从中间分开，露出了布拉多克·华盛顿，嵌在他那漂亮而茫然的脸上的一双聪明的眼睛正瞅着他们。

“谁吻了死尸？”他问道，显然他不同意这样的说法。

“没有谁这么说，”吉斯米连忙回答。“我们不过是闹着玩儿罢了。”

“那你们两个在这儿干什么？”他粗声粗气地问道。“吉斯米，你应该——应该跟你姐姐一起去读书或者打高尔夫球了。读书去！要不打高尔夫球去！等我回头再来的时候，可别让我看到你还在这儿！”

说着，他向约翰点了点头，便顺着小径走了。

“你看到了吗？”吉斯米生气地说，这时他已经走远了，听不见她的话了。“这一下全让你弄糟啦。咱们再也不能见面了。他也不会再让我见到你了。要是他知道咱们俩相爱了，他准会把你毒死。”

“咱们俩并没有相爱，再也不会相爱啦！”约翰大声喊道，“所以他在这个问题上可以放一百二十个心。再说，你也可以不必欺骗自己，以为我会在这儿待下去。要不了六个钟头，我就会翻过这些山岭，要是非得穿过这些山岭不可的话，然后我就往东走。”

他们两个已经站了起来，听了这句话，吉斯米走近约翰，挽住了他的手臂。

“我也走。”

“你准是发疯了——”

“我当然要走，”她不耐烦地打断他。

“你肯定不能走。你——”

“好吧，”她冷静地说，“咱们现在去追上爸爸，干脆跟他把这个问题谈清楚。”

约翰苦笑着，败下阵来。

“好吧，亲爱的，”他表示同意，软弱而勉强地说，“咱们一起走吧。”

他又爱她了，爱情平静地栖息在他的心头。她是属于他的——她愿意跟他一起出走，患难与共。他用手臂搂住她，热烈地吻她，到底她是爱他的；实在是她救了他的命。

他们一路讨论着这个问题，慢慢地向城堡走回去。他们决定，既然布拉多克·华盛顿已经看见他们在一起了，那他们最好第二天夜晚就离开这里。吃晚饭的时候，约翰尽管嘴唇干得要命，但是心神紧张，把一大汤匙孔雀汤都灌进了左肺。他只得让一个管家把他抬进那间装饰着海龟和黑貂的牌戏室，让那管家使劲给他捶背，珀西看着觉得很好玩。

九

后半夜，约翰的身子猛地震了一下，他立刻直挺挺地坐了起来，瞅着房间里蒙着的使人昏昏欲睡的窗幔。透过一个个暗蓝色的方块，也就是他那些开着的窗子，他听到远处传来微弱的声音，由于噩梦萦绕，在他的记忆能辨别之前，这微弱的声音就被一阵风吹走了。但是接着越来越近地传来清晰可闻的响声，响声就在他的房间外面——转动房门把手的咔嗒声、脚步声、悄悄低语声，他说不出到底是什么声音。他的肚子里结起一团硬疙瘩，他痛苦地凝神细听，顿感浑身疼痛。接着有一幅窗幔似乎隐去了，他看见一个模糊的人影站在门边，从黑地里看去只是一个轮廓不清的人影，混合在窗幔的褶皱里，仿佛从一块肮脏的窗玻璃上看到的一个变了形的映象。

不知是出于害怕还是决心，约翰按了一下床边的键钮，转眼之间，他就坐到了隔壁房间那只绿油油的凹陷的浴池里了，浴池里半池的冷水激醒了他，使他恢复了警觉。

他从浴池跳出来，湿淋淋的睡衣在他后面滴了一大摊水，他跑到那扇他知道通向二楼象牙平台的海蓝宝石门前。那扇门悄没声息地敞开了。一盏孤零零的绯红色的灯，从宏伟的圆顶上垂挂下来，把那一派华丽的雕镂的楼梯照得分外美丽。约翰一时不知所措，周围满目静悄悄的光彩，吓得他胆战心惊，仿佛要把他这个在象牙平台上发抖的孤单单、湿淋淋的小人儿裹没在重重光影里。接着同时发生了两件事：他自己那间起居室的门突然敞开了，三个一丝不挂的黑人冲进门厅——正当约翰惊恐地、摇摇晃晃地向楼梯走去的时候，另一扇门滑进过道那边的墙壁，约翰看见布拉多克·华盛顿站在灯火明亮的电梯里，穿着一件皮褂，一双齐膝的马靴，上面露出色彩鲜艳的玫瑰色睡衣裤。

三个黑人——约翰以前从来没有见过他们，脑子里突然闪念，他们准是职业刽子手——停下步子，不再向约翰冲去，期待地向电梯里的那个人转过身去，他严厉地发出命令：

“进来！你们三个人都赶快进来！”

三个黑人立刻冲进电梯，电梯门一关上，明晃晃的长方形升降机就不见了，约翰重又被孤零零地留在门厅里。他无力地倒在一级象牙楼梯上。

显然发生了什么不寻常的事，这样一来至少暂时延缓了他自己的小灾难。出了什么事啦？是黑奴起来造反了？还是那些飞行员冲开了铁栅？要不是菲希村那些人瞎冲乱撞翻过了山岭，他们郁郁寡欢的眼睛瞧见了这座华丽的山谷？约翰不知道。他听见一阵呼呼的风声，电梯又嗖嗖作响地升了上来，一会儿又嗖嗖作响地下去了。兴许是珀西赶去帮他的父亲了。约翰忽然想到现在正是他跟吉斯米会面策划立即逃跑的好机会。他等待着，直到电梯静了几分钟；深夜的寒气透过他湿漉漉的睡衣渗入他的身子，他微微颤抖着回到自己的房间，匆匆穿好衣服，便登上一长节楼梯，拐进那条铺着俄国貂皮的过道，往吉斯米住的套间走去。

她的起居室的门正开着，灯也都亮着。吉斯米穿着安哥拉羊毛的和服式晨衣，站在屋子的窗边谛听着什么。约翰悄悄地走进来，她向他转过身来。

“啊，是你！”她低声说，一面穿过房间向他走来。“你听见他们了吗？”

“我听见你父亲的奴隶们在我的——”

“不，”她激动地打断他的话。“我是说那些飞机！”

“飞机？兴许就是飞机的声音把我给吵醒的。”

“起码有十多架。几分钟前我就看到一架直冲着月亮飞过去。在后面悬崖上的那个卫兵放了一枪，这才把爸爸给惊醒了。我们马上就要跟它们干了。”

“它们是存心上这儿来的吗？”

“是的——是那个逃跑的意大利人——”

她的话音未落，那扇敞开的窗口冲进一阵刺耳的爆炸声。吉斯米低低地叫了一声，接着，手指在梳妆台上的一只盒子里摸了一枚分币，跑到一盏电灯跟前。整座城堡顿时一片黑暗——原来她有心把保险丝烧断了。

“来吧！”她向他喊道。“咱们上屋顶花园去，到那儿瞭望去！”

她披上大氅，拉着他的手，两人摸索着走出门去。上高塔去的电梯，出门一步就到了。她按了一下键钮，他们就飞速上升，在黑暗里他搂着她，吻着她的嘴唇。风流韵事到底临到了约翰·昂格尔。一会儿他们跨出电梯登上平台，平台给星光照得一片白。天上，云雾缭绕的月亮，在卷卷涡云中时隐时现，月下，十多架机翼黑魆魆的飞机一个劲儿地兜着圈子飞。山谷里，火光到处闪烁着扑向飞机，紧接着发出刺耳的爆炸声。吉斯米快活地拍着手，可是一会儿她又慌了起来，因为飞机按照预定的讯号开始投弹了，整个山谷变成了一幅轰隆隆的震响声和红彤彤的火光交织的画面。

不多一会儿，进攻的机群开始集中瞄准高射炮阵地，一门高射炮几乎顷刻之间就化为一大堆灰烬，倒在玫瑰花丛里冒烟。

“吉斯米，”约翰央求说，“我告诉你，这次进攻正巧赶在他们要把我杀死的前夜，你听了准会高兴吧。要是我没有听见后面山口上那名卫兵回击的枪声，我这会儿早已一命呜呼啦——”

“我听不见你说的话！”吉斯米叫道，她目不转睛地盯着前面的情景。“你得大声一点儿说！”

“我只是说，”约翰大声说道，“在他们开始炸毁这座城堡之前，咱们最好逃出去吧！”

突然，黑人住所的圆柱门廊全都炸得粉碎，一股火焰从柱廊下面直冲云霄，大块的大理石碎片一直飞到湖边。

“价值五万元的奴隶全完了，”吉斯米叫道，“这还是按战前的价格计算的。尊重私人财产的美国人可真少。”

约翰再一次逼着她离开，飞机瞄准目标一分钟比一分钟更准确，只有两门高射炮还在回击。显然，驻守的卫队处于炮火的重围之中，已经支持不了多久了。

“快点！”约翰喊道，拉着吉斯米的手臂，“咱们得走啦。你难道不明白，要是那些飞行员发现了你，毫无疑问会把你打死吗？”

她勉强同意了。

“咱们得去叫醒贾斯米！”她说，他们向电梯走去。接着她孩子气地又加了一句：“咱们这下要变穷了，是不是？就像在书本里写的那些人一样。我会成为一个孤儿，自由自在，无拘无束。自由而又贫穷！多有趣！”她停下来，仰起嘴唇，兴冲冲地吻了他一下。

“这两码事是搞不到一块儿去的，”约翰严峻地说。“人们早已明白这一点了。这两者之中我宁愿要自由。我特别要提醒你一件事，你最好是把你的首饰匣里的珠宝首饰都倒进你的口袋。”

十分钟以后，姊妹两个在黑洞洞的过道里跟约翰会合，接着他们就下楼来到城堡的底层。他们最后一次穿过那一座座富丽堂皇的厅堂，在大门外的平台上站立了一会儿，观看那正在熊熊燃烧的黑人住所和坠落在湖那边的两架飞机冒着火光的残骸。一门孤零零的高射炮还在狠狠地回击，进攻的机群似乎胆怯地不敢飞得更低一些，只是围着这门高射炮盘旋，发出烟火似的炮弹，要等到碰巧有一发炮弹命中目标，才能消灭那些黑人炮手。

约翰和两姊妹走下大理石台阶，径直向左拐弯，便开始登上一条像吊袜带似的盘绕着钻石山的小道。吉斯米知道半山腰有一个林木繁茂的所在，那里他们既可以藏身，又可以眺望山谷里这幕骚乱的夜景——最后，必要的话，又可以沿着一条隐蔽在岩石嶙峋的溪谷里的秘密小路逃走。

十

他们到达目的地的时候，已经是三点钟了。亲切而又镇定的贾斯米倚着一棵大树干立刻睡熟了。约翰和吉斯米坐下来，他搂着她，眺望远处，在昨天早晨还是一座花园，而如今已化为断垣残壁的地方，这场即将沉寂的战斗，还在时起时落地进行绝望的挣扎。四点钟一过，最后残留的那门高射炮哐啷一声，接着冒出一股火红的烟雾，便一动不动了。虽然月亮已经下沉，他们仍然看得见飞机在盘旋，飞得更贴近地面了。一旦飞机看准这座被围困的城堡已经无力再作抵抗，它们就将降落地面，而这个闪烁着微光的黑沉沉的华盛顿王国也就消亡了。

炮火停息，山谷也随之静寂，两架被击落的飞机余烬，像蜷缩在草地里的魔鬼的两只眼睛，在闪闪发光。城堡黑魆魆的，悄然兀立，虽然黯然无光，却和在阳光灿照之下一样显得美丽动人，天空中充满着复仇之神的木头般沉闷的格格声，时起时伏地发出怨言。这时，约翰发现吉斯米像她的姐姐一样，也已经呼呼熟睡了。

四点钟已过了好长一段时间，他听见有脚步声沿着他们刚走过的那条小路传来，他连气也不敢透，悄悄地等候着，直到那些人的脚步声走过他停留的这个有利地点。现在空气中发出一种显然并非来自人间的轻微的骚动声，寒露逼人；他知道天色即将破晓了。约翰静静地等着，直到那脚步声走到了安全距离以外，上了山而且听不见了。于是，他跟踪走去。大约在离高耸的山巅还有一半路程的地方，树林都已砍去，一条像马鞍似的岩石伸展着，覆盖着下面的钻石。就在他到达这个地方之前，他放慢了脚步，一种动物的直觉警告他，前面有人。他走近一块高高的圆石，从圆石边上慢慢地抬起头来。他的好奇心得到了满足；下面就是他看到的情景：

布拉多克·华盛顿一动不动地站在那里，灰蒙蒙的天空衬出他的侧影，他不声不响，也没有一点生命的迹象。东方已经破晓，大地染上一抹冷冽的青色，在这新的一天对比之下，这孤苦伶仃的人显得渺小而微不足道。

约翰偷偷望着的时候，他的主人不可捉摸地沉思了一会儿；接着他向那两个匍匐在他脚边的黑人挥了挥手，要他们抬起放在他们两人中间的东西。当他们挣扎着直立起来的时候，初升太阳的第一线黄光把一颗精工雕琢的大钻石的数不清的棱角照得剔透明亮——闪起了一片白光，像一颗碎裂的晨星在空中闪烁发光。两个抬钻石的黑人在重负之下跌跌撞撞地走了几步——波浪般的肌肉在他们湿漉漉发光的皮肤下变得僵硬起来，三个人对着苍天满怀着既想抗拒但又无能为力的心情，又一动不动地站在那里了。

过了一会儿，那个白人扬起了头，用一种引人注目的姿势慢慢举起双臂，就像要求广大群众倾听他演讲一样——但是周围并没有群众，只有山岭和苍穹的无限寂寥，只有从山下林子里传来轻微的鸟鸣声打破这无限的寂寥。那站在马鞍形岩石上的人开始慢吞吞地说话，带着一种颠扑不破的傲气。

“嗨，你在那边的——”他声调发颤地喊道。“你——在那儿的！”他顿住了，两只手臂仍旧高举着，头也专注地扬起着，似乎在等着回答。约翰竭力睁大眼睛想看清楚是不是有人从山上下来，但是山上没有一个人影。只有蓝天和那从林梢吹来的像长笛般的嘲弄的风声。难道华盛顿是在祈祷吗？约翰疑惑了一会儿。但是接着这个错觉就消失了——从这人的整个举止态度看，其中含有一种与祈求截然相反的神气。

“啊，你那高高在上的！”

声调变得坚强而又自信起来。这不是孤独无助的哀求。如果说其中含有什么意味的话，那就是一种乖戾的居高临下的口吻。

“你这——”

他说得太快，让人听不懂，词句滔滔不绝，前言后语交混在一起……约翰屏息谛听着，偶尔抓住一句两句，声音一会儿哽住了，一会儿又继续说下去，接着又打住了——时而坚决有力，滔滔善辩，时而显得迟疑、困惑、焦躁。于是这位唯一的听众开始恍然大悟，而在这顿悟的瞬间，一股热血顿时流遍他的全身动脉。布拉多克 · 华盛顿原来是在向上帝行贿！

就是这么回事——毫无疑问。他那两个奴隶双臂抬着的那颗大钻石，不过是一个预付的样品而已，保证随后还要交付更多的钻石。

约翰听了半天才明白，这就是贯穿在他的话语中的一条线索。发了财的普罗米修斯在企求人们已经遗忘的牺牲、祭仪和基督降生以前就已经废弃的祈祷为他作证。有好一会儿他用提醒上帝的口吻，要上帝忆起他曾经屈尊接受过世人献赠的各种礼物——比如，如果上帝拯救城市免遭瘟疫之灾，世人们就赠与他宏伟的教堂，世人也曾在贪欲和残杀中献出没药和黄金，人的生命，美女和俘获的军队，儿童和后妃，山林原野捕获的野兽，绵羊和山羊，五谷和城市以及被征服的全部土地等等，以换取上帝的姑息，买得上帝和缓天怒的酬答——因此，现在他布拉多克·华盛顿，钻石之王，黄金时代的帝王和祭司，显赫与豪华的主宰，愿意献出一份宝藏，这份宝藏是以前任何帝王公侯连做梦都想象不到的，他不是哀求而是骄傲地献出这份宝藏。

他愿意——他接着详细说明，他愿意把世间一颗最大的钻石献给上帝。这颗钻石将雕琢出千千万万个平面，比一棵树上的叶子还多，而这整颗钻石将雕琢得比一粒只有苍蝇那么大的宝石还更要尽善尽美。许许多多人将为这颗钻石辛劳工作很多很多年。它将经过精工雕刻镶嵌在一座教堂的宏伟的纯金的圆顶上，配上一重重蛋白石和古色古香的蓝宝石的门。中央，一座用彩虹色的、能腐烂一切的、不断变化着的镭锭制成的祭坛，高踞一所凹陷在地下的小礼拜堂之上，祈祷礼拜的人，在祈祷的时候只要一抬头，镭锭的祭坛就会烧毁他的眼睛——在这座祭坛上，将任凭施恩的上帝的选择，宰杀任何牺牲，甚至世间最伟大、最有权势的活人，以供上帝取乐。

作为酬答，他只要求一件非常简单的事，这件事，在上帝来说，简直易如反掌——那就是要保持一切如昨日此刻万世不移。非常简单！请打开天国的门，把这些飞行员同他们的飞机一股脑儿吞没——然后把天国的门关上。让他的奴隶统统复活，让他重新占有他们。

除了上帝以外，他对谁都别无他求。

他只是疑虑他付出的这笔贿赂是否够大。当然，上帝有上帝的价格。上帝是以人的形象造出来的，所以人们一向说，上帝必定也有他的价格。但是他付出的这个代价是举世罕有的——耗费了多少年建成的大教堂，成千上万名劳工筑起的金字塔，都不能同他这所大教堂、这座金字塔比拟。

说到这里，他停住了。这就是他的提议。一切都会按照规定办到，而且他断言这是物超所值，也并无粗鄙之处。他暗示，接受与否完全由上帝决定。

快到结束的时候，他的话已词不成句，变得简短而且捉摸不定，他的身子也似乎紧张起来，似乎竭力要从他周围的空间抓住最细微的动静，最细微的声息。他说着话的时候，他的头发渐渐变白了，现在他好像是古代的先知，对着天空高高地扬起了头——疯狂之态十分动人。

接着，正当约翰看得如痴如醉的时候，他仿佛感到附近什么地方发生了一种奇怪的现象。天似乎暗了一会儿，微风似乎突然发出一阵喃喃的低语声，一阵远处传来的喇叭声，一声像宽大的绸袍发出的窸窣声那样的叹息——四周整个大自然一时也暗淡下来：鸟儿停止了歌唱，树林也静止不动，从山那边远处传来一阵沉重得吓人的雷声。

一切就是这样。风吹过山谷里高高的青草，又静止下来。一会儿黎明和白天又重新就位，初升的太阳喷发出黄澄澄的雾霭的热浪，使它前面的道路变得明亮起来。绿叶在阳光中嬉笑，笑声摇动了树林，每根树枝都仿佛成了神话世界里的一所女子学校。上帝不接受这笔贿赂。

约翰看了一会儿白天取得的胜利。接着，转过身去，他看见一簇棕色的东西颤动着落到湖边，接着又有一簇落下，随后又有一簇，像从云端里降下的黄金色的天使在舞蹈。飞机都降落到地上来了。

约翰从大圆石后面偷偷溜走，跑下山腰来到林子里，两个女孩已经睡醒了，正在等他。吉斯米跳起身来，口袋里的珠宝叮当作响，她那张开的唇边悬着疑问，但是本能告诉约翰这会儿不是谈话的时候。他们必须立刻离开这座山。他抓住了她们姊妹俩一人一只手，便悄悄地踩着树枝走下山去，现在他们沐浴在阳光和雾霭之中。在他们身后，山谷没有一丝人声，只听见远处孔雀的哀诉声和清晨欢愉的嘤嘤声。

他们走了半英里光景以后，接着便避开花园地带，走进一条通向另一个山冈的狭隘小路。他们登上最高处，停下来回头四顾。他们的眼光落在他们刚离开的山腰上——一种即将发生悲剧的不祥的预感压上了他们的心头。

在蓝天的映衬下，他们清晰地看见一个精神沮丧、白发皤皤的男人慢慢地从陡坡上走下山去，后面跟着两个身材高大、毫无感情的黑人，抬着那颗在阳光下闪烁发光的大钻石。在下山的半途，还有两个人同他们会合——约翰认得出那是华盛顿太太和她的儿子，她倚在她儿子的臂膀上。那些飞行员已经在城堡前面那片草地上爬出机舱，手里提着步枪，正编成战斗的队形开始爬上钻石山。

但是在更高处会集的那五个人，吸引了所有观看的人的注意，现在这一小群人在一块突出的岩石上停了下来。两个黑人弯身拉开了看来像是山腰里的一扇活门。他们都消失在活门里了，白发皤皤的男人第一个进去，接着是他的妻子和儿子，最后是两个黑人，他们那珠宝缀饰的光亮头巾在阳光里闪了一会儿，活门便落下来，把他们吞没了。

吉斯米抓住了约翰的臂膀。

"啊，"她狂野地喊道，"他们上哪儿去了？他们要干什么？"

"那准是一条逃跑的地下通道——"

两个姑娘的低声尖叫打断了他的话。

"你难道没有看见？"吉斯米歇斯底里地啜泣着说。"那山上都装上了电线啦！"

就在她说话的时候，约翰举起双手遮住了自己的视线。在他们眼前，这座山整个表面突然变成一片炫目的熊熊燃烧的黄色火光，透过那层草皮闪射出来，就像光线透过人的手掌射出来一样。这种使人无法忍受的光焰闪烁了一会儿，接着就像一根烧灭的灯丝般的消失了，露出一片发黑的荒地，荒地上袅袅升起蓝烟，把残存的草木和尸体一起卷走了。那些飞行员既没有留下血迹也没有留下尸骨，他们同那五个走进山腰活门的人一样都被烧得干干净净了。

与此同时，随着一阵山摇地动的震响，城堡实打实地把自己抛向天空，当它腾空而起时，炸成了无数火红的碎片，然后坠回原址，化为烟雾弥漫的一堆瓦砾，一半落进了湖水。没有一星火光——烟也和阳光混合在一起吹跑了，不多几分钟，从那一大堆无以名状的废墟上卷来一阵尘埃般的大理石粉末，这就是一度曾经由珠宝筑成的宅邸。这时，再没有一丝儿声息，只有那三个人孤零零在这座山谷里。

十一

日落时分，约翰和他的两个同伴到达了那座高高的悬崖，这原是标志华盛顿王国的疆域的边界，他们在悬崖上掉头回顾，但见那山谷在暮霭中显得无比静谧而动人。他们坐下来，吃完贾斯米随身带的篮子里的食物。

“你们看！”她说，铺好桌布，把三明治整整齐齐地堆成一堆。“这看起来不是挺诱人的吗？我一向认为在野外吃东西，味道更可口。”

“凭这句话，”吉斯米说，“贾斯米就进入了中产阶级啦。”

“你听我说，”约翰怀着渴望的心情说，“快把你的口袋翻过来，让咱们看看你带了哪些珠宝。要是你挑得好，咱们三个人这一辈子日子就过得舒舒服服的啦。”

吉斯米顺从地把手伸进口袋，在他的面前扔出两把闪烁发光的宝石。

“挺不错呢，”约翰热情洋溢地说，“它们不很大，可是——喂！”当他拿了一块举到落日余晖中审视时，他的脸色变了。“啊，这些都不是钻石！出了毛病啦！”

“天哪！”吉斯米神色惊讶地尖叫起来。“我真是个傻瓜！”

“嗐，这都是莱茵石！”约翰嚷道。

“我明白啦。”她格格地放声笑了。“我开错抽屉了。这原是一个来看望贾斯米的姑娘衣服上的东西。我给了她钻石，让她把这些莱茵石换给了我。我这辈子除了贵重的宝石，还没有见过别的东西呢。”

“那么，你带来的全都是这些东西？”

“恐怕就是这样，”她惆怅地摆弄着那些亮晶晶的东西。“我想我更喜爱这些莱茵石。我真有点儿腻味钻石了。”

“很好，”约翰沮丧地说。“这样咱们就得住在海地斯啦。你会给那些不肯轻信的娘儿们说你当时开错了一个抽屉，直说到你变成一个老婆子。遗憾的是你父亲所有的银行存折都跟他一起烧光了。”

“海地斯怎么样？”

“要是我这样的年纪带了一个妻子回家，我的父亲大概不会扔出一块烧红的煤跟我一刀两断，就像他们那儿常说的那样。”

贾斯米说话了。

“我喜欢洗衣服，”她平静地说。“我一向自己洗手绢儿。我会给人洗衣，来养活你们两个。”

“在海地斯他们有洗衣妇吗？”吉斯米天真地问。

“当然有，”约翰回答说。“跟其他任何地方一样。”

“我原来以为——也许那儿太热，根本不用穿什么衣服。”

约翰哈哈笑了。

“你试试看！”他提议说。“还没有等你把衣服脱掉一半，他们就要把你给撵跑啦。”

“爸爸会上那儿去吗？”她问。

约翰惊讶地向她转过身去。

“你的爸爸已经死了，”他严肃地回答说。“干吗他要上海地斯去呢？你把海地斯跟另外一个地方混淆起来了，那个地方很久以前就已经废除了。”

吃过晚饭，他们收起桌布，铺好毯子过夜。

“这真是一场梦，”吉斯米叹息说，仰视着天空的星星。“看起来多么奇怪，身上就这么一套衣服跟一个身无分文的未婚夫躺在这里！”

“在星星下面躺着，”她重复说，“我以前从来没有注意过星星。我总以为它们都是属于一个什么人的很大很大的钻石。可是现在它们让我害怕。它们使我感到这一切全是一场梦，我的全部青春是一场梦。”

“那是一场梦，”约翰静静地说。“每个人的青春都是一场梦，一种化学的发疯形式。”

“发疯该有多么快活！”

“人们也这么告诉我，”约翰忧郁地说。“此外我就再也不懂什么了。可不管怎样，让咱们俩权且相爱吧，你和我，相爱一年或者两年吧。这是人人都可以一试的一种神圣的喝醉了酒的形式。整个世界有的是钻石，钻石以及或者说是幻想破灭的寒伧的礼物。唔，这种钻石我到底有啦，而我对平常的那种钻石也就无所谓了。”他打了一下寒颤。“把你的领子翻起来，小姑娘，这儿夜晚可真凉，当心别得了肺炎哪。第一个发明知觉的人，是犯了滔天大罪。让咱们暂时把它忘掉几个钟头吧。”

说着，他把自己裹在毯子里，便堕入睡乡了。

汤永宽译

返老还童

（又名：本杰明·巴顿奇事）

一

远在1860年，在家里生小孩是非常恰如其分的。如今，据说高高在上的医学之神已经规定，新生命的第一声啼哭应该在空气中飘着麻醉剂气味的医院里发出，而且最好是时髦的那一种。因此，当年轻的罗杰·巴顿先生和夫人在1860年夏天决定让他们的第一个孩子出生在医院时，他们超前了他们的时代整整五十年。这个“年代误植”是否与我下面要叙述的这段惊人的历史有关，就永远不得而知了。

让我把事情的来龙去脉告诉你，你自己来判断。

罗杰·巴顿夫妇在南北战争前的巴尔的摩拥有显赫的社会地位，而且非常富有。他们与好些名门望族都沾亲带故，因此，正如每个南方人都知道的，他们也拥有了成为南部联盟庞大的贵族俱乐部成员的资格。这是他们第一次接触生小孩这个古老而迷人的习俗——巴顿先生自然有几分紧张。他希望是个男孩，这样就可以送他到康涅狄格的耶鲁学院去。巴顿先生自己在那里度过了四年时光，其间一直顶着一个一看就知道来历的雅号——“袖口”。

在那个因为此等大事而变得神圣的九月的早上，他六点钟就紧张地起了床，穿戴整齐，沿着巴尔的摩的街道快步向医院走去；他急于知道一个新生命是否已经诞生在夜的怀抱。

离马里兰私立医院大约只有一百码的时候，他看到他们的家庭医生基尼正从前门的台阶上走下来，一边走，一边像洗手似的来回搓着手——按照这个职业不成文的规矩，所有医生都是应该这样做的。

罗杰·巴顿先生，这位罗杰·巴顿五金批发公司的董事长，有些忘记了那个时代的南方绅士应有的风度，开始向基尼医生跑去。“基尼医生！”他喊道，“基尼医生！”

听到喊声，医生环顾四周，然后站住了，等着。当巴顿先生快到面前的时候，他那严峻的医生的脸上露出一丝奇特的表情。

“怎么样？”巴顿先生气喘吁吁地冲上去问道，“是男孩还是女孩？母亲平安吗？是男孩吗？是什么？什么……”

“讲清楚点！”基尼医生严厉地说，似乎有些生气。

“小孩出生了吗？”巴顿先生恳切地问道。

基尼医生皱起了眉头。“是的，我想是的——应该算是吧！”他又以好奇的目光看了巴顿先生一眼。

“我妻子好吗？”

“很好。”

“是男孩还是女孩？”

“好了！”基尼医生气急败坏地叫起来，“你自己去看吧。荒唐！”他几乎只用一个音节就把最后一个词甩了出来，然后转过身去，一边还嘟哝着：“你以为这样的产例会提高我的职业声誉吗？再有一个的话会毁了我——毁了任何人！”

“怎么啦？”巴顿先生吃了一惊，“是三胞胎吗？”

“不，不是三胞胎！”医生尖锐地说，“到底是怎么一回事，你自己去看吧。还有，你去另外请一个医生吧。年轻人，我把你带到这个世界上，为你们家做了四十年家庭医生。但我现在与你没有关系了！我不想再见到你或你们家的任何人，再见！”

然后他突然转过身去，一言不发地登上停在路边的敞篷马车，头也不回地离开了。

巴顿先生站在人行道上，目瞪口呆，全身发抖。出了什么事？他突然失去了走进专为名媛绅士服务的马里兰私立医院的欲望——过了一会儿，他才艰难地强迫自己登上台阶，走进了医院前门。

在光线昏暗的大厅里，一名护士坐在一张桌子后面。巴顿先生含羞忍辱地向她走去。

“早上好！”她抬起头，亲切地看着他。

“早上好！我……我是巴顿先生。”

一听到这句话，一种极端恐惧的神情立刻在护士脸上蔓延开来。她站起来，似乎要从大厅飞出去，然后费了很大力气才把自己控制住。

“我想看看我的孩子，”巴顿先生说。

护士轻轻尖叫了一声。“哦——当然！”她有些歇斯底里地说，“在楼上，就在楼上，上去吧！”

她指了指上楼的方向。巴顿先生冒着冷汗，踉踉跄跄地转过身，开始上楼。在二楼大厅里，他看到一个护士端着盆子向他走来。“我是巴顿先生，”他费力地说，“我想看看我的……”

当啷！盆子摔到地上，朝楼梯滚去。当啷！当啷！它开始有条不紊地往下滚，好像也感到了这位先生带来的恐惧。

“我要看我的孩子！”巴顿先生几乎尖叫起来。他已经快要崩溃了。

当啷！盆子到达了一楼。护士重新控制住自己，老大不屑地朝巴顿先生瞥了一眼。

“好吧！巴顿先生，”她低声说，“很好！但我希望你明白今天早上发生的事给我们所有的人带来的后果！简直荒唐透顶！医院再也无法挽回声誉了。”

“快点！”他嗓音嘶哑地喊起来，“我已经受不了了！”

“那么，巴顿先生，这边来。”

他拖着疲惫的身子跟着她。在长长的走廊的尽头，他们来到一个传出各种各样的嚎哭声的房间——后来人们把这样的房间命名为“啼哭室”。他们走了进去。靠墙放着五六张白色摇篮，每张摇篮上都挂着一个标签。

“哪个，”巴顿先生上气不接下气地问道，“哪个孩子是我的？”

“在那里！”护士说。

巴顿先生顺着她的手指望去，看到了如下的情景：用宽大的白色毛毯裹着，被勉强塞进摇篮的，是一个大约七十岁的男人；他稀疏的头发全白了，从下巴垂下的长长的烟灰色胡须，被窗外进来的微风吹得前后飘荡。他用黯淡无光的眼睛望着巴顿先生，眼中深藏着疑虑。

“我是不是疯了？”巴顿先生喊起来，他的恐惧变成了愤怒：“这是不是医院的恐怖玩笑？”

“我们认为这不是玩笑，”护士严肃地回答道，“我不知道你疯了没有——但那的确是你的孩子。”

更多的冷汗从巴顿先生的额头上冒出来。他紧闭双眼，然后再张开。没错——他正盯着一个七十岁的男人——一个七十岁的婴儿，双足悬在他应该用来安睡的小摇篮的栏杆外面。

老人平静地逐个打量着他们，然后突然用老年人的沙哑声音说起话来。“你是我父亲吗？”他问道。

巴顿先生和护士大吃一惊。

“因为如果你是的话，”老男人继续不满地说，“我希望你带我出去——或者，至少要他们在这里放一个舒服一点的摇篮。”

“以上帝的名义，你从哪里来？你是谁？”巴顿先生怒气冲冲地问道。

“我不能准确地告诉你我是谁，”那个哀怨的声音回答说，“因为我才诞生几小时——但我的姓肯定是巴顿。”

“你撒谎！你在冒名顶替！”

老人疲惫地转向护士。“你们就是这样欢迎一个新生儿的吗？”他用微弱的声音抱怨说，“你为什么不告诉他他错了呢？”

“你错了，巴顿先生，”护士严肃地说，“这是你的孩子，你还是既来之、则安之吧。我们要求你尽快把他接回家——今天。”

“回家？”巴顿先生简直不敢相信自己的耳朵。

“是的，我们不能把他留在这里。真的不能，你明白吗？”

“我非常愿意回家，”老人嘀咕着说，“如果大家都安安静静的，这个地方倒也不错。可是你听，这么多哭喊声，我根本没法睡觉。我想要吃东西，”——讲到这里，他提高嗓门表示抗议——“他们却只给我一瓶牛奶！”

巴顿先生在靠近儿子的一把椅子上坐下来，双手掩着脸。“天哪！”他恐惧地喃喃自语，“人们会说些什么？我怎么办？”

“你必须把他接回家，”护士坚持着——“马上！”

一幅荒唐的画面非常清晰地出现在这个苦命人眼前——他沿着城市拥挤的街道行走，一个可怕的怪人亦步亦趋地跟着他。“不行，不行！”他痛苦地说。

行人将停下来跟他说话，他将说什么呢？他必须介绍这个——这个七十来岁的人：“这是我儿子，今天清早出生的。”然后这位老人将裹紧毛毯，他们将一起迈着沉重的脚步缓缓前行。经过生意兴隆的商店，经过贩卖奴隶的市场——有那么一个黑暗的瞬间，巴顿先生恨不得他儿子是黑人——经过住宅区豪华的房屋，经过老年人寄居的公寓……

“好了，振作起来吧，”护士命令道。

“你看，”老人突然说，“你不会以为我会裹着毯子走回家吧？”

“婴儿都是用毯子裹着的。”

老人又把一件白色婴儿服举起来，恨恨地一抖。“看！”他用颤抖的声音说，“这就是他们为我准备的。”

“婴儿就应该穿这样的衣服，”护士一本正经地说。

"好吧！"老人说，"过两分钟我这个婴儿只好一丝不挂了。毛毯让我身上发痒，他们至少应该给我一张床单。"

"裹着它！裹着它！"巴顿先生赶忙说。他转向护士："我怎么办？"

"到城里去，给你儿子买些衣服。"

巴顿先生走进大厅时，身后传来儿子的声音："还有手杖，父亲！还要一根手杖。"

砰的一声，巴顿先生狠狠地关上了大门。

二

"早上好！"巴顿先生紧张地对切萨皮克纺织品公司的店员说，"我要为我的孩子买几件衣服。"

"先生，您的孩子几岁了？"

"大约六小时，"巴顿先生不假思索地回答道。

"婴儿用品部在后面。"

"呃，我不认为——我拿不准是否要到那里去买。他是——他是个个头大得不一般的小孩。特别——呃——大。"

"那里有最大尺码的婴儿服装。"

"男童部在哪里？"巴顿先生急急忙忙地改变了主意。他觉得店员一定发现了他那丢人的秘密。

“就在这里。”

“啊——”他支支吾吾起来。想到要让他儿子穿上成人的衣服，他就反感。如果能找到一套特大号的童装，也许他可以剪去儿子那长长的丑陋胡须，把儿子的白发染成黄色，就可以把最糟糕的部分掩盖起来了。这样他也许还可以保留几分自尊——更不用说在巴尔的摩的社会地位了。

但是，搜遍了男童部，他也没能找到一套适合新出生的巴顿的衣服。当然，他责怪这家服装店——在这种情况下当然应该责怪服装店了。

“您说您的儿子几岁来着？”店员好奇地问道。

“他——十六岁。”

“啊，请原谅，我以为您说六小时。下一区间是青年服装部。”

巴顿先生痛苦地转身离去了。然后他突然停下来，面色开朗起来，指着陈列橱窗中的模特。“那里！”他大叫起来，“我要买模特身上的那套衣服。”

店员瞪大眼睛望着他。“为什么？”他抗议道，“那不是童装。也许——勉强算是，但那是化装舞会用的，你自己都可以穿！”

“把它包起来，”他的顾客紧张不安地坚持说，“那正是我要的。”

惊讶的店员默默地服从了。

回到医院，巴顿先生走进婴儿室，几乎是把包裹对儿子扔了过去。“这是你的衣服，”他怒气冲冲地说。

老人将包打开，用惊奇的眼光打量着里面的东西。

“这看上去有些可笑吧！”他抱怨道，“我可不想被人当猴耍——”

“你已经耍了我了！”巴顿先生恶狠狠地说。“你别管看上去可不可笑。把衣服穿上——否则我——我——我打你的屁股。”最后这个词让他觉得很不舒服，他不安地咽了一口口水。但他认为这样说还是恰当的。

“好吧，父亲，”——他模仿着谨从父命的口吻，怪声怪气地说——“你比我年长，你知道得最多，我照你说的做。”

像先前一样，这一声“父亲”叫得巴顿先生心惊肉跳。

“快点。”

“我正在赶快呢，父亲。”

儿子穿好衣服，巴顿先生心情沉重地打量着他：斑斑点点的袜子，粉红色的裤子，有白色大宽领的系腰带的衬衫。在衬衫的领子外面，长长的白胡子几乎垂到了腰上。效果不怎么样。

“等一等！”

巴顿先生抓起医用剪刀，咔嚓咔嚓咔嚓连剪三下，剪掉了儿子的大部分胡须。即使经过这样的改进，整体形象还是不如人意。剩下的刷子般的乱发，泪汪汪的眼睛，衰老的牙齿，与艳丽的服装很不协调。但巴顿先生主意已定——他把手一伸，坚定地说，“走吧！”

他儿子信赖地抓住了他的手。“你打算怎么称呼我呢，爸爸？”当他们从婴儿间出来的时候，他颤巍巍地问道，“在你想出更好的名字之前，是不是暂时就叫‘宝贝’？”

巴顿先生哼了一声。“我不知道，”他冷冷地说，“我觉得我们应该叫你玛士撒拉[①]。”

三

甚至当巴顿先生家的这位新成员已经把头发剪短，然后染成稀疏的不自然的黑色；已经把脸刮得闪闪发亮；已经穿上目瞪口呆的裁缝特地为他缝制的合身的小男装，巴顿先生依然不能无视这样一个事实：他的第一个儿子实在不怎么拿得出手。尽管他老得弯腰弓背，本杰明·巴顿——他们已经给他取了这个名字，没有继续恶毒地称他为玛士撒拉，虽然玛士撒拉应该是恰当的——仍有五英尺八英寸高。他的衣服

---

① 据《圣经》记载，玛士撒拉是以诺之子，享年969岁。

不能把这一点藏起来。他的眉毛经过了修剪和染色，可这也掩饰不了眉毛底下的眼睛——它们泪水汪汪，暗淡无光，无精打采。事实上，产前就预定的保姆只看了他一眼，就义愤填膺地走了。

但巴顿先生坚持认为，本杰明既然是婴儿，就应该有婴儿的样子。首先他声称如果本杰明不喝热牛奶，那他就什么东西都不要吃了；但他最后还是让了步，允许儿子吃面包、黄油，甚至燕麦片。有一天，他带回家一个拨浪鼓，明确吩咐本杰明“好好玩”。老人只好厌倦地接过来，每过一阵子，就顺从地摇几下。

但毫无疑问的是，虽然拨浪鼓让他觉得无聊，本杰明独自一人的时候找到了更有趣的消遣。例如巴顿先生有一天发现他上周抽的雪茄比以前任何时候都多——这个现象几天之后就得到了解释：那天他偶尔走进婴儿室，发现满屋子都笼罩着一层薄薄的蓝色烟雾。本杰明满脸内疚，正企图将黑色哈瓦那的烟蒂藏起来。当然，这件事应该受到打屁股的惩罚，但巴顿先生发觉自己无法下手。因此他只是警告儿子，抽烟会“影响他的发育”。

虽说如此，他依然固执地坚持自己的做法。他买回铅制士兵、玩具火车和用棉花做的可爱的动物。为了使自己营造的这个幻觉更加完美——至少对他自己——他起劲地询问玩具店的店员，“假如婴儿将粉红色的鸭子放进口中，它上面的颜料会不会脱落。”但是，不管父亲如何努力，本杰明仍然对这些东西提不起兴趣。他偷偷从后面的楼梯溜下去，抱着一册大英百科全书回到婴儿间，专心致志地读了一个下午，却把棉花牛、诺亚方舟扔在地上，不屑一顾。有这么一个倔强的儿子，巴顿先生的辛苦当然都泡了汤。

这件事一开始就在巴尔的摩引起了轰动。不过，无法断定巴顿家族的社会地位将会为这个不幸事件付出多大的代价，因为南北战争的爆发把城市的注意力吸引到别的事情上去了。有几个永远都彬彬有礼的人绞尽脑汁地想要找出一个恭维本杰明父母的办法——他们最终想出了一个妙策，说这婴儿像他的祖父。这是谁也无法否认的事实，因为对所有七十岁的人来说，衰老都是一种正常状态。罗杰·巴顿先生和巴顿夫人对这种说法并不高兴；本杰明的祖父则觉得受到了极大的侮辱。

本杰明一离开医院，就逆来顺受地接受了他的生活。有几个小男孩被带来看他，他勉强和他们凑在一起玩了一下午，想要培养起对陀螺和玻璃弹珠的兴趣——他甚至成功地凑巧用弹弓射破了厨房的一个窗户，让他父亲暗地里十分高兴。

从此本杰明每天都设法打破点东西，但这是因为他知道人们想要他这么做，也因为他天性就愿意服从他人。

当祖父对他的最初敌意消失之后，本杰明与这位老先生从彼此的陪伴中得到了莫大的快乐。虽然他们的年龄和经历都很悬殊，可他们在一起一坐就是几小时，像老朋友一样不知疲倦翻来覆去地谈论着当天发生的沉闷事件。本杰明觉得在祖父面前比在父母面前更自在——他们似乎总有点怕他；而且，尽管他们对他有绝对的权威，却常常称他为“先生”。

就像其他任何人一样，他也对自己出生时心理年龄和身体年龄的明显超前感到迷惑不解。为此他翻阅了不少医学杂志，发现这样的事例以前从未被记载过。在父亲的鼓励下，他诚心诚意地尝试与其他男孩一起玩耍。他一般参加一些比较温和的运动——橄榄球使他心惊肉跳，他生怕他那把老骨头折断后会愈合不了。

五岁时他上了幼儿园。在那里，他开始学习把绿色的纸贴在橘黄色的纸上，拼彩色地图，以及没完没了地制作纸板项链。在这个过程中，他往往无精打采甚至昏然入睡，使年轻的老师既生气又害怕。值得庆幸的是，在她向他的父母告状后，他从幼儿园除了名。罗杰·巴顿夫妇对朋友们说，他们觉得他还太小了。

到十二岁时，他的父母已经习惯了他。事实上，习惯的力量是如此强大，他们不再觉得他与其他小孩有什么不一样——除了有时候一些奇特的反常现象又提醒了他们这一点。但在他十二岁生日过了几周后，有一天在照镜子时，本杰明有了一个惊人的发现，或者自认为有了一个惊人的发现。是他的眼睛欺骗了他，还是在十二年的生活中，他的头发在染料的掩盖下已从白色变成了铁灰色呢？他脸上密如织网的皱纹是不是正在变得不那么明显呢？他的肌肤是不是更加健康紧致，甚至像冬天时那样微微泛红呢？他不知道。他知道他不再弓背弯腰了，他的健康状况比出生时好了许多。

“这是不是意味着——”他想，又不敢想。

他去见父亲。“我长大了，”他坚定地说，“我要穿长裤。”

父亲迟疑了一下。“噢，”他最后说，“我不知道。十四岁是穿长裤的年龄——你还只有十二岁。”

“但你必须承认，”本杰明反驳道，“我比同龄人个头要高。”

他的父亲看着他，陷入了虚幻的沉思。“我不这样认为，”他说，“我十二岁的时候跟你一样高大。”

这不是事实——罗杰·巴顿之所以会这样想，完全是为了无声地说服自己，儿子与常人没什么两样。

最后他们达成了协议：本杰明继续染发，更积极地尝试与同龄男孩玩耍，在街上不再戴眼镜或拄拐杖；作为对这些让步的回应，他第一次被允许穿长裤。

四

关于本杰明·巴顿十二岁至二十一岁之间的生活我不想多说。只要指出这些年他还是照例没怎么长大就够了。十八岁时，他像一个五十岁的人一样挺拔；他的步伐有力；他的头发更多了，而且变成了深灰色；他的声音不再沙哑颤抖，而是变成了健康的男中音。父亲把他送到康涅狄格去参加耶鲁大学的入学考试。本杰明通过考试，成为了新生中的一员。

入学后第三天，他接到学院教务主任哈特先生的通知，要他到办公室去制订学习计划。本杰明照了一下镜子，认为他的头发需要用棕色染料染一下。他焦急地在梳妆台的抽屉中寻找，却找不到染料瓶。然后他想了起来——他前一天已经把染料用光，把瓶子扔掉了。

他陷入了进退两难的境地：他五分钟后就要赶到办公室。没有办法——他必须去。他去了。

“早上好！”教务主任彬彬有礼地说，“你来打听儿子的情况吗？”

“呃，其实我的名字就是巴顿——”本杰明开始说，但哈特先生打断了他。

"很高兴见到你，巴顿先生。我正在等你儿子，他随时会到。"

"那就是我！"本杰明脱口而出，"我是新生。"

"什么！"

"我是新生。"

"你在开玩笑吧。"

"绝对没有。"

教务主任皱起眉头，看了一眼面前的卡片："这里明明写着本杰明·巴顿的年龄是十八岁嘛。"

"那是我的年龄，"本杰明肯定地说，脸色有些发红。

教务主任不耐烦地看着他："巴顿先生，你不指望我会相信你的话吧？"

本杰明勉强笑了。"我是十八岁，"他重复道。

教务主任脸色铁青地指着门口。"出去，"他说，"离开我们的校园，离开我们的城市。你是个危险的疯子。"

"我是十八岁。"

哈特先生打开了门。"太可笑了！"他喊道。"你这种年龄的人跑到这里来做新生。十八岁，是吗？那好，我给你十八分钟滚出城去。"

本杰明·巴顿不卑不亢地走出注册室；等候在大厅的五六个本科生用惊奇的眼光望着他。他走了几步，又回过头来，对仍旧站在门口、面带怒容的教务主任，用坚定的语气重复道："我是十八岁。"

在大学生们的吃吃笑声中，本杰明向外走去。

但是命中注定他不能这样轻易地离开。在沮丧地走向火车站的路上，他发现几个大学生尾随着他。然后跟着他的人越来越多，由几个变成一群，由一群变成了密密麻麻的一大片。人们纷纷议论说，一个疯子通过了耶鲁的入学考试，而且试图冒充十八岁的年轻人。整个学院都沸腾起来。男人们不戴帽子就冲出教室；橄榄球队员停止训练，加入了人潮；教授夫人们帽子也挤歪了，撑裙也没穿正，跟在队伍后面喊喊叫叫。人群中发出一连串评头品足的闲言碎语，句句直指本杰明·巴顿脆弱的情感。

"他一定是个永世流浪的犹太人[①]！"

"他这样的年纪应该上预备学校！"

"看看这位神童！"

"他以为这是老年之家吧。"

"上哈佛去吧！"

本杰明加快了步伐，然后索性跑起来。他要让他们瞧一瞧！他会去哈佛，他们会为自己这些不负责任的嘲弄后悔的！

安全地登上开往巴尔的摩的火车后，他把头伸出窗外。

① 宗教典故。据说犹太人因嘲弄了受难的耶稣，被罚流浪直至耶稣再现。

“你们会后悔的！”他大声喊道。

“哈，哈！”大学生们大笑起来，“哈，哈，哈！”那是耶鲁大学有史以来犯下的最大的错误。

五

一八八〇年，本杰明·巴顿二十岁。作为对这个生日的庆典，他开始了在罗杰·巴顿五金批发公司的工作。同年，他进入了社交界——他的父亲坚持带他参加了几次时髦的舞会。罗杰·巴顿现在已经五十岁了，他和他儿子越来越喜欢在一起了——事实上，因为本杰明停止了染发（仍旧是灰色的），他们看起来年龄很相近，说他们是兄弟人们也会相信。

八月的一个晚上，他们穿着礼服登上敞篷马车，前往巴尔的摩近郊的谢夫林乡村舞厅跳舞。那是一个美好的夜晚。一轮满月给乡间小路洒满了柔和的银光；迟开的收获季花朵在静谧的夜空中散发着诱人的清香，宛如低沉可辨的轻笑。广阔的原野上覆盖着地毯般的亮闪闪的麦子，像白天一样明澈。此时此刻，人们几乎不可能不为这美丽的夜色陶醉——几乎。

“干货行业前景非常广阔，”罗杰·巴顿正在说。他不是一个注重精神生活的人——他的审美观只有初级水平。

“像我这样的老年人不能学习新东西了，”他意味深长地说，“美好的未来是属于你们这些精力充沛的年轻人的。”

远在道路的尽头，谢夫林乡村舞厅摇曳的灯光映入眼帘；叹息般的声音不断传入他们的耳鼓，不知是小提琴的哀怨，还是月光底下银色麦浪发出的簌簌声。

他们在一辆漂亮的马车后面停了下来，上面的乘客正在下车。先下来的是一位妇人，然后是一位年长的绅士，最后是一位妙龄小姐，美得能叫人犯罪。本杰明突然一惊，似乎有一个化学变化熔化和重组了他身体中的所有要素。他浑身颤抖，热血上涌，两颊绯红，心跳加剧，他第一次坠入了爱河！

女孩身材苗条纤弱，头发在月光下是灰白的，在门口噼啪作响的煤气灯下却呈蜜黄。她的肩上搭着一条点缀着黑蝴蝶的柔黄色的西班牙披巾，撑开的裙脚边，一双脚像闪闪发光的纽扣。

罗杰·巴顿凑到儿子跟前。“那个女孩，”他说，“是希尔迪加·蒙克里夫，蒙克里夫将军的女儿。”

本杰明冷漠地点点头。“小美人，”他若无其事地说。但当黑人招待领走马车时，他又加了一句：“父亲，你也许可以把我介绍给她。”

他们加入了以蒙克里夫小姐为中心的一群人。她按照旧传统，在本杰明面前深深地行了屈膝礼。是的，他可以请她跳舞。他谢了她，然后走开了——犹犹豫豫地走开了。

等待显得没完没了。他站在墙边，默默地，谜一样地，用恶毒的眼神看着那些年轻的巴尔的摩纨绔子弟。他们都带着满脸的崇拜，在希尔迪加·蒙克里夫身边周旋着。在本杰明眼里，他们是多么讨厌啊！那红润的脸色真叫人受不了！他们唇边弯曲的棕色小胡子使他反胃。

但是，当他的机会一来，他就和她伴着巴黎最时髦的华尔兹慢步滑入变幻中的舞池，他的妒忌和焦虑像薄冰一样融化了。陶醉其中，他觉得生命才刚刚开始。

“你和你兄弟刚好与我们同时到达，是不是？”希尔迪加用她那鲜蓝色珐琅般的眼睛望着他。

本杰明犹豫不决。假如她错把他当作父亲的兄弟，他是否应该向她挑明真相呢？他想起了在耶鲁的经历，决定保持缄默。反驳一位女士是不礼貌的，让他的荒唐身世破坏这美好的夜晚是一种罪过。也许以后吧。想清楚了以后，他点点头，微笑着，听她说话，心中十分愉快。

“我喜欢你这年龄的男人，”希尔迪加对他说，“年轻男孩傻里傻气。他们告诉我他们在学校喝了多少香槟，玩牌时输了多少钱。像你这年龄的男人知道如何欣赏女人。”

本杰明觉得自己几乎要向她求婚了——他费了很大的力气才控制住自己的冲动。

“你是浪漫正当年啊，”她接着说，“五十岁。二十五岁太追名逐利；三十岁总是由于劳累过度而脸色苍白；四十岁的人故事太长，每个都得花上抽一整支雪茄的时间才讲得完；六十岁——六十岁太接近七十岁了；但五十岁是成熟稳健的年龄。我喜欢五十岁。”

本杰明似乎也觉得五十岁是一个荣耀的年龄。他热切地希望自己就是五十岁。

“我经常说，”希尔迪加继续说，“与其嫁一个三十岁的男人来照顾他，不如嫁一个五十岁的男人来接受他的照顾。”

那天晚上剩下的时间里，本杰明都沉浸在蜜色的雾霭中。希尔迪加与他多跳了两支舞。他们发觉他们对任何问题的看法都惊人地一致。下个星期天她会与他一起出去兜风，这样他们可以对这些问题进行更深入的讨论。

本杰明和父亲在拂晓前坐着马车回家时，第一群蜜蜂正从巢中嗡嗡飞出，月色在晨露中逐渐消失。本杰明隐隐约约听见父亲在谈五金制品批发。

“……你认为继锤子和钉子之后什么东西最值得关注呢？”老巴顿说。

“爱情，”本杰明心不在焉地回答。

“吊耳？”[1]罗杰叫道，“我已经谈过吊耳了。”

本杰明茫然地望着他。东方的天空突然露出一缕曙光，一只黄鹂在枝叶繁茂的树丛中刺耳地打了一个呵欠。

六

六个月后，希尔迪加·蒙克里夫小姐与本杰明·巴顿先生订婚的消息被公开了（我之所以说“被公开”，是因为蒙克里夫将军声称他宁可倒毙在自己剑下也不宣布这件事）。巴尔的摩社交界的兴奋几乎达到了疯狂的程度。差不多已经被遗忘的本杰明的身世又被翻了出来，被人们当作不可思议的传奇故事，添油加醋地加以宣讲。据说本杰明实际上是罗杰·巴顿的父亲，也有人说他是罗杰·巴顿在狱四十年的兄弟，还有人说他是改头换面的约翰·威尔克斯·布恩[2]——末了，还说他头上长了两个小小的尖角。

纽约报纸的星期日副刊用了许多非常有趣的漫画对这件事情肆意渲染。在漫画中，本杰明·巴顿的头有时候长在鱼

① 本杰明是说 love（爱），他父亲听成了 lug（吊耳）。

② 约翰·威尔克斯·布恩，在福特剧院刺杀林肯总统的舞台剧演员。他在刺杀林肯 12 天后，于弗吉尼亚北部的一间农场被北方士兵所杀。其家族都在马里兰。

身上，有时候长在蛇身上，最后长在了一块铜铸躯体上。新闻界称他为“马里兰神秘客”。但是，就像经常发生的那样，他的真实故事却很少为人所知。

然而每个人都同意蒙克里夫将军的观点：一个本来可以嫁给巴尔的摩任何一个求婚者的活泼可爱的女孩，却投入了一个足有五十岁的男子的怀抱，这是一种“罪孽”。罗杰·巴顿先生徒劳地在《巴尔的摩火焰》上用大号字体公布了本杰明的出生证。没人相信。你只要亲眼去看一看本杰明就行了。

两个当事人毫不动摇。关于未婚夫的不实之词如此之多，以致连真实情况希尔迪加也坚决不相信了。蒙克里夫将军向她指出，五十岁的男人——至少看起来像五十岁的男人——死亡率很高，但没有效果。他告诉她五金批发行业不稳定，也是徒劳。希尔迪加决定为成熟而结婚——她也真的嫁了……

七

希尔迪加的朋友们至少弄错了一件事：五金批发业惊人地兴旺。在本杰明结婚的一八八〇年至他父亲退休的一八九五年这十五年间，这个家庭的财富翻了一番——而这主要归功于公司的年轻成员。

不用说，巴尔的摩最终敞开胸怀接受了这对夫妻。当本杰明出资为他出版曾被九家知名出版社拒绝的二十卷《南北战争史》时，蒙克里夫老将军也与女婿和解了。

十五年来，本杰明本人也发生了很大的变化。他似乎全身的血管里都充满了新的活力。他开始觉得清早起来，以轻快的步伐在熙熙攘攘、洒满阳光的大街上行走，为锤子发货、钉子装运等业务不知疲倦地工作是莫大的快乐。一八九〇年他实施了一项有名的商业政变：他提出动议，所有运钉箱上的钉子都应该算作收货人的财产。这个动议由大法官福索尔批准成为法令，每年为罗杰·巴顿五金批发公司节约了超过六百枚钉子。

此外，本杰明发觉他越来越为生活中纵情声色的一面所吸引。由于他日益增强的享乐欲望，他成了巴尔的摩头一个既拥有又驾驶汽车的人。他的同龄人在街上遇见他，都会羡慕地盯着他那充满活力的健康身影。

“他好像每年都变得年轻一点，”他们说。如果现年已经六十五岁的老罗杰·巴顿在刚开始时没有给予儿子应有的热情欢迎的话，他终于也用近乎谄媚的殷勤来弥补了。

就是在这里，我们遇到了一个不愉快的话题，但这个话题还是一笔带过为好。只有一件事使本杰明·巴顿伤脑筋，那就是他的妻子对他失去了吸引力。

那时希尔迪加已经三十五岁了，有一个十四岁的儿子，叫罗斯科。在刚结婚的一段时间里，本杰明是很崇拜她的。但是，随着岁月的流逝，她蜜黄色的头发变成了不那么令人激动的褐色；珐琅般的碧眼变得像廉价的陶瓷——更有甚者，她变得太习惯于自己固有的生活方式，太平淡，太自足，她的兴奋缺乏生气，她的品味也过于老成持重。刚结婚的时候，她“拖”着本杰明去跳舞和赴宴——现在情况正好相反。她跟着他外出参加社交活动，但全无热情，她的热情已经被惰性消耗殆尽，这种惰性我们每个人都会有，而且一粘上就再也无法摆脱。

本杰明的不满越来越强烈了。当一八九八年西班牙战争爆发时，鉴于家庭生活是如此枯燥乏味，他决定参军。鉴于他在商界的影响，他先被任命为上尉，然后由于工作出色而当上了少校，最后被提升为中校，恰好赶上了有名的圣·胡安山激战。他在战斗中受了轻伤，获得了一枚奖章。

本杰明非常迷恋活跃而刺激的军旅生活，对要退伍非常惋惜；但他的生意需要照料，因此他还是辞职回了家。一支铜管乐队在车站迎接他，并且护送他到家门口。

八

希尔迪加在门口挥着一面大锦旗迎候他，甚至当他亲吻她的时候，他的心也直往下沉，三年离别真让他们损失惨重。她现在已经是头发中隐约夹着白丝的四十岁女人了。这景象真让他压抑。

在楼上的房间里，他在熟悉的镜子中看见了自己——他靠近一点，焦虑地察看自己的脸，与战争爆发前穿着军服拍的照片比了比。

“老天爷呀！”他大声说。这个过程还在继续着。的确如此——他现在看上去就像一个三十岁的人。但他的心情并不愉快，相反倒是很不安——他越来越年轻了。他一直希望一旦他的外表年龄与实际年龄相当，他出生时的那些荒唐现象就会消失的。想到这里他不禁打了个寒噤。他的命运为什么这么可怕，这么不可思议！

下楼时，希尔迪加正在等他，她显得很不愉快。他不知道她是不是终于发现了什么。为了缓解他们之间的紧张气氛，在晚餐时，他用一种他认为是小心翼翼的方式提到了这个问题。

“你看，”他若无其事地说，“人人都说我看起来比以前任何时候都年轻。”

希尔迪加轻蔑地瞟了他一眼，冷笑了一声：“你以为那是什么值得夸耀的事吗？”

“我不是自夸，”他不安地强调说。

她又冷笑了一声。“这个念头，”她说，然后停了一会，

“我认为你应该有足够的傲气来放弃它。”

“这怎么可能？”他问道。

“我不打算与你争论，”她反驳道，“但处事方法总有对错之分。如果你决意要做一个与众不同的人，我想我不可能阻止你，但我确实认为这样做是很自私的。”

“但是，希尔迪加，我真的没有办法。”

“你还是有办法的，你只是固执而已。你存心与其他人不一样。你以前总是这样，你以后也还会是这样。但只要想一想，如果每个人都像你一样考虑问题怎么办——这个世界将变成什么样子？”

面对这样一种空洞的、无法回应的说词，本杰明也无言以对。从此以后，他们之间的裂痕越来越大了。他有时候甚至感到纳闷，她怎么可能对他有过吸引力。

令他们的关系雪上加霜的是，随着新世纪的临近，他发现自己对寻欢作乐的欲望越来越强烈。巴尔的摩的所有聚会上都可以看到他的身影。他与最漂亮的少妇跳舞，与社交界最受欢迎的年轻女子谈天，而且觉得与她们相处非常惬意；而他的妻子，一个已经显露不祥之兆的老年贵妇人，坐在年长女伴中间，时而傲慢地表示不满，时而以严肃、疑惑、责备的目光紧紧地盯着他。

“看！”人们评论说，“多可惜！这个年纪的小伙子与一个四十五岁的妇人拴在一起。他准比他妻子年轻二十岁。”

他们已经忘记了——人们总是健忘——早在一八八〇年，他们的父母也对这对不相配的夫妻评头品足过的。

本杰明在家里日益增多的烦恼为他的许多新爱好所弥补。他开始打高尔夫球，而且成绩斐然。他也热衷于跳舞：一九〇六年他是跳波士顿舞的专家；一九〇八年他成为跳玛嬉喜舞的高手；一九〇九年他的城堡舞成为城里所有年轻人羡慕的对象。

当然，他的社交活动在一定程度上影响了他的生意；但他苦心经营五金批发业已经长达二十五年，他觉得很快就可以将生意交给儿子罗斯科了。罗斯科刚从哈佛毕业。

事实上，人家经常将他和他儿子弄混。这使本杰明感到很高兴——他很快就忘记了从西班牙战争回来时曾经有过的恐惧，并且对自己的外貌感到了一种天真的快乐。唯一美中不足的是——他讨厌与妻子一起在公共场合出现。希尔迪加快五十岁了，一看到她，他就觉得荒唐透顶……

九

一九一〇年九月的某一天——罗杰·巴顿五金批发公司交给年轻的罗斯科·巴顿经营几年之后——一个外表看起来大约二十岁的男子申请入读康桥哈佛大学一年级。他没有愚蠢地说自己已经年过五十，也没有提起他的儿子十年前已经从这所学校毕业一事。

他被批准入学，并且几乎立刻成为班上的风云人物，部分原因是他似乎比其他新生成熟一点；他们的平均年龄大约是十八岁。

但他的成功主要还是源于他在与耶鲁的橄榄球比赛中的出色表现。他在球场上冷酷无情，凶猛异常，为哈佛获得七次触地得分和十四次射门得分，而且有一次使全部十一个耶鲁人逐个不省人事地被抬出赛场。他是大学里最有名的人物。

说来也怪，三年级时他几乎不能做橄榄球队的主力了。教练们说他体重减轻了；其中几位更细心地觉察到他似乎比以前矮了一点。他没有再得过触地得分——事实上，他被留在队里的主要原因是他的威名能够震慑耶鲁队，瓦解他们的士气。

四年级时，他在队里已经毫无作为了。他变得如此瘦弱，以致有一天他被几个二年级学生当作了新生；这件事使他感到十分丢脸。人们把他当成了神童——肯定不超过十六岁就上了四年级——他常常对班上一些同学的俗气感到厌恶。对他来说，课程似乎难了一点——他觉得它们太高深了。他听到他的同学谈论圣·米达思学校——一所有名的预备学校。这些同学中很多人曾经在那里为上大学进行过预备培训。他决定毕业后到圣·米达思学校去学习，躲在身高与他差不多的男孩子当中生活对他来说应该更合适。

一九一四年他毕业了。他口袋中揣着哈佛大学的毕业证书回到巴尔的摩家中。希尔迪加现在住在意大利，因此，本杰明与儿子罗斯科住在一起。虽然他基本上还受欢迎，但罗斯科对他显然缺乏热情——他甚至觉得因为本杰明在屋子里像个青少年那样无所事事，有些妨碍了他的生活。罗斯科现在已经结婚，在巴尔的摩社交界非常活跃。他可不想看到有什么丑闻从家里冒出来。

本杰明不再受刚刚进入社交界的年轻女子和大学生们的欢迎了。他觉得除了与三四个十五岁的邻居男孩交往以外，没什么可做的。去圣·米达思学校读书的想法重新探出头来。

“是这样，”一天他对罗斯科说，“我对你说过几次我想上预备学校。”

“那就去吧，”罗斯科不耐烦地回答。这件事使他生厌，他可不想展开讨论。

“我不能一个人去，”本杰明无奈地说，“你必须帮我申请入学，并且把我送去。”

“我没有时间，”罗斯科断然说。然后他的眼睛眯起来，忧虑地望着他的父亲。“说实在的，”他又说，“你最好不要再这样继续下去了，你最好马上停下来。你最好——你最好”——他停了一下，搜肠刮肚地找词儿，脸憋得通红——“你最好马上调过头来，往另一个方向走。这个玩笑开得太大了，这已经不是闹着玩的事了。你——你简直是瞎胡闹！”

本杰明望着他，眼泪都快流出来了。

“还有一件事，”罗斯科继续说，“家里有客人时，我要你叫我‘叔叔’——不是‘罗斯科’，而是‘叔叔’。你明白吗？一个十五岁的小孩叫我的名字看起来太荒唐了。也许你最好时时都叫我‘叔叔’，这样你就会习惯。”

罗斯科严厉地看了他父亲一眼，转身走了……

十

谈话结束后，本杰明满怀凄凉地上楼，在镜子里端详着自己。他已经有三个月没有刮胡子了；但脸上除了一根似乎不必去管的细细的白绒毛之外，什么也没有。他当初从哈佛回到家中时，罗斯科曾找他商量，建议他戴上眼镜，两颊粘上假须。看起来他早年的闹剧好像又要重演了。但胡须使他发痒，也使他羞愧。他哭了，罗斯科很不情愿地让了步。

本杰明翻开一本儿童故事书，《比米尼湾的童子军》，开始阅读。但他发现自己老在想着战争。美国在上个月加入了协约国。本杰明想入伍；但是，唉，入伍的最小年龄是十六岁，他看起来却没有那么大。无论如何，他的真实年龄——五十七岁——也已经使他没有资格入伍了。

有人在敲门。男管家拿着一封信，角上有一个官方大印记，是寄给本杰明先生的。本杰明迫不及待地将信打开，兴奋地看起来。信中通知他，许多参加过美西战争的后备军官都要被召回部队担任更高的军职。信中附有任命他为美国陆军准将的委任状，并命令他马上报到。

本杰明激动得跳起来。这是他一直向往的。他抓起帽子，十分钟就来到了查尔斯街的一间大型成衣店，用尖细的、犹疑不定的声音要求量身定做制服。

“你要扮士兵吗，小弟弟？”一个店员随口问道。

本杰明满脸通红。“别管我要干什么，”他生气地说，“我是巴顿，住在佛农山上，现在你该知道我付得起钱了吧！”

“好吧，”店员踌躇着说，“如果你付不起，我想你爸爸也付得起的。”

店员为本杰明量了尺寸，过了一个星期制服就做好了。但他在索要匹配的将军徽章时遇到了困难：店主坚持认为，一个漂亮的基督教青年会徽章看起来一样好，而且更好玩。

一天晚上，背着罗斯科，本杰明离家乘火车去了南卡罗来纳的摩斯比军营。在那里他将指挥一个步兵旅。在一个闷热的四月天，他抵达军营入口，付钱打发了将他从车站送来的出租车，随即转向值班警卫。

“找个人给我提行李！”他轻快地说。

警卫以责备的目光看着他。“小弟弟，”他说，“你穿着这身将军行头要去哪里呀？”

本杰明，美西战争的老战士，双眼冒火地盯着他。不过，唉，他的声音还是变了调的童音。

“立正！”他大吼一声，然后停下来吸了一口气——突然看见哨兵把脚跟一并，将枪握在了胸前。本杰明极力掩饰住满意的微笑。但当他回过头时，他的笑容立即消失了。让这位哨兵服从的不是他，而是一个正骑着马向他们走来的威风凛凛的炮兵上校。

“上校！”本杰明尖声喊道。

上校走向前来，收住缰绳，从容地向下朝他看了一眼，眼中露出愉快的神情。“你是谁家的孩子？”他亲切地问道。

“我很快就会让你知道我是谁家的孩子！”本杰明恶狠狠地说，“从马上下来！”

上校哈哈大笑。

“你要这匹马吗，将军？”

“喂！”本杰明无奈地喊起来，“看一下吧。”他把委任状向上校递过去。

上校看罢委任状，眼珠子都要瞪出来了。

“你在哪里弄到的？”他问道，同时把这份文件塞进了自己的口袋。

“政府给我的，你很快就会知道！”

“跟我来，”上校带着古怪的神情说，“我们到司令部去详细谈一谈。来吧。”

上校转过身牵着马朝司令部走去。本杰明只好跟着他，尽量做出高傲的样子——同时暗下决心一定要好好报复他一下。

但报复没有实现。两天后，他的儿子罗斯科风尘仆仆、气急败坏地从巴尔的摩赶来，护送这位没有了制服的泪汪汪的将军回家。

十一

一九二〇年，罗斯科·巴顿的第一个孩子出生了。但在随后的庆典中，没有任何人提到这件“事”：那个外表看起来大约十岁，正在屋里玩铅制士兵及迷你马戏团的脏男孩是这个新生儿的祖父。

没有人不喜欢这个稚嫩活泼、脸上挂着一丝忧伤的小男孩。但对罗斯科来说，他的存在是烦恼的根源。按照罗斯科这一代人的作风，他不认为“这件事”是“有效率”的。他似乎觉得，由于拒绝看起来像六十岁，他父亲的所作所为配不上一名“血性的男子汉”——这是罗斯科最喜欢用的词——而是个既古怪又反常的人。的确，把这件事想上半小时就会使他接近精神崩溃的边缘。罗斯科相信人们应该保持年轻的心态，但把事情做到这个地步则有点——有点——有点没有效率。然后罗斯科就不愿再想下去了。

五年后，罗斯科的小男孩已经长大，足以与小本杰明在同一个保姆的照管下一起玩儿童游戏了。罗斯科在同一天把他们两个送到了幼儿园。本杰明觉得玩彩色纸条，制作垫子和链条，以及绘制美丽奇特的小图案，是世界上最有趣的娱乐。有一次他因为表现不好在角落里罚了站——他大哭起来——在大部分时间里，在宽敞明亮的教室里，明媚的阳光透过窗户照进来，贝莱小姐不时用手轻轻地抚摸他蓬乱的头发，他觉得非常快乐。

一年后罗斯科的儿子上了一年级，本杰明仍然留在幼儿园。他非常快乐。有时候，当其他小孩谈起长大后要做什么时，他幼小的脸庞上会掠过一丝阴影；迷迷糊糊中，他凭着一股孩子气，已经知道了那是一些他永远不能分享的事。

日子一成不变地过去，他在幼儿园已经三年了；但他现在太小了，无法知道那些亮闪闪的纸条是做什么用的。他常常哭，由于别的小孩比他大，他怕他们。当老师跟他说话时，虽然他极力去理解，可就是听不懂。

他被人从幼儿园接了回来。他的保姆奈娜，穿着上过浆的方格裙，成为他小小世界的中心。在阳光明媚的日子里，他们去公园散步，奈娜会指着那巨大的灰色动物说“象”，本杰明就跟着她说。到那天晚上脱衣服睡觉时，他会反复地大声对她说“象，象，象”。有时奈娜让他在床上蹦蹦跳跳。那是很有趣的事。因为蹦跳之后，假如你坐下来的时机正好的话，你就会自然而然地再一次弹起来；假如你跳动时“啊”地叫上足够长的时间，你就会听到一种断断续续的声音，好玩极了。

他喜欢从衣帽架上取下一根大手杖，四处走动，一边用它敲打桌椅，一边说“打，打，打”。有人在场时，年老的妇女会向他发出咯咯声，这使他很高兴；年轻妇女会亲吻他，对此他只好略带厌烦地忍受。当漫长的白昼即将过去，下午五点钟，奈娜就带他上楼，用汤匙给他喂燕麦粥和柔软可口的糊糊。

在他稚气的睡梦中，没有什么烦恼的回忆；大学时代那些美好的日子，那些使许多女孩子心旌摇荡的燃情岁月，都没有给他留下任何印象。他现在所有的是带有牢固的白色围栏的摇篮，奈娜，一个间或来看他的男人，和一个橘黄色的大球，每当他在黄昏入睡前，奈娜就指着这个橘黄色的大球，叫它“太阳”。太阳西沉，他就双眼微闭，昏昏欲睡——没有梦，没有梦来烦扰他。

往事——圣·胡安山上的枪林弹雨；婚后头几年繁忙的夏日里，为了他深爱的年轻的希尔迪加整天工作至夜幕降临；在那之前，与他祖父在蒙罗大街老巴顿的阴暗房子里坐着抽烟到深夜——所有这些都像虚幻的梦一样从他心中消失了，好像这些事从来就没有发生过。

他不记得了。他记不清最后一次喂他的牛奶是热的还是冷的，以及日子是怎样过去的——只有他的摇篮和奈娜的熟悉面孔。其他的他什么也不记得了。饿了他就哭——就是这样。整个下午和晚上，他都在呼吸，周围轻轻的呢喃声和低微的说话声他几乎听不见，只能隐约分辨气味、光明和黑暗。

然后是一片漆黑。他的白色童床，在他上方晃动的朦胧面影，以及牛奶发出的甜香，一起从他脑海里渐渐淡出。

张力慧译

齐普赛街的塔昆

一

响起一阵接连不断的脚步声。一双用从锡兰带来的奇特皮革制成的轻便软底鞋走在前面；两双深蓝和镀金的厚实长筒靴，在一箭之遥的地方紧随其后，朦胧昏暗的月光，将鞋面映照出一片隐约闪烁的光斑。

穿软底鞋的人快速穿过一小块被月光照得斑斑驳驳的地面，然后，冲进像昏暗迷宫一般的小巷，又开始在黑暗包裹下在前方某处时断时续的窸窣疾行。跟着走来的穿厚实长筒靴的男子们，身上佩戴的短剑和长羽都东倒西歪的，他们抽空喘了一口气，骂了一声该死，又骂了一下伦敦阴暗的小巷。

穿软底鞋的人越过了幽暗的大门，从矮树篱中趿拉趿拉地穿过去。足蹬长筒靴的两个人跳过大门，也趿拉趿拉走过了矮树篱——前方是吓人一跳的守夜人，两个面貌凶恶的长矛兵有着十分凶残的嘴形，也就是荷兰与西班牙行军部队中要求的那种。

倒没有人喊救命。被追赶的那位并没有气喘吁吁地跌倒在守夜人脚下，他紧紧攥着一个钱包；追踪者也没有发出叫嚣声。那个穿软底鞋的从看守身边轻盈地走过。守夜人一边咒骂，一边踌躇不前，目光追随着这个逃犯，随后冷酷地举起长矛横指向路面，等着那两个穿长筒靴的人过来。黑暗，像是一只能呼风唤雨的手，遮住了平缓流动的月亮。

这只手离开了，月亮苍白的爱抚终于又找到了屋檐、门窗的过梁、守夜人和被远远抛在后面的受伤和跌倒之人。在街上，有一位穿长筒靴的人留下一串黑斑痕迹，后来他停下包扎伤口，他逃跑时很狼狈，一条精细的花边从他的颈部掉了下来。

这对守夜人来说不算大事：撒旦今晚正逍遥法外，他似乎就是前面那个在昏暗朦胧中翻门越篱之人。此外，这魔鬼一定快要到家了，至少在他那被视为神圣的粗鄙幻想中，也应该已经在伦敦的那个方位。因为街道变得狭窄得就像画中的小路那样，房子都越来越向下倾斜弯曲，好像形成了一个天然的陷阱，这一切十分适合谋杀和它那矫揉造作的姐妹，猝死。

沿着那条漫长蜿蜒的小路下去，逃亡者和追捕人纠缠在一起，永远在忽明忽暗的月色的笼罩下，像西洋跳棋棋盘上的皇后棋子一样移动着。前方的猎物，现在脱下了他的皮质短上衣，刚刚还拼命地环顾四周的道路，现在流下来的汗水令他几乎失明了。所以他放慢了一会儿脚步，随后，疾步走进一条恍若从最后一次冰河咆哮着覆盖地球后就开始不见光明的昏暗小道。走了二百码之后，他停了下来，勉强把自己塞进墙上的一个小洞，在里面缩成一团，静静地喘气，在黑暗中，他就像一尊奇形怪状看不出体积和轮廓的神像。

那两个穿长筒靴的向穿软底鞋的逐渐逼近，来到他身边，又走了过去，在距离他二十码开外的地方停下来，用低沉又短促的声音耳语：

“我已经熟悉了他窸窣的脚步，他停下来了。”

“就在二十步以内。”

“他躲起来了。”

“我们现在待在一块，等会儿一起把他剁碎吧。”

这些谈话消失在靴子的轻微踩踏声中，穿软底鞋的在听到更多内容之前，就迫不及待地在小道中越出三步，然后跳了起来，像一只巨大的鸟儿一样停栖在墙顶上，不久就消失了，像被饥饿的夜一口吞噬了下去。

二

“汝阅伴酒于床榻，

尔读气韵声声高，
思如作古习以常，
殚虑尽思入土安。”

任何一个到访位于比特山的老詹姆斯一世墓地的游客，都会念出这首打油诗的这几行，毫无疑问这是从伊丽莎白时代流传下来的最糟糕的一首诗，它被镌刻在威瑟·卡克斯特的墓碑上。

据古文物研究者说，他死于三十七岁，但因为这则故事是关于在暗夜中的某种追逐，我们发现他仍旧在世，依然在阅读。他眼神有些黯淡，肚腩显而易见——他是个身材走样的人，又很懒——哦，天啊！但是一个时代终究是一个时代，在伊丽莎白女王统治时期，因为新教的福音，每位男性都无法不处在狂热的情绪中，无一幸免。每一户齐普赛街的阁楼都以期刊或精装本的形式出版她的新无韵体诗集；齐普赛街的演员们无所不演，除了那些“反动的（中世纪表演圣经故事的）神迹剧”，英文圣经在短短几个月内经历了七次大规模的印刷。

所以威瑟·卡克斯特（年轻时曾经出过海）现在是一个手边不论有什么书都能读的人——他和手稿们建立了神圣的友谊；他吃午餐时有蹩脚诗人写的诗集相伴；他在堆满《大开本》杂志的书店中消磨时间，他极度克制地听年轻的剧作家们当面唾沫横飞地争吵，背地里却心怀恨意地指责彼此抄袭或是其他什么他们能想到的罪名。

这天晚上，他拿了一本书，这篇作品虽然没什么韵律可言，但他认为其中包含了一些相当精彩出众的政治讽刺片断。埃德蒙德·斯宾塞的《仙后》在忽明忽暗的烛光下铺陈在他面前。他刚刚读完一章，现在准备开始读另一个章节：

布里托·玛蒂斯或贞节女神的传奇

在这里描写贞节女神让我显得分外渺小。

那最崇高的美德，高于其他的一切……

突然，楼梯上传来了急促的脚步声，一扇单薄的生锈旋转门给推开了，一个男人跌跌撞撞地进了房间，一个没穿短上衣的男子，喘息着，哭泣着，看上去濒临崩溃。

“威瑟，”每说一个字都像是要让他窒息，“看在我们伟大的女王的分上，把我藏起来吧！”

卡克斯特站了起来，小心地合上了他的书，把门闩上，以防万一。

“我被人盯上了，”那个穿软底鞋的大声说。“我发誓有两个没什么脑子的杀手想把我剁成肉酱，而且差一点就成功了。他们看见我跳过了后墙！”

“那是十分必要的举动，”威瑟一边说，一边饶有趣味地望着他，“大概要有几个营装备短枪的士兵，再加上两到三个舰队保护你，才能让你幸免于难。”

穿软底鞋的人满意地笑了。他刚刚抽泣的喘息渐渐变成了顺畅平稳的呼吸；他周遭紧张的氛围化解成一种淡淡的令人感到不安的讽刺感。

“我感到有点惊讶，”威瑟继续说道。

“他们是两个这样狰狞的家伙。”

“这样加起来一共三个人。”

“如果你把我藏起来不就只有两个人。先生，先生，快点觉悟吧，他们转瞬间就会出现在楼梯上了。”

威瑟从墙角拿来一支拆下来的枪柄，把它举到天花板上，顶开一扇粗糙的连接着顶楼的活板门。

“那儿并没有梯子。”

他搬来一张椅子放到活门的正下方，那个穿软底鞋的爬了上去，蹲伏着，犹豫着，又蹲下去，然后成功地跳上去，他抓住门缝的边缘，身体左右摇晃着，不一会儿就慢慢开始移动手抓住门缝的位置；最终弯曲着身体消失在顶楼的黑暗中。门关上后，有一大群老鼠疾跑过去的声音……一片静寂。

威瑟回到他的书桌边，打开《布里托·玛蒂斯或贞节女神的传奇》——等待着。过了差不多一分钟，楼梯上传来匆忙的脚步声，不久，传来一阵令人难以忍受的很响亮的敲门声。威瑟叹了口气，拿起他的烛台，站了起来。

“谁在那儿？”

“开门！”

“谁在那儿？”

一阵猛烈的敲打震得脆弱的木板门瑟瑟发抖，门的边缘裂成了碎片。威瑟站在不足三英寸之外的地方，高高举起烛台，然后开了门。他准备扮演胆小、极受人尊敬的公民，遭人打扰怒不可遏。

“这只是晚上能用于休憩的短短一小时。难道这对于所有那些吵闹的人来说很难做到吗？还有——”

“闭嘴，唠叨的老头！你有没有看到一个满身大汗的家伙？”

这两位绅士的影子在狭窄的楼道上浮现出巨大的摇摆的轮廓；借着烛光威瑟仔细地打量了他们一下。

他们是十足的绅士，看得出匆忙却隆重地打扮过了——有一位的手受了重伤，两个人都发着一种盛怒之下令人恐惧的气息。他们完全不顾威瑟准备好的那一套假装不知情，推开他，进了房间，用手中的剑在房间所有可疑的黑暗角落指指戳戳，进而走进威瑟的卧房去检查。

“他藏在这儿吗？”那个受伤的男子严厉地质问。

“谁在这儿？”

“除了你们就没人了。”

“只有你们这两个人我认识。”

不一会儿，威瑟很担心他太幽默了，因为这两位绅士俨然想把他刺穿的样子。

“我听到楼梯上有个男人的声音，”他慌忙说，“大概整整五分钟以前。他一定没有上来。”

他接着解释自己如何沉浸于阅读《布里托·玛蒂斯或贞节女神的传奇》，但在当下这个时刻，他的访客们就像那些伟大的圣徒一样，对文化感到漠然。

“到底发生了什么事？”威瑟询问道。

“暴力！”那个手受伤的男子说道。威瑟注意到他的眼神透出疯狂。“我的亲妹妹。哦，看在上帝分上，快把这个男的交出来！”

威瑟胆怯地瑟缩了。

“他到底是谁？”

“上帝啊！我们甚至都不明就里。那边的活板门里是什么？”他突然问道。

“它被钉住了，已经好几年都没用过了。”他突然想起角落里那支拆下来的枪柄，腹部涌上一阵恐惧。但是这两个男人的全部智慧早已被绝望所吞没了。

“至少要有梯子才能让人爬上去，除非那人是杂技演员，”那个受伤的男子有气无力地说。

他的同伴歇斯底里地大笑起来。

“一个杂技演员。哦，一个杂技演员。哦——”

威瑟疑惑地凝视他们。

“那看来是我最具悲剧色彩的幽默感，”那个男子叫道，“除了杂技演员，没有人——哦，没有人——可以爬上去。”

那个手受伤的绅士用完好的手指不耐烦地打着响指。

“我们必须到下一户人家去——然后——”

他们无奈地从漆黑的、被暴风扫掠过的天空下面走过。

威瑟关上门，拴好门闩，在门边站了一会儿，充满同情地皱起眉头。

一声低低的“哈！”让他抬起头来。那个穿软底鞋的已经打开了活板门，俯瞰着屋子里，他那古灵精怪的面庞挤了一个鬼脸，一半因为嫌恶，一半出于讽刺性的消遣。

“他们连同摘下的头盔一起丢掉了智慧，”他小声地评论，“但是你和我，威瑟，我们是两个聪明的家伙。”

“从现在起你被诅咒了，”威瑟激动地说。“我知道你是个坏蛋，但是这样的事情听到一半，就知道你是个卑鄙的杂种，我真想打你的脑袋。”

穿软底鞋的盯着他，眨着眼睛。

“不管怎么说，”他终于回答说，“在我的立场上要找到尊严是不可能的。”

他的身体一半穿过了活板门，停了一会儿，然后跳到距离天花板七英尺的地板上。

“有一只老鼠以美食家的目光打量了一下我的耳朵，”他拍了拍裤子上的灰尘接着说，“我用鼠类特有的用语告诉它我含有剧毒，所以它就跑掉了。”

“让我们来听听今晚的好色之徒在说些什么！”威瑟愤怒地强调。

穿软底鞋的张开手掌，用大拇指顶着自己的鼻尖，然后半嘲弄地对威瑟摆动着手指。

“街头流浪儿！”威瑟咕哝道。

“你有纸吗？”穿软底鞋的不合时宜地质问，然后粗鲁地加了一句，“或者能由你来写吗？”

“我为什么要给你纸呢？”

“你刚刚想知道今晚发生了什么有趣的事，那么你应该知道，给我笔、墨水、一捆纸和一间我可以一个人待的房间。”

威瑟犹豫了。

“滚出去！”他终于说。

“随便你。但你失去了一个极其有趣的故事。”

威瑟踌躇片刻——他像太妃糖一样柔软，这个男人——投降了。穿软底鞋的带着他珍贵的写作材料走进隔壁房间，恰如其分地带上了门。威瑟嘟囔着重新去阅读《布里托·玛蒂斯或贞节女神的传奇》，寂静再次降临到房间里。

三

三点慢慢过去，现在到了四点。整个房间都变成了灰色，屋外带着潮湿和寒意的黑暗被光线穿透了，威瑟用手抱着头，向着书桌弯下头，思绪随着书里骑士们和漂亮姑娘们、还有许多女孩那让人痛心的不幸上下起伏。窗外狭窄街道上的悍妇咯咯地笑个不停；睡眼惺忪地造兵器男孩在凌晨五点半开始了工作，金属板发出沉重的叮当响，焊接铠甲的声音大到像行军队伍的回声一般。

雾霭在黎明的第一缕曙光中散开，六点钟时房间呈现出一片浅灰黄，威瑟踮起脚走到壁橱一般的卧室前，推开了门。他的客人脸色苍白得像一张羊皮纸，两只眼睛透出心烦意乱，灼热得像红色的字母。他拉了一把椅子到威瑟的祈祷台边，作为桌子；上面堆满一叠快要写完的稿子。威瑟长叹一声，退了出去，回到他书中妖冶而危险的女子身上去，在拂晓时分却没有躺在自己的床上睡觉，他觉得自己像个傻瓜。

外面响起靴子沉重的踩踏声，挨家挨户的老婆婆们的嘶哑嗓音，清晨单调的低语，这一切让他感到疲惫不已，他打着瞌睡跌进椅子里，头脑中满是声响和颜色，对浮现出的大量影像感到难以忍受。在这个不安宁的梦里，他是上千个呻吟着在太阳附近被碾碎的肉体中的一个，就像一座对拥有锐利眼神的太阳神来说毫无帮助的桥梁。这个梦折磨着他，在他脑中像一把切布刀一样嘎嘎作响。当一只温热的手抚着他的肩膀，他几乎带着尖叫醒来，发现屋里浓雾满布，他的客人，一个由一团模糊物质组成的灰色幽灵，手里拿着一叠稿件站在他身旁。

“我相信这一定是一个极其有趣的故事，虽然它还需要一些润色。我可以请你把它锁起来，然后看在上帝分上让我睡一觉吗？”

他并没有等待任何回答，就把那叠稿子丢给了威瑟，像从倾斜的瓶子里倒出东西一样，把自己倒进角落的沙发里，便睡着了，他呼吸很均匀，但他的额头以一种古怪又有些离奇的方式皱在了一起。

威瑟困倦地打着呵欠，看着字迹潦草还未定稿的第一页，开始用柔和的声音大声朗读：

鲁克丽丝受辱记[①]

"淫念熏心的塔昆，从罗马军营溜号，

　不可凭恃的邪欲，举双翼将他引导——"

江艳妍译

---

① 《鲁克丽丝受辱记》是莎士比亚的作品，源于真实的古罗马历史。塔昆是罗马王政时代的最后一个国王。他在谋杀岳父篡踞王位后，暴虐无道，民怨沸腾。公元前509年，因其子奸污鲁克丽丝，激起公愤，他和他的家族被推翻，罗马共和国遂告成立。

“啊，赤褐色的女巫！”

一

默林·格兰杰是蒙莱特·奎尔书店的雇员。你可能去过那书店，就在第四十七街卡尔顿宾馆附近的拐弯角上。蒙莱特·奎尔书店是一家，或者说曾经是一家非常罗曼蒂克的小书店。人们认为它是激进的，但又承认它是蒙昧的。店堂里张贴着一些令人看了喘不过气来的含义怪诞的红色和橙色广告。那些装帧闪亮的特别版本和在头顶上晃来晃去、整天亮着的红绸大灯笼，让屋里显得亮堂堂的。这的确是家不错的书店。“蒙莱特·奎尔”几个大字，用螺旋形的字体，刻在店门的上方。窗台上似乎总是堆满了已通过文学审查的书籍，没有什么空地方；都是些书名印在白色的小纸片上，封面为深橙色的书籍。店里弥漫着麝香的气味，这是那位聪明而神秘莫测的蒙莱特·奎尔先生下令喷洒的。这种气味半是狄更斯笔下伦敦古玩店的味道，半是温暖的博斯普鲁斯海峡岸边咖啡店的味道。

从九点到五点半，默林·格兰杰总是问那些穿着黑色衣服的无聊的老太太和眼圈发黑的年轻人，是“喜欢这个作家”呢，还是喜欢初版书。他们想买封面上印着阿拉伯人的小说，还是印有对南达科他州的萨顿小姐产生心灵感应的新版莎士比亚十四行诗的书籍？他哼了一声。其实他自己喜欢的是后面一本书，可是作为蒙莱特·奎尔书店的职员，在整个营业期间，他摆出一副公正的鉴赏家的姿态。

每天下午五点三十分，他爬过窗台上的摆设，拉下窗前的百叶窗，对那位神秘的蒙莱特·奎尔先生和女职员麦克拉肯小姐以及速记员马斯特斯小姐说声再见后，就回家看卡罗琳姑娘去了。他不同卡罗琳共进晚餐。他无法相信卡罗琳会考虑在他的五斗橱上吃饭。他衣领的钮扣离农家鲜干酪那么近，领带边刚好擦过他的牛奶杯子。默林从未邀请卡罗琳和他一起用餐。他总是独自用餐的。他走到第六大道的布雷格多尔特熟食店，买一盒饼干、一罐鳀鱼酱、几只橙子，或者是一小罐香肠、一些土豆色拉和一瓶软饮料。然后提着装有这些食品的棕色纸袋，回到西第五十八街五十几号的房间里，吃着晚饭，就见到了卡罗琳。

卡罗琳是个十分年轻而快乐的女孩子，同一位年长的女士住在一起。卡罗琳可能是十九岁，她像个鬼魂，因为只有到了傍晚才出现。六点来钟，她住所的灯亮了，她就活起来了，最晚到午夜时分就消失了。她的房间很不错，在一幢漂亮的建筑物内，楼房的正面是白色的石壁，对着中央公园的南端。她房间的背面对着单身的格兰杰先生租赁的一个单间的唯一的窗口。

默林称她为卡罗琳，是因为在蒙莱特·奎尔书店里有一本名为卡罗琳的书，封套上有一张照片，与她很相像。

眼下，默林·格兰杰是个二十五岁的瘦削青年，头发乌黑，没有留胡髭或胡须之类的东西。卡罗琳却是灵巧而光彩夺目的，她的头发是一层亮晶晶的赤褐色波浪，她的容颜会让你想起接吻，你以为这种容貌属于你的初恋。但当你看到旧照片时，你就知道并非如此。她通常穿粉红色或蓝色衣裳，但最近有时却穿上一件薄薄的黑色长裙，这件衣服显然是她特别引以为骄傲的，因为只要她穿上它，就会站在那儿，望着墙上某一个地方，默林猜想那一定是面镜子。她通常坐在侧放在窗旁的椅子上，但有时也会一本正经地坐到灯旁的 chaise longue[①] 上。她常常靠在上面，抽着香烟，默林觉得她胳臂和双手的姿势非常优雅。

有一次，她走到窗前，很神气地站在那里向外张望，因为月亮迷路了，它将奇妙的、千变万化的光辉射进了两幢房子之间的通道，将垃圾箱和晾衣绳这些物体变成了印象派闪闪发光的银色木桶和庞大而纤细的蜘蛛网。默林当时正坐在

① 法文，意为“躺椅”。

一眼就能望见的地方，吃着洒上白糖和牛奶的农家鲜干酪。他飞快地伸手去抓窗帘绳，结果另一只手把农家鲜干酪碰翻在自己的膝盖上。牛奶是冰冷的，白糖弄脏了他的裤子。而且，他肯定，卡罗琳还是看见了他。

有时，会有一些来客。那是一些穿着晚礼服的男人，站在那里，鞠躬，手里拿着帽子，胳臂上挽着大衣同卡罗琳谈话；然后又鞠鞠躬，就跟着她消失了，显然是去看戏或者跳舞了。另外一些年轻人来，坐着抽香烟，似乎想告诉卡罗琳什么事。卡罗琳不是坐在侧放着的椅子上，目不转睛地盯着他们，就是坐在灯旁的 chaise longue 上，她显得非常可爱，而且真是无法形容的年轻貌美。

默林很欣赏这些来访者。当中有些人他是认可的，有些人只能赢得他勉强的容忍，但有一两个人是他讨厌的，特别是来得最勤的那个人，一头黑发、一脸黑色的山羊胡子和一副漆黑的心肠。默林觉得他有点面熟，但怎么也认不出来了。

不过，默林的全部生活并没有“为想象中的浪漫幻影所束缚”。那并不是“他一天中最幸福的时刻”。他从来没有及时地将卡罗琳从“毒手”中解救出来，甚至没有娶她。但是，发生了一件比这一切更加奇怪的事。现在我们马上就来谈谈这件怪事。这事发生在十月的一个下午，卡罗琳兴致勃勃地走进了蒙莱特·奎尔书店不错的店堂里。

那是一个阴沉的下午，就像大雨和世界末日就要来到似的。只有纽约的下午常会这样。一阵微风瑟瑟地掠过大街，扬起一些碎报纸和垃圾，所有的窗户中都透出微弱的灯光。一切都显得如此荒凉，连摩天大楼的楼顶也消失在阴暗的空中，令人感到郁闷。人们感到喜剧肯定就要结束，所有的高楼马上就会像纸牌搭成的房子一样纷纷倒下，变成一堆烂泥，得意地压在楼里匆匆来去的千百万居民身上。

在一位满身貂皮饰品的女士旋风般的来访之后，默林·格兰杰就站在窗旁看新排列在窗台上的十来本书，这时他心中浮现出的就是这种令人窒息的冥想。他望着窗外，内心全是一些极其沮丧的念头。他想到赫·乔·威尔斯①的早期小说，想到《创世记》这本书，想到托马斯·爱迪生曾说过，再过三十年，这岛上就不会再有住房，只剩下一大片喧闹的集市。然后他把最后一本书放正了，转过身去——这时卡罗琳正潇洒地走进书店。

她穿着一套时髦而流行的休闲服，这是他事后想起的。她的裙子是方格布的，皱褶就像六角手风琴，上装是棕褐色的，看起来柔软、飘逸；鞋和鞋罩也是棕色的，一顶漂亮的小帽子是她最后的饰品，活像一只装满糖果的非常昂贵而又

① 赫·乔·威尔斯（H. G. Wells，1866—1946），英国作家，主要作品有科幻小说、社会问题小说及历史著作。

漂亮的糖果盒的盖子。

吃惊的默林屏住了气息，紧张地朝她走去。

“下午好……”他说，马上又停住了——他不知道为什么，只是觉得他一生中某种非常奇特的事就要发生了。不需要添油加醋，只要沉默以及适当的观察就行。在事情开始发生前的那一刹那，他感到时间有那么一秒钟是静止的，让人透不过气来。他透过将小办公室隔离开的那块玻璃板，看到老板蒙莱特·奎尔先生正低着含有恶意的圆脑袋在看信件。他看见，麦克拉肯小姐和马斯特斯小姐就像埋在文件里的两堆头发；他还看到头顶上的大红灯笼，有点愉快地发现那只灯笼似乎将书店装饰得非常舒适和浪漫。

接着，这件事就发生了，或者说开始发生了。卡罗琳拿起散放在书堆上的一本诗集，心不在焉地用她那雪白的纤手翻了几下，突然很不在乎地将它朝天花板扔去，于是那本书就消失在那只大红灯笼里，待在那里面了。透过透亮的红绸罩子可以看到一块深色的长方形东西鼓了出来。这让卡罗琳很开心。她发出了一阵富有感染力的青春笑声，默林自己也跟着大笑起来。

“它待在那里了！”卡罗琳快活地喊道。“它待在那里了，不是吗？”对他们两个人来说，这似乎是荒唐绝顶的事。他们的笑声交融在一起，响彻整个店堂。默林高兴地发现，她的声音很圆润，充满了魔力。

“再来一本！”他发现自己在建议，“试试那本红的。”

卡罗琳一听到这话，笑得更厉害了，她不得不双手扶在书架上才能将身子稳住。

“再——来——一本！”她在阵阵欢笑之间好容易才说清楚了几个字。“啊，天哪，再——来——一本！”

“来两本！”

“好的，来两本。喔唷，我要是再笑不停，会憋气的。来了。”

说干就干，她拿起一本红书，划了一道平平的双曲线将它抛向天花板，书就落在灯笼里第一本书的旁边。有那么几分钟，两人高兴得忍不住前俯后仰。但过一会儿，两人约定再来一次这样的运动。这次是两人一起干。默林抓起一本厚厚的装帧别致的法国经典著作，往上一扔。他很高兴自己扔得如此准确，就一手拿着本畅销书，一手拿着本滞销书，屏住气息等着她扔。接着，两人干得越来越快，越来越欢。有时他们会轮流扔。在观看的时候，他发现她的每一个动作都是异常轻快的。有时，他或者她会一本接一本地扔，随手拿起身旁最近的一本书，扔上去，只看它一眼，就去拿另外一本。过了三分钟，他们就在桌子上腾出了一小块地方，而那个大红的绸灯笼里塞了那么多书，快要撑破了。

“打篮球是愚蠢的游戏，”她甩出一本书后轻蔑地喊道。“这是女中学生穿着难看的灯笼裤玩的。”

"愚蠢，"他表示同意。

她停止了扔书的动作，突然把书放回到桌上原来的地方。

"我想，现在我们已经有地方可以坐下来了，"她一本正经地说。

的确如此；他们已经腾出了可供两人坐下的空间。默林有点紧张地朝蒙莱特·奎尔先生房间的玻璃隔板看了一眼，但是那三个人还在埋头认真工作，显然没看到刚才店堂里发生的一切。所以当卡罗琳双手放在桌上将身子撑上去时，默林也镇静地学着她的样子。两人就并肩坐着，非常真诚地望着对方。

"我必须见你，"她开口说。她的棕色眼睛流露出一丝忧郁的神情。

"我知道。"

"就是最近一次，"她接着说，声音有点发抖，不过她力图保持镇静。"把我给吓着了。我不喜欢你在五斗橱旁吃东西。我真害怕你会……你会吞下一颗领扣。"

"有一次就是这样……差一点儿，"他不情不愿地坦白说。"但是，你知道，这并不那么容易。我是说，人们可以相当容易地吞下扣子扁平的部分，或者是另外一部分——也就是说，要分别吞下。但是要吞下整个领扣必须要有个特制的喉咙。"他语言流畅得体，这使他自己也很吃惊。在他一生中，一些用词似乎是第一次滚滚而来，争着要让他说出来，并且有序地排列成一个班、一个排，然后由各个负责段落的副官将它们逐一呈现在他面前。

“这才让我害怕呢，”她说。“我知道，你得有一个特制的喉咙。而且我知道，至少我能肯定，你没有这样的喉咙。”

他坦率地点点头。

“我没有。要拥有这样的喉咙，还得花钱；可惜，我没有这么多钱。”

他这么说，并不感到羞耻，承认这一点反而让他高兴。他知道，他能说的或做的任何事情，都能得到她的理解，他的贫困以及几乎永远无法摆脱这一处境的事实，更能得到她的理解。

卡罗琳低头看了一下手表，轻轻地喊了一声，就从桌上溜了下来。

“五点多了，”她喊道。“真没想到。五点半我必须去宾馆。让我们赶快把这件事办了。我是打过赌的。”

他们就一起干了起来。卡罗琳先抓起一本有关昆虫的书，将它嗖的一声扔了出去。这本书最后冲破了蒙莱特·奎尔先生所在房间的玻璃隔板。老板吃惊地抬头望了一眼，从书桌上拂去了几块碎玻璃，仍继续看他的信件。麦克拉肯小姐并没有露出听到这声音的神态，只有马斯特斯小姐吓了一跳，惊恐地轻轻尖叫了一声，才再次低下头去干活。

但是默林和卡罗琳根本不予理睬。他们竭尽全力地朝四面八方一本接一本地扔着。有的时候，空中同时有三四本书飞过，撞在书架上，打碎了墙上镜框的玻璃，落在地板上乱七八糟地堆成好几堆。幸好当时没有顾客撞进来，否则他们肯定再也不会来了。那噪声极大，是一种碰撞、划破、撕破的声音，不时夹杂着玻璃的破碎声，还有他们两人扔书时的急促呼吸声以及两人不时发出的断断续续的大笑声。

五点半，卡罗琳将最后一本书扔向灯笼，最终冲击了它能承载的重量。那已经撑薄的绸罩破碎了，五颜六色的书哗啦哗啦地全掉在早已是乱七八糟的地板上。然后，卡罗琳轻松地叹了口气，朝默林转过身去，伸出了手。

“再见，”她只说了一句。

“你要走了吗？”默林知道她要走，他这么问只是想挽留她一会儿，希望再享受片刻因她的存在而获得的令人眩晕的感觉，从她的容貌中获得巨大的满足。她的容貌就像亲吻那样；他觉得就像他在一九一〇年认识的一位姑娘。他紧紧地握着卡罗琳柔软的手，有一分钟之久。然后她微微一笑，把手抽了出来，没等默林跳起来开门，就自己打开房门，走进笼罩在第五十七街上混浊而令人不快的暮色中。

我很想对你说，默林看到美女如何对待多年的智慧结晶之后，就走进蒙莱特 · 奎林先生的小房间，立时立地放弃了工作；然后走到街上，成为一个更为优秀而高尚的人，成为越来越尖酸刻薄的人。但事实却要平凡得多。默林·格兰杰站起身来，看了一下一片狼藉的书店，那些扔破了的书卷、那个一度是那么美丽的大红灯笼留下的破绸罩的碎片、店堂内满地闪光的尘土中的玻璃碎片映出的水晶般的光彩。然后他走到放扫把的屋角，开始打扫和整理，竭力将书店恢复原状。他发现，尽管有少数几本书还算完整，大多数书都有不同程度的破损。有的书背脱落了，有的书页撕掉了，还有一些只是封面稍微划破了一些。而所有漫不经心地将书放回架子上去的人都知道，这样的书是无法出售的，只能沦为二手货。

虽说如此，到六点钟，默林已经做了许多事来收拾这堆烂摊子。他把书籍放回原处，把地上扫干净，在头顶上方的插座里拧上了新灯泡。那红色灯罩已破得无法修复，默林有点担心，更换灯罩的钱可能要从他薪水中扣除。因此，在六点钟，他尽力把事情办妥之后，就爬过前面窗台上的摆设，将百叶窗拉了下来 。就在他小心翼翼地退回来时，他看到蒙莱特·奎尔先生从桌后站起身来，穿上大衣，戴上帽子，出现在店堂中。他神秘地向默林点点头，便朝店门走去。他将手放到门把上，停了一下，转过身来，用一种既是恶狠狠的，又是迟疑不决的奇怪的声调说道：

“如果那姑娘再来这里，你告诉她要守规矩。”

说着，他就拉开了店门，走了出去。房门的嘎吱声淹没了默林口中那句怯生生的“是，先生”的声音。

默林在那里站了一会儿，明智地决定不去理会在眼下只是可能出现麻烦的前景，然后就走到店堂的后面，邀请马斯特斯小姐同他一起去普尔帕特的法国餐厅共进晚餐。在那里，人们不顾伟大联邦政府的命令，在晚餐时照样能喝到红葡萄酒。马斯特斯小姐接受了邀请。

“我喝葡萄酒就会感到兴奋，”她说。

默林将她跟卡罗琳对比了一下，心中暗暗发笑，觉得还是不比为妙。没有什么可比性。

二

蒙莱特·奎尔先生的性格虽然神秘、怪异，像个东方人，但办事果断。他果断地处理了书店被砸烂的事情。他要是不投入相当于他所有藏书的原始成本的费用——出于某种个人的理由他不想走这一步——就无法继续经营蒙莱特·奎尔原来的业务。这时只有一件事是可行的。他干脆把这爿书店从一家卖新书的书店变成了旧书店。那些受损的书籍标价下降了25%—50%，用螺旋形字体刻在门上的店名一度如此傲慢地光芒四射，现在却让它显得有些暗淡，给它涂上了一些颜色极其模糊的旧油漆。由于讲究礼仪，店主甚至买了两顶劣质红毡便帽，一顶自己戴，一顶给他的店员默林·格兰杰。不仅如此，他还将山羊胡子蓄得更长，弄得像一只老麻雀的尾巴，还将过去整洁的工作服换成令人肃然起敬的闪亮的羊驼毛服装。

事实上，在卡罗琳对书店灾难性的访问后的一年里，店内唯一还保留着有点现代气息的标志就是马斯特斯小姐。麦克拉肯小姐也追随蒙莱特·奎尔先生的做法，变成了一个令人无法忍受的邋遢鬼。

出于对职业的忠诚，也出于厌倦，默林把自己的模样也弄得有点像一片荒芜的花园。他接受了那顶红毡帽，把它作为他堕落的标志。自从他从纽约高中工艺训练部毕业的那天起，他一直是个众所周知的“干劲十足的人”。他养成了刷衣服、刷头发、刷牙齿，甚至刷眉毛的习惯。他知道将所有干净袜子脚趾对脚趾、脚跟对脚跟地叠好放在五斗橱的某个抽屉里的好处。这个抽屉就叫做袜屉。

他觉得，这些习惯让他在蒙莱特·奎尔书店极其辉煌的时刻赢得了他的位置。正是由于这一点，他才没有像中学里教他做一些无生命的东西那样，继续做些“存放东西的柜子”，并将这些柜子卖给任何一个需要这些柜子的人——可能是殡葬人员。然而，当蒸蒸日上的蒙莱特·奎尔书店变成破败的蒙莱特·奎尔书店时，他选择了与它一起败落。因此他任凭西服上积满灰尘也不加以清理，把袜子乱扔在衬衣抽屉和内衣抽屉里，甚至根本不扔进抽屉。他养成了漫不经心的新习惯，许多干净衣服往往没有穿过就直接送回到洗衣店去了。这是一些贫困潦倒的光棍的奇怪的通病。即使他喜欢的那些杂志当时正在隔三差五地登载一些成功人士的文章，反对那些命中注定的穷人某些可怕的冒失行为，诸如购买耐穿衬衣和大块鲜肉以及宁愿大笔投资珠宝而不愿令人尊敬地将钱存在利息为4%的储蓄银行里。

对许多可敬而虔诚的男士来说，这种状况确实是奇怪而令人遗憾的。在共和国的历史上，佐治亚州以北的任何一名黑人第一次能将一美元的纸币换成零钱。但是一分钱几乎要相当于中国那些怪物的购买力了；只有在买软饮料时才能偶尔找回来，或者只有在称体重时才用得上了。在这种情况下，上述现象可能就不像乍看起来那么奇怪了。但是，默林·格兰杰采取的行动却太奇怪了。他大大咧咧、几乎是无意识地采取了向马斯特斯小姐求婚的举动。更为奇怪的是，她接受了他的求婚。

这事发生在周六晚上他们在普尔帕特餐厅里喝着1.75美元的掺了vin ordinaire[①]饮料的时候。

“我喝葡萄酒就会感到兴奋，你呢？”马斯特斯小姐快活

① 法文，意为“普通葡萄酒”。

地聊着。

“是啊，”默林心不在焉地答道；在一阵漫长而又意味深长的间歇之后，他说：“马斯特斯小姐……奥利芙……假如你愿意听的话，我要对你说件事。”

马斯特斯小姐（她知道会发生什么事）越来越兴奋，她甚至觉得自己紧张过度，似乎马上会触电身亡。但是在她说“好的，默林”时，一点也没有表现或流露出内心的慌乱。默林咽下了他嘴中残存的一点零星的空气。

“我没有财产，”他以一种宣读声明的口气说，“我根本没有财产。”

他们的眼神相遇并交融在一起，变得渴望、温柔又美丽。

“奥利芙，”他对她说，“我爱你。”

“我也爱你，默林，”她直率地答道。“我们要不要再来一瓶酒？”

“好的，”他大声地说，心脏跳得飞快。“你是说……”

“为我们的订婚干杯！”她勇敢地打断了他。“但愿它只是短暂的一瞬间！”

“不！”他几乎在喊叫，将拳头使劲地在桌上敲了一下。“但愿它是永久的！”

“什么？”

“我是说……噢，我懂得你的意思了。你说得不错。但愿这是短暂的。”他大笑了一声，又说，“是我错了。”

酒来了以后，他们就详尽地讨论了这件事。

“我们首先得租一套小房间，”他说，“而且我想，是的，天哪，我知道在我住的那幢房子里有一个小套间，一个大房间和一个又像化妆室又像小厨房似的地方，同一层楼上还有个公共浴室。”

她高兴地拍拍手。默林觉得她真的很漂亮，那是指她脸的上半部，从鼻梁以下就有点不大对劲了。她起劲地说下去：

“等我们有钱了，就租一个非常棒的套房，有电梯和电话接线员的。”

“以后还要在乡下有个住处……还要有辆汽车。”

“我简直想像不出更有趣的事了，你呢？”

默林沉默了一会儿。他在想，他得放弃位于四楼里面的那个房间了。不过现在这已经没有什么意义了。在过去的一年半中，事实上是从卡罗琳造访蒙莱特·奎尔书店的那天起，他再也没见过她了。在那次造访以后，整整一个星期，卡罗琳房中的灯光不亮了。黑暗笼罩着外面的通道，似乎是盲目地爬上了他期待着的、没拉上窗帘的窗户。然后，灯光终于出现了，但照亮的不是卡罗琳和她的客人，而是一个平凡的家庭。一个留着一撇短而硬胡髭的小个子男人和一个胸部丰满的女人。她天天晚上不是拍屁股就是摆弄小摆设。看了他们两天之后，默林就索然无味地拉下了窗帘。

是的，默林想不出比与奥利芙一起在世上奋斗更有趣的事了。在郊区有一间茅屋，漆上蓝色的油漆，只是略逊于那种绿顶白墙的茅屋。在茅屋周围的草地上有几把生锈的泥刀和一条破旧的绿色长凳，还有一辆童车，柳条编的车身向左面倾斜着。而在这草地、童车、茅屋以及他整个世界的周围是奥利芙的双臂，比现在更健壮一些的双臂。那是新奥利芙时期的双臂。到那时，她散步的时候，脸颊会由于过多的按摩而稍稍地上下颤动。现在他可以听见她的声音，距离只有两汤匙长度之遥：

“我就知道今天晚上你要说这件事，默林。我看得出来……”

她看得出来。啊，他突然想知道，她能看出多少。她能够看出，刚才同三个男人一起进来并坐在旁边桌上的那个姑娘就是卡罗琳吗？啊，她能看出来吗？她能看出那些男人带来的酒要比普尔帕特浓度大三倍的红酒还烈得多吗……？

默林屏息注视着。在餐厅内这样的气氛中他模糊地听到奥利芙低沉而轻柔的独白，像一只固执的蜜蜂从她那值得记忆的时刻吮吸着甜蜜。默林是在倾听冰块的碰击声和那四个人谈到什么趣闻时的朗朗笑声。他如此熟悉的卡罗琳的笑声触动了他，激发了他，急迫地将他的心扉吸到她的桌子那边，他的心也确实转到那边去了。他能够很清楚地看到卡罗琳，他觉得在过去的一年半中她变了，哪怕只是一丁点儿。也许是灯光的照耀，或者是她的脸颊显得清瘦了一些，她的目光不像以前那么清澈，但比以前更明亮了。她那赤褐色的头发仍然隐约透出些紫色；她的嘴似乎在亲吻。那天在书店里，在大红灯笼掉下后的暮色中，他不时从一排书籍后看到她的侧影就是这样的。

她一直在喝酒。青春、葡萄酒和上等化妆品促使她脸上泛起阵阵红晕——这一点他是看得出来的。她将坐在她左边的年轻人和右边的胖子，甚至对面的老人都逗得乐不可支。那位老人不时发出属于他那一代人的感叹和略似责怪的笑声。默林听出了她若断若续地唱着的歌词……

“不要去理睬烦恼，

不到桥头别过桥……”

胖子给她的杯子里又斟满了冰啤酒。侍者到这张桌子来了几次，无奈地望了卡罗琳好几眼。卡罗琳却快乐而无聊地问起这道菜或那道菜是否新鲜。侍者只能装成有人点菜，匆匆地走开了……

奥利芙在对默林说：

“那么，在什么时候？”她问，声音中带有一点失望。默林意识到他刚才否定了她向他提出的某个问题。

“噢，以后吧。”

“你不……在乎吗？”

她提问的口气相当伤感，让默林的目光转回到她身上。

“尽快，亲爱的，”他用一种令人惊讶的亲切口吻说。“两个月以后……在六月里。”

“这么快？”她又高兴又激动，几乎让她透不过气来。

“啊，是的，我想我们还是定在六月。再等下去没有意思。”

奥利芙开始拿腔拿调地说，她要做些准备，两个月实在是太短了。他真是个坏家伙！难道就这么迫不及待？好了，她会让他知道，不能对她太快了。他说得实在太突然，她根本还不知道是否该嫁给他。

“六月，”他坚定地重复了一句。

奥利芙叹了口气，微微一笑，喝了口咖啡，她的小手指确实很优雅地高高翘在其他手指之上。默林产生了一种异想，他要买五只戒指，朝它扔去。

“天哪！”他大声地说了一句。不久他就要把戒指戴在她的一只手指上了。

他的目光机警地移向右方。那四个人已经喧闹不堪，连领班都过来对他们说话了。卡罗琳提高嗓门在同这个领班争论，声音是如此的清晰和年轻，似乎整个饭店都愿意倾听。整个饭店都愿意，只有奥利芙·马斯特斯小姐是例外，因为她沉浸在自己新的秘密中。

“你好！”卡罗琳说。“你很可能是被我迷住的最帅气的领班了。太闹了？很糟糕。是得注意。杰拉德”——她对右边的那位先生说——“领班说，太闹了。要我们安静。我该说什么？”

“嘘！”杰拉德笑着说。“嘘！”默林听见他又低声说了一句：“整个资产阶级都会给吵醒的。这里是铺面巡视员学法语的地方。”

卡罗琳突然警觉地坐直了身子。

“铺面巡视员在哪里？”她喊道。“让我见见铺面巡视员。”这似乎逗乐了那伙人，因为他们几个人，包括卡罗琳在内，又一次放声大笑。那位领班最后只能谨慎而绝望地告诫一声，无奈地耸耸肩，退到后面去了。

人人都知道，普尔帕特饭店一直是推崇套餐的。它不是传统意义上取乐的去处。人们过来，喝点红葡萄酒，在烟雾腾腾低矮的天花板下讲话也许比平时多一些，声音也许大一些，但过后就回家了。它九点半打烊，很准时；给治安人员付了钱，老板娘再拿上一瓶葡萄酒，衣帽间姑娘将小费交给收款员之后，黑暗降临，把一张张小圆桌排除在视线和生活之外了。但是，今天晚上，普尔帕特饭店可要热闹了，而且是热闹透顶。一个长着一头泛紫色的赤褐色头发的姑娘，站到桌面上，跳开舞了。

“Sacré nom de Dieu! [1]走下来!”领班喊道。“把音乐停了!”

但是乐师们已经演奏得很起劲，可以装得听不见领班的命令。他们也曾经年轻过，所以演奏得比任何时候都更响，更欢快。卡罗琳优雅而活泼地跳着，她那粉红色的薄裙子在她身边飘动。她那灵活的双臂在烟雾缭绕的空中飞舞，舞姿是那么轻柔，那么动人。

附近桌上的一群法国人爆发出一阵欢呼，其他人也掺和了进来，一会儿，店堂里一片掌声和喊叫声。有一半用餐者都站了起来，挤在一起。有人急忙把老板叫来了，他站在圈外，含糊不清地表示希望尽快结束这一切。

“……默林!”奥利芙喊道，她终于给惊醒了；“这姑娘真讨厌! 我们走吧——快走!”

着了迷的默林低声表示反对，说还没有结账呢。

“没事儿。放五美元在桌上。我讨厌那姑娘。看见她我都受不了。”她立马站起身来，去拉默林的胳臂。

默林无奈地、没精打采地，然后几乎是不情不愿地站了起来，默默地跟在奥利芙身后，穿过疯狂喧闹的人群。此时，这种喧闹气氛正接近高潮，看来要变成疯狂的、令人难忘的骚乱。他默默取了大衣，跌跌撞撞地走了六七级台阶，

---

① 法文，民间用语，意为“真见鬼”。

来到室外四月潮润的空气中，耳中仍响着桌面上轻快的踢踏声以及充斥在这小小咖啡馆里的笑声。两人默默地朝第五大道和公共汽车走去。

直到第二天，奥利芙才把举行婚礼的日子告诉他。她已经把日子挪前了：他们在五月一日结婚会更好。

三

他们就这样结婚了。有点乏味。而且就在奥利芙和母亲一同居住的那套房间的枝形吊灯下。婚后，开始是喜气洋洋，然后，慢慢地，就越来越厌倦了。责任降临到默林身上。他有责任让他每周的三十美元加上她的二十美元，足以维持他们适当的体重，还要用体面的服装来掩饰他们的真相。

最初几周，他们在饭店用餐，结果损失惨重，甚至令人感到羞愧。经过这样的试验之后，他们决定参加吃熟食大军。于是，默林又恢复了他以前的生活方式。每天傍晚在布雷格多尔特熟食店逗留一下，买点土豆色拉、切片火腿。有时还冲动地奢侈一下，加点塞入佐料的西红柿。

然后，他就拖着脚步，朝家里走去，走进那阴暗的门厅，沿着三层摇摇晃晃的楼梯爬上去。楼梯上铺着图案早就给磨光的老式地毯。门厅里散发着一股陈旧的霉味，就像一八八〇年的蔬菜味道，早期布赖恩[①]与威廉·麦金利[②]决战时代流行的家具的油漆味道。还有因积满灰尘而略显沉重的门帷和旧鞋子的味道以及早就变成拼缝被单的棉绒衣裙的味道。这种种味道会伴随着他一步一步地踏上每一级楼梯的平台。这时，一种现代烹调味道掺和进来，使之变得更加刺鼻。然后，当他开始走上后一级楼梯时，这种味道才会逐渐淡去，变成那逝去的几代人习以为常的气味了。

最后才会出现他自己的房门。房门以不正常的速度滑开，他刚说了句："喂，亲爱的，今天我可以请你吃一顿了。"那门几乎就哗的一声关上了。

奥利芙总是在铺床和挂东西，她一向是坐公交车回家的，为的是"呼吸一点空气"。听到默林的招呼声，她会走到他跟前，张大眼睛，飞快地吻他一下，而他就像抱梯子一样竖着抱抱她，双手抓着她的两只胳臂，似乎她缺乏平衡力，他只要一松手，她就会直挺挺地向后摔倒在地板上。这种接吻方式是婚后第二年开始的，在这之前是新郎的吻（那些了解状况的人认为，往好里说，这种吻装腔作势，是从激

---

① 布赖恩（Bryan，1860—1925），曾三次竞选总统，均告失败。他曾于 1896 年被威廉·麦金利击败，后者成功当选总统。

② 威廉·麦金利（William Mckinley，1843—1901），美国第二十五任总统，发动过美西战争，后被刺杀。

情电影里抄袭来的）。

接着，他们就吃晚餐。饭后，他们出去散步，走两个街区，穿过中央公园，有时去看场电影。这些电影耐心地教导他们，他们的生活是命中注定的，如果他们服服帖帖，顺从他们合法的上级，远离享乐，那么很快就会发生某种重大、令人高兴和美妙的事情。

他们就这样过了三年。后来，他们的生活发生了变化：奥利芙有孩子了，默林终于有了新的收入。奥利芙分娩后第三周，默林在紧张排练一小时后走进了蒙莱特·奎尔先生的办公室，要求大幅增加工资。

“我在这儿十年了，”他说。“从十九岁开始，我一直在尽力为店里的利益工作。”

蒙莱特·奎尔先生说，他会加以考虑的。第二天上午，他宣布，他准备实施一个酝酿已久的方案：他准备退休，不再主管书店的实际工作，只是定期来视察一下，让默林当经理，周薪五十美元，还拥有店里十分之一的赢利。默林听了非常高兴。老人说完时，默林双颊发光，眼泪盈眶。他抓住老板的手，使劲地摇着，一遍又一遍地说：

“非常感谢你，先生，你真是太好了。你真是太好、太好了。”

这么一来，在店里忠诚地工作了十年之后，默林终于出头了。回顾往事，他不再把自己奔向欢乐之巅的道路看成是时而十分悲惨，但一贯是灰色的，充满着烦恼、热情消逝和梦想破灭的十年，是楼间通道中月光变得暗淡、奥利芙脸上青春不再的年代了。现在他把这段路程看作是他用不屈不挠的意志力果断地克服困难，光荣而成功地攀登的道路。此时此刻，让他远离苦难、乐观而自欺欺人的想法，披上了坚定果断的金色外衣。过去，有那么五六次，他曾设法离开蒙莱特·奎尔书店去寻求飞黄腾达的前途。仅仅是由于懦弱，他才留了下来。相当奇怪的是，现在，他却认为当时他是作出了极大的坚持，而且“决心”要在自己的岗位上奋斗一番。

不管怎样，眼下我们不要去抱怨默林对自己的那种高尚的新评价。他达到了目的。在三十岁时，他获得了一个重要的职位。当天傍晚，他喜气洋洋地离开了店堂，把口袋里的每一分钱都用在布雷格多尔特熟食店能提供的最丰盛的食品上了，带着好消息和四个大纸口袋，跌跌撞撞地回了家。由于奥利芙身体不适，无法进食，默林费劲地吃了四只塞满佐料的西红柿，弄得自己真有点生病了。第二天，藏在没放冰块的冰盒子里的大部分食物都迅速地变质了，这并没有弄糟他的心情。自从他结婚的那一周以来，默林·格兰杰第一次生活在万里无云的晴空下面。

男婴取名为阿瑟。生活变得有尊严、有意义了，而且终于有了核心。默林和奥利芙在他们自己的宇宙中退居到比较次要的位置；不过他们个性的失落在某种原始的自豪中得到了补偿。乡村别墅没有出现，但是每年夏天能在阿斯伯里公园家庭旅馆住上一个月，填补了这一空白；而且在默林的两周假期中，这种远足的确具有愉快的短途旅游的气氛。当婴儿躺在确实是面朝大海的宽敞的房间里熟睡，默林摆出一副有两万美元年收入的样子，抽着雪茄，同奥利芙走在拥挤的木板路上散步时，尤其是如此。

令人惊讶的是，日子越过越慢，年龄却越长越快。默林已经是三十一、三十二岁了。然后几乎一下子就冲到经历了风风雨雨，只能抓住宝贵的青春尾巴的年龄了。他已经三十五岁。有一天，他在第五大道上看到了卡罗琳。

那是一个星期天，阳光明媚、鲜花满地的复活节的上午。满街都是百合花、男人的礼服以及令人愉快的春天色调的女帽。十二点钟：人们从那些大教堂往外走——圣西蒙教堂、圣希尔达教堂、使徒教堂都张着大嘴似的敞开了大门，往外涌的人群似乎都在大声欢笑，犹如他们在相遇、散步、聊天或朝等待着的车夫挥动白色女帽时那样欢笑。

在使徒教堂前站着十二位教区委员，他们正在按照由来已久的习俗向那些去教堂的当年初进社交界的女子分发装满了香粉的复活节鸡蛋。在他们周围，有两千个[①]打扮得异常整洁的巨富人家的儿童在跳舞，他们伶俐得体，头发卷得很

① 原文如此。

漂亮，就像他们母亲手指上闪闪发光的小饰品一样放射着光芒。感伤主义者会为穷人家的孩子说话吗？啊，不过那些富家子弟穿着洗烫过的衣服，身上散发着香味，有着在乡下晒黑的肤色，尤其是他们说话的声音特别轻柔。

小阿瑟五岁。他是中间阶级的孩子。没有特色，无人注目。他的鼻子破了相，彻底毁灭了希腊人对自己应该拥有的容貌的向往。他紧紧地抓着母亲温暖而湿热的手，同站在他另一边的默林一起，紧跟着回家的人群。在第五十三街有两个教堂，这里人最多，最挤。人们必须减慢速度，迈起连小阿瑟都能毫无困难地跟上的步伐。就在此时，默林看到一辆深红色的敞篷轿车，挂着漂亮的镍制装饰品，缓慢地溜到路边，停下了。里面坐着卡罗琳。

她穿着一身黑色的、非常合身的、点缀着紫色花朵的长裙，腰部饰有一束兰花。默林吃了一惊，然后胆怯地凝视着她。在他婚后的八年中，这是他第一次遇见这个姑娘。但她已不是个姑娘了。她的身材还像以往一样苗条——也许并非完全如此，因为那种假小子般的狂妄，那种傲慢的青春气息，变成了初露光芒的艳丽的双颊。但她仍然很美，而且庄重得多了，还有着幸运的二十九岁那迷人的容貌。她十分得体而冷静地坐在车里。默林注视着她，简直都喘不过气来了。

突然，她微笑了一下——还是过去那样的微笑，就像复活节及其花朵那么妩媚，比往日更加温柔了。但是，不知怎的，没有九年前在书店见到的那第一次微笑的光彩和无限的期望了。这微笑虽然更为刚强，但失去了幻想，有些悲凉。

然而，仍然十分温柔，而且是发自内心的，足以让两个穿着礼服的年轻人匆匆赶过去，将他们的高帽子从汗湿得发亮的头发上举起，激动地朝着她的敞篷车鞠躬。她那紫色的手套轻轻地触摸了一下他们的灰色手套。而且马上就有另外一个人，接着是两个人参与了进来。敞篷车旁迅速围起越来越多的人群。默林听到身边的年轻人对他可能是很喜欢的同伴说：

“就给我一分钟，有个人我必须去打个招呼。你径直往前走，我会追上来的。”

过了三分钟，敞篷车前面、后面、旁边的每一英寸地方，全由男人占领了。他们力图说出一句俏皮话，能透过嘈杂的谈话声，一直送进卡罗琳的耳中。对默林来说，幸运的是，小阿瑟的衣服碰巧要破了，奥利芙匆匆带他到一幢楼旁去做一些临时的修补，默林这才有机会不受干扰地注视着街上的这个集会。

人群越聚越多。第一排人后面站了一排，后面又站了两排。而在人群中间，卡罗琳庄严地坐在被人群淹没的汽车里，就像在一束黑色花朵中亭亭玉立的一支兰花。她频频点头，打招呼，而且如此真诚而快乐地微笑着，以至于突然又有一批绅士离开了妻子和伙伴，朝她大步走去。

这时，开始有些仅仅出于好奇的人加入这个庞大的人群方阵。一些不可能认识卡罗琳的不同年龄段的男人都挤了过去，融入直径越来越大的人群。于是，那位身着紫色花朵衣裳的女士成了一个巨大的临时礼堂的中心。

她的周围全是一张张脸庞：有的胡子刮得很干净，有的满腮胡须，有年长的，有年轻的，还有说不准年龄的；偶尔，还有个把妇女。人群迅速蔓延到对面的马路边。这时，从转弯角上的圣安东尼教堂又走出来一些订有包厢的教徒。人群涌上了人行道，并挤到马路对面的一座豪宅尖利的铁栅栏旁了。在马路上飞驰的汽车被迫停了下来。不一会儿，人群边上就停了三排、五排、六排小车；那些像海龟一样爬行的头重足轻的公共汽车也全给堵住了。车上的乘客十分激动地挤到车顶的边上，往下张望着人群的中心。当时，从人群边上几乎已经看不到那里了。

拥挤现象变得很骇人。耶鲁大学对普林斯顿大学的足球赛赛场上的时髦观众、世界职业棒球锦标赛上大汗淋漓的观众都无法与这盛装的人群相比。这些人谈着、张望着、笑着，朝那位穿着黑紫色衣裳的女士按着喇叭。十分惊人，也十分可怕。在离街区四分之一英里的地方，一名几乎暴跳如雷的警察在打电话给他的辖区；就在这个拐角上，一名吓坏了的公民砸碎了火警报警器的玻璃，向市内所有消防车奏响了疯狂的警笛。在某幢高楼的一间高层套房中，一位歇斯底里的老处女不断地给执行强制禁令的法官、处理布尔什维克主义事务的特别代表以及贝尔维医院的产房打电话。

喧闹声越来越厉害了。第一辆救火车开来了，向周日的天空中喷洒烟雾。它叮叮当当地朝着发出回声的高墙送来响亮而刺耳的声音。听说城里发生了什么可怕的灾难，两位激动的教会执事马上下令举办特别礼拜，并敲响了圣希尔达教堂和圣安东尼教堂的大钟，圣西蒙教堂和使徒教堂时刻戒备着的钟声也立即响了起来。连远处的赫德森河和东河都可以听到骚动的声音。渡船、拖船和远洋轮船都用忧郁的节奏拉响了警报声和汽笛声，这些声音时而刺耳，时而低沉，时而不断重复，声音从河边大道越过整个城市的上空传到东南边的银色水面上……

穿着黑紫色衣裳的女士坐在敞篷车的中央，愉快地先同第一批冲到可通话距离的少数穿着礼服的幸运儿中的一个人聊一会儿，然后又同另一个人聊一会儿。过了一会儿，她带着渐渐不满的神色朝四周和身边扫了一眼。

她打了个呵欠，问离她最近的那个人，是否能跑到什么地方去给她弄杯水来。那人有些尴尬地表示抱歉。他无法挪动手脚。他甚至无法去搔搔自己的耳朵……

当河上的汽笛声第一次划破长空之时，奥利芙把最后一只别针别在阿瑟的连衫裤上，然后抬起头来。默林看见她吃了一惊，就像逐渐变硬的水泥一样慢慢地僵硬起来，然后发出低声的惊讶而不满的喘息声。

“那个女人，”她突然喊了一声。“喔哟！”

她朝默林瞟了一眼，目光中夹杂着谴责和痛苦。然后，二话不说，一手抱起小阿瑟，另一只手抓住她的丈夫，居然迂回曲折、跌跌撞撞地穿过了人群。不知怎的，人们都为她让路；不知怎的，她能一直抓着她的儿子和丈夫；不知怎的，她终于走过了两个街区，衣冠不整、披头散发地来到了一个空旷的地方，接着丝毫没有放慢步子，就沿着旁边一条小路冲去。当人群的喧闹声终于消逝，变成远处隐隐约约的嗡嗡声时，她才放慢脚步，并把小阿瑟放到地上。

“星期天也这样！她的脸丢得还不够吗？”这是她唯一的评论。话是对阿瑟说的。在这一天剩下的时间里，她似乎都是在对阿瑟说话。出于某种奇怪而奥妙的原因，在整个撤退过程中，她没望过她丈夫一眼。

四

在淡泊世事的人看来，三十五岁至六十五岁之间的年代，就像无法解释的、令人困惑的不断旋转的木马一样度过的。是的，这些年代就像一个步履蹒跚、气喘吁吁的旋转木马，起初漆的是彩色，然后是单调的灰色和棕色，但总是错综复杂，极其混乱，令人无法忍受。根本不像童年和少年时期的旋转木马，当然，也根本不像青年时代有一定路线的、充满活力的过山车。对大多数男女来说，这三十年是逐渐脱离生活的年代，先是从有许多掩体、有青年时代无数娱乐和爱好的前沿阵地退到掩体少一些的阵地，泯灭了我们百分之九十九的抱负，娱乐只剩下一个，朋友也所剩无几，就是面对他们，我们也已经感到麻木不仁了。最后以一个孤独而凄凉的据点告终，这个据点并不坚固，炮弹可恶地从这里飞过，但我们已听不清楚了，我们时而感到害怕，时而感到疲乏，就坐在那里等死了。

不过，默林四十岁时同三十五岁时没有多大差别；只是肚子大了一些，两鬓有些泛白，走路肯定是缺少了生气。他的四十五岁与四十岁之间的差别也不大，不过有人说他的左耳有点聋。但是到五十五岁，这个过程就异常迅速地起了化学变化。对他的家人来说，他一年比一年更“老”了，对他妻子说来，他几乎成了老头子。当时，他已经成了那家书店唯一的老板。那位神秘的蒙莱特 · 奎尔先生已经死了五年了，他妻子活得也不比他久。奎尔先生早就把所有的存货和店铺转让给了默林。默林还在店里过日子。现在，他已经熟悉人类三千年来写下的几乎所有书籍的名称，成了活的目录册、成了封面设计和装帧的权威、 对开本和首印本的权威。

店里确实藏有一千位作家的书籍，但他从来看不懂这些书，当然也从未看过这些书。

到六十五岁，他明显地衰老了。他养成了令人伤感的老人的习惯。就像标准的维多利亚时代的喜剧中常常扮演的第二号老人角色的模样。他会花上许许多多空余的时间去寻找放错了地方的眼镜。他“唠唠叨叨地指责”妻子，反过来也接受她的指责。他一年三四次在家人聚会的饭桌上说着同样的笑话，他给儿子一些希奇古怪、不可思议的处世的教导。从智力上和体力上来说，他根本不同于二十五岁时的默林·格兰杰，似乎已不适于再用同一个名字了。

他仍在书店里工作，请了一个年轻人帮忙，当然，他认为这个青年确实很懒惰。还有一位新的年轻女子加夫尼小姐。麦克拉肯小姐很老了，同他一样老朽了，但仍然在记账。小阿瑟已经去华尔街卖债券了，当时所有的年轻人似乎都在干这一行。当然，就该这样。让老默林尽量从书中去获取愉快吧——年轻的阿瑟王的位置就该在会计事务所里。

一天下午四点钟，默林穿着软底鞋悄悄地溜到书店前面的店堂里去监视那个年轻职员，这是他最近养成的习惯（说实话，他也为这种习惯感到羞耻）。当时他不经意地从前窗望出去，费劲地将他那已经不济的目光投向街上。一辆很大的、奇特而又豪华的高级轿车停到了路边。司机下车后同车内的人谈了几句，转过身来，犹犹豫豫地朝蒙莱特·奎尔书店门口走来。他推开了店门，笨拙地走了进来，忐忑地望着那位戴着便帽的老人，用混浊而阴沉的嗓音对他说话，声音好像是透过浓雾传过来的。

“你们……你们……卖版本书吗？”

默林点点头。

“算术书在店堂的后面。”

司机取下了帽子，搔了搔毛茸茸的、剃着平头的脑袋。

“啊，不是的。我要的是侦探小说。”他用大拇指朝后指指那辆高档轿车。“她在报上看到的。首版的。”

默林的兴趣来了。这可能是一桩大买卖。

“啊，版本书。是的。我们曾经登广告，宣传过一些首版本，不过，侦探小说，我……想……没有……书名是什么？”

“我忘了。讲犯罪的。”

“讲犯罪的。我有……嗯，我有《博尔吉亚家族的罪行》，封面完全是用摩洛哥皮制成的，一七六九年伦敦版，很漂亮的……”

“不，”司机打断说，“这是一个人犯的罪。她看见你们在报上说有卖的。”他用行家的神气否定了几本可能的书名。

“西尔弗·邦斯，”过了一会儿，他突然蹦出了一句。

“什么？”默林问，他觉得这是对他神经坚强度的考验。[1]

“西尔弗 · 邦斯。就是那个犯罪的人。”

“西尔弗 · 邦斯？”

“西尔弗 · 邦斯。也许是个印度人。”

默林摸了摸灰白的双颊。

“天哪，先生，”这位想买书的人说，“如果你不想让我被人痛骂，你就想一想。要是事情办不成，那位老夫人会发疯的。”

但是，默林对西尔弗 · 邦斯这个书名的思考与他仔细搜索书架一样毫无效果。五分钟以后，那个非常沮丧的车夫回到他女主人那里去了。透过玻璃窗，默林能看到，高档轿车内显然发出了巨大的吼声。司机拼命做着无辜的、哀诉的手势。显然不起作用。因为他转身爬进司机座位时，神情十分懊恼。

这时，高档轿车的车门打开了，走出一个苍白而瘦削的年轻人，二十来岁，穿着不太时髦，手中拿着一根手杖。他走进书店，从默林身旁走过，动手拿出一支香烟，点着了。默林向他走去。

---

① 默林之所以感到毛骨悚然是因为西尔弗 · 邦斯（Silver Bones）的英文意思是“白花花的尸骨”。

"我能为你做些什么吗，先生？"

"老兄，"那个年轻人冷冷地说，"有几件事。首先，你让我在这儿把烟抽了，不要让轿车里的那位老夫人看到。她正好是我奶奶。她是否知道我在成年前抽烟关系到我是否能拿到五千美元。第二件事是你应该找一下上星期天你们在《泰晤士报》上做过广告的《西尔威斯特·邦纳德的罪行》的首版本，我的那位奶奶正好要从你手上买走这本书。"

侦探小说！某人的罪行！白花花的尸骨！一切都清楚了。默林解脱地窃笑了一声，似乎在说，如果生活让他养成了喜欢某件事的习惯的话，他一定会很喜欢这件事的。他蹒跚地走到店堂后面放宝贝的地方，去拿他最近投资的这本书。那是在一次收藏品大拍卖的会上，他很便宜地买到的一本书。

当他拿着书走回来时，那个年轻人正吸着香烟，极其满足地喷出大量的烟雾。

"天哪！"他说。"她让我紧跟着她，整天办一些无聊的差使，所以这是我六个小时以来第一次抽烟。我问你，一个吃牛奶—吐司时代的衰弱老太可以左右一个男人个人好恶时，世界会成什么样子？我刚好是不愿意被人如此左右的。让我们来看看这本书。"

默林小心翼翼地将书递给他，年轻人毫不在意地打开了它（这让书商心中怦然一跳），然后用拇指翻着书页。

“没有插图啊？”他说。“好吧，老兄，值多少钱？说吧！我们愿意给你出个好价钱，不过我不知道为什么要这样做。”

“一百美元，”默林皱着眉头说。

年轻人吃惊地吹了声口哨。

“唷！好了。你不是在同乡下人做生意。我恰好是城里人，我奶奶恰好也是城里人，不过我承认，要有一种特殊的税收拨款才能养活她。我们给你二十五美元，而且我告诉你，这就很大方了。我们阁楼上，在放着我旧玩具的阁楼上有很多书，那些书都是在写这本书的作者出生以前就写成的。”

默林变得强硬了，表现出严峻，甚至惊恐。

“你奶奶给了你二十五美元来买这本书？”

“不是。她给了我五十美元，但是她想找回些零钱的。我了解那位老太。”

“你告诉她，”默林庄严地说，“她错过了一笔极好的生意。”

“给你四十，”年轻人力劝说。“好了……你要明事理，不要让我们耽搁……”

默林挟着这本珍贵的书，转过身去，正想把它放回到办公室专门的抽屉里，突然受到了干扰。店门不是被推开，而是前所未有地被猛地撞开的，走进那昏暗店堂的是一位穿着黑色丝绸服装和毛皮大衣的豪华幽灵。她迅速地朝他冲过来。年轻的城里人手中的香烟掉下去了，他还不由自主地说了一声，“见鬼！”但是受到来人最大、最意外影响的人却是默林。这影响太强烈了，令他店中那最珍贵的宝贝从他手中掉了下去，与地板上的香烟躺在一起。站在他面前的竟然是卡罗琳。

她是个老妇人了。她保养得非常好，有着非凡的姿色，身子骨异常挺拔，但终究是个老妇人了。她头发很软，白得很美，穿着很讲究，戴着首饰；她脸上像贵妇人似的搽着胭脂，但眼角已呈现出皱纹，两条更深的线条像支柱似的连接着她的鼻子和嘴角。她的眼神没有光泽，显得很生气，怨气冲天。

但她是卡罗琳，毫无疑问：尽管是衰老了，但仍是卡罗琳的容貌，尽管行动不那么利索，僵硬了一些，但仍是卡罗琳的身材；还是卡罗琳的作风，明显地夹杂着可爱的蛮横和令人羡慕的自信；而最重要的是卡罗琳的嗓音，虽然嘶哑而颤抖，但其中仍有某种音调能使司机们愿意去开类似洗衣店货车那么大的轿车，能让生长在城市中的孙子扔掉手中的香烟。

她站在那里，用鼻子嗅着。她的眼睛发现了地板上的香烟。

“这是什么？”她嚷道。她不是在提问，只是一连串的怀疑、谴责、确认和决定。她略微思索了一下，就对她的孙子说，“站起来！站起来把尼古丁从你肺里吐出来！”

那年轻人惊惶地望着她。

“吐气！”她命令说。

他微微地噘起了嘴唇，朝空中吐着气。

“吐气！”她又说了一遍，比刚才更专横。

他又吐了口气，无助地、可笑地。

“你是否知道，”她尖刻地说，“你在五分钟内失去了五千美元？”

在那一瞬间，默林以为那年轻人会跪地求饶。但是人性就是这么高尚，他还站在那里，甚至再次向空中吐了口气，既是因为紧张，无疑也是蒙眬地希望能讨好奶奶。

“小傻瓜！”卡罗琳嚷道。“再有一次，只要再有一次，你就得离开学校去打工。”

这个威胁对年轻人产生了十分强烈的影响，他的脸色比他的本色更加苍白了。但是卡罗琳还没说够。

“你以为我不知道你和你的弟兄们，是的，还有你那愚蠢的父亲，是怎么看我的？是的，我知道。你们以为我老得不中用了。你们以为我心软。我没有！”她用拳头捶了一下自己，似乎要证明她浑身都是肌肉和筋骨。“而且就是在某一个阳光明媚的日子，你们把我摆在客厅里时，我的头脑也要比你和其他那些人生来聪明。”

"可是，奶奶……"

"别出声。你这个骨瘦如柴的小子，要不是因为我有钱，你很可能成为布朗克斯区刚出师的理发师……让我看看你的手。哎哟！一双理发师的手。你想对我油嘴滑舌，我可是曾经有过三个伯爵、一个道地的公爵一直跟着我从罗马来到纽约市，且不说那六七个拥有罗马教皇头衔的人了。"她停下来喘口气。"站起来！吐气！"

年轻人驯服地吐着气。此时，店门打开了，一位激动的中年绅士冲进店来，走到卡罗琳跟前。他身穿大衣，头戴饰有毛皮的帽子。不仅如此，他的上嘴唇和下巴上似乎也饰有同样的毛皮。

"总算找到您了，"他喊道。"我把整个城市都找遍了。打电话到您家，您秘书告诉我，他觉得您是去了一个叫蒙莱特的书店……"

卡罗琳生气地朝他转过身去。

"我雇你是为了让你来怀旧的吗？"她厉声说道。"你是我的导师还是我的经纪人？"

"您的经纪人，"那个毛茸茸的人承认，他感到有点吃惊。"请您原谅。我是来谈留声机股票的。我可以以一百零五元的价格出手。"

"那就干吧。"

"很好。我本来想，最好还……"

“去卖了它。我在同我孙子谈话。”

“很好。我……”

“再见。”

“再见，夫人。”那个毛茸茸的男子微微地欠了下身，就有点慌张地匆匆离开了店铺。

“至于你，”卡罗琳转身对她孙子说，“你就待在原地，别出声。”

她朝默林转过身去，用并非不友好的目光从头到脚打量了他一番。随即微微一笑，默林发现自己也在微笑。过一会儿两人都发出一阵嘶哑却是发自内心的笑声。她抓起默林的胳臂，匆匆地把他拉到店铺的另一边。他们在那里站住了，面对面地又发出长长的一阵衰老的笑声。

“这是唯一的方法，”她以一种恶意的胜利神气喘了口气，“唯一能让我这种老人高兴的事，就是能让其他人围着自己团团转。老而有钱，再有些贫穷的后代，就像年轻漂亮又有些丑陋的姊妹一样有趣。”

“啊，是的，”默林轻声地笑道。“我懂。我羡慕你。”

她眨着眼睛，点点头。

“我最后一次来这里，是四十年前的事了，”她说，“当时你是一个很喜欢热闹的年轻人。”

“是的，”他承认。

“我的到来，一定对你很重要吧！”

“你一直是这样的，”他大声地说。“过去我觉得……起初我总是觉得你是个真实的人……我是说，是充满人性的人。”

她大笑了一声。

“许多人觉得我没有人性。”

“但是，现在，”默林激动地接着说，“我懂了。只有我们老人才能懂得……在一切都显得不重要之后，才懂得。现在我知道，那天晚上，你在桌上跳舞时，你就是我对一个美丽而又任性的女人的浪漫的渴望。”

她那年迈的眼睛出神地望着，她的声音不过是一个忘却了的梦的回响。

“那晚我跳得多疯呀！我记得的。”

“你想告诉我，奥利芙的胳臂要抓住我了。你是在告诫我，要自由，要保留青春岁月，不要承担责任。但这就像是最后一刻出现的音响效果，来得太晚了。”

“你老了，”她令人费解地说。“我当时并没有想到这点。”

“我也没忘记我三十五岁那年你对我做的事情。那次交通堵塞让我震动。那是一次动人的努力。你当时散发出的美丽和力量！连我妻子都意识到了你的存在，她怕你。有多少个礼拜，我想在夜色中溜出那屋子，通过音乐和鸡尾酒以及让我变得年轻的姑娘，忘却乏味的生活。不过我当时不知道怎么办。”

“而现在，你太老了。”

她有点畏惧地走了回去，离开了他。

“是的，离开我！”他喊道。“你也老了；精神同皮肤一起衰老了。你来这里难道仅仅是为了告诉我一些我最好要忘却的事情：老而穷也许比老而富更可怜；来提醒我我的儿子常当面数落我倒霉的失败？”

“把书给我，”她严厉地命令道。“快点，老家伙！”

默林又看了她一眼，然后耐住性子执行了。他捡起那本书，递给了她。当她递给他一张钞票时，他摇了摇头。

“干吗要可笑地付给我钱？有一次你曾让我毁了整个店铺。”

“是的，”她生气地说，“我还很高兴。也许人们曾经干过许多事毁了我。”

她望了他一眼，一半是鄙视，一半是难以掩饰的不安。然后尖刻地对她那个城里人孙子说了句话，就朝店门走去。

她就这样走了，走出了他的书店，走出了他的生活。店门咔嗒一声关上了。默林叹了口气，转过身去，蹒跚地走回到那个用玻璃隔着的小房间，在那里保存着多年来泛黄的账本，还坐着那位衰老的、满脸皱纹的麦克拉肯小姐。

默林带着某种奇怪的怜悯看着她那干瘪的、布满皱纹的脸庞。不管怎么说，她从生活中所获得的要比他少。没有不由自主地出现的叛逆性的、罗曼蒂克的情绪在值得纪念的时刻为她的生活增添情趣和光彩。

这时麦克拉肯小姐抬起头来对他说：

“还是个劲头十足的老家伙，不是吗？”

默林吃了一惊。

“谁？”

“老艾丽西亚·戴尔。当然，她现在是托马斯·阿勒戴斯太太；当了三十年了。”

“什么？我听不懂。”默林突然坐到他的转椅上；眼睛睁得溜圆。

“怎么，格兰杰先生，你当然不会告诉我说，你已经把她给忘了。有十来年，她曾经是纽约最臭名昭著的家伙。喔唷，当她还是思罗克莫顿离婚案中的当事人时，一度在第五大道上引起了多大的轰动，甚至出现了交通堵塞。你不是在报上看到了吗？”

“我从来不大看报的。”他那老朽的脑子在飞快地运转着。

“好了，你不会忘了她到这儿来毁了这店的那一幕吧。我告诉你，我差一点要向蒙莱特·奎尔先生讨了薪水不干了。”

“你是说……你看到她了？”

“看到她！当时那么吵，我怎么能看不见。天知道，蒙莱特·奎尔先生也不喜欢这事，不过，他当然没说什么。他迷上了她，她可以让他围着她的小手指团团转。他只要一反对她的怪念头，她就会威胁他要去向他妻子告发他。他活该。那种人居然会想到去追求一个漂亮的女骗子！当然对她来说，蒙莱特·奎尔先生从来不够富有，哪怕当年这家书店的收益还不错。”

“不过，当我见到她时，”默林结巴地说，“我是说，当我觉得我见到她时，她是同母亲住在一起的。”

“母亲，胡说！”麦克拉肯小姐气愤地说。“当时有一个她称之为‘姑姑’的女人，但那人像我一样，同她没有任何亲戚关系。噢，她是个坏女人……不过很聪明。在思罗克莫顿离婚案之后，她马上就嫁给了托马斯·阿勒戴斯，让她的一生有了保障。”

“她是谁？”默林喊道。“看在上帝分上，她是什么人……一个女巫？”

“怎么了，她是艾丽西亚·戴尔，是个舞女，当然了。当年，你只要翻开报纸就能看到她的照片。”

默林很安静地坐着，他的脑子突然感到累了，不转了。现在，他确实是个老人了，老得他无法想像自己曾年轻过，老得他觉得整个世界都没有什么魅力了，世界的魅力没有转移到子女们的脸上，也没有变成持续舒适而温暖的生活，而是超出了看得见、感受得到的界限。他再也不会微笑了，再也不会长时间地坐着幻想，幻想春天的傍晚孩子们的欢叫声会透过他的窗户，逐渐变成他儿时的朋友在那里呼唤他在暮色最后降临之前出去游玩的声音。现在他已经太老了，连回忆都没有了。

当天晚上，他坐在那里同妻子和儿子一起吃晚饭，他们总是拿他当作谈论的话题。奥利芙说：

“别像个骷髅头似的坐在那里，说点什么。”

“让他安静地坐着吧，”阿瑟吼道。“如果你怂恿他，他会给我们讲一个我们已经听过一百遍的故事。”

九点钟，默林异常安静地走上楼去。他走进自己的房间，把房门紧闭上之后，就靠在门上站了一会儿，瘦削的四肢都在颤抖。他现在知道自己过去一直是个傻瓜。

“啊，赤褐色的女巫！”

但一切都太晚了。他抑制了太多的诱惑，所以惹怒了天公。剩下的只有天堂，在那里他只会遇到那些同他一样浪费了世间生命的人。

裘　因译

未分类的重要作品

幸福的辛酸

一

如果你查阅一下二十世纪最初几年的旧杂志，你间或会发现，在理查德·哈丁·戴维斯[①]、弗兰克·诺里斯[②]以及早已故去的其他作家的作品当中夹有一个杰弗里·柯顿的作品：一两本小说，或许还有三四十个短篇故事。如果你感兴趣，你会一直翻阅下去，譬如说直到一九〇八年这些作品突然消失为止。

当你把它们阅读完毕之后，你会相当肯定，这里没有什么杰作，有一些还算过得去的有趣的故事。现在看起来有点过时了，但无疑还可以用它们在牙医诊所里消磨无聊的半小时的。写这些故事的人很聪明、有才气，文笔很漂亮，很可能还很年轻。在他那些典型的作品中，你会发现，它们只能让你对生活中的某些怪事产生点兴趣，不会有发自内心的笑声；不会有毫无收获的感觉；也没有什么悲剧的味道。

看完后，你会打个呵欠，把杂志放回架上，如果你在某个图书馆的阅览室里，你也许想换换口味，去翻一下当时的报纸，看看日本人有没有占领阿瑟港。但是如果你碰巧选对了报纸，而且翻到了戏剧版，你的眼神就会被吸引住，至少有一秒钟时间，你会马上忘记阿瑟港，就像忘记蒂埃里城堡③一样。因为你会有幸看到一位高雅的女士的照片。

那是弗洛罗道拉④和六重唱的时代，时兴束腰和灯笼袖、裙撑之类，而且必须穿芭蕾裙。不过，尽管她穿着异常僵化而老式的服装，但无疑仍是蝴蝶中的蝴蝶。这里有着那个时代的欢乐：令人陶醉的眼神、激动人心的歌声、祝酒和花束、跳舞和晚宴。这是双座马车上的维纳斯，是焕发青春光芒的吉布森⑤少女。这是……

……你看了相片下面的名字后得知，这是某个罗克珊·

---

① 理查德·哈丁·戴维斯（Richard Harding Davis，1864—1916），美国作家和报人，曾任《费城纪录报》记者、《哈泼斯周刊》主编，主要作品有小说《加莱尔及其他故事》、剧本《兰森的蠢事》、《独裁者》等。

② 弗兰克·诺里斯（Frank Norris，1870—1912），美国小说家，其作品促进了美国自然主义流派的形成，代表作有《麦克梯格》、《小麦史诗》三部曲（第三部《狼》未完成）等。

③ 蒂埃里城堡（Château Thierry），法国北部中央的一个城镇，位于马恩河边。在第一次世界大战中，第二次马恩战役（1918 年）就发生于此。

④ 弗洛罗道拉（Florodora）是二十世纪百老汇歌舞剧中第一部比较成功的作品，作者为吉米·戴维斯。1899 年 1 月 11 日在伦敦首演，连演 455 场，1900 年到纽约演出，连演 552 场。里面有一首最有名的歌是一首六重唱《请告诉我，美丽的姑娘》。身高和身材都一样的六位演员被称为弗洛罗道拉姑娘，当时很受人们追捧。

⑤ 吉布森（Gibson，1867—1944），美国插图画家，以其妻为模特所作的《吉布森少女》曾广为流传，其著名作品还有《狄更斯的人物》、连环画《皮普先生的教育》等。

米尔班克，她曾经当过歌女和《雏菊花环》中的替角，但是由于那位明星生病她替补演出时表现十分出色，终于赢得了主角的地位。

你会再看一下，并且感到奇怪，为什么你从未听说过她。为什么她的名字没有留在通俗歌曲中、轻歌舞剧的玩笑和雪茄乐队中，没有同莉莲·拉塞尔①、斯特拉·梅休②和安娜·赫尔德③一起留在你那喜欢寻欢作乐的老爷叔的记忆里？罗克珊·米尔班克——她去了哪里？是哪一扇黑色的活板门突然打开，将她吞了进去？在上周日副刊中嫁给英国贵族的那些女演员的名单中，肯定没有她的名字。毫无疑问，她是死了。可怜的年轻美女。被人遗忘了。

我抱有太大的希望。我让你看到了杰弗里·柯顿的故事和罗克珊·米尔班克的照片。几乎无法令人相信的是，六个月以后，你会在报上发现一条新闻，只有二乘四英寸那么大小的一条新闻，悄悄地通报公众，正在与《雏菊花环》剧组一起进行巡回演出的罗克珊·米尔班克小姐嫁给了那位颇受欢迎的作家杰弗里·柯顿先生。后面还轻描淡

---

① 莉莲·拉塞尔（Lillian Russell，1861—1922），美国女歌唱家、演员，善演轻歌剧。

② 斯特拉·梅休（Stella Mayhew，1875—1934），百老汇女演员。

③ 安娜·赫尔德（Anna Held，1873—1918），美国女演员、百老汇明星，以表情丰富的眼睛和牛奶浴著称。

写地加了一句，“柯顿太太将退出舞台。”

这是一桩爱情婚姻。他是个宠儿，已不再迷人；她天真烂漫，并非无法抗拒。他们就像两根飘浮着的木头，面对面地撞上了，就这样一起飞奔而去。然而，即使杰弗里·柯顿再写四十年，也不可能写出比他自己生活中发生的一切更为希奇古怪的事。即使罗克珊·米尔班克再演三四十个角色，让五千个剧院场场爆满，她也绝不可能有一个角色会比上天注定的罗克珊·柯顿的命运更为欢乐，更为绝望。

他们在旅馆里住了一年，曾到加利福尼亚、阿拉斯加、佛罗里达、墨西哥去旅行。他们很相爱，有时也有些小吵小闹，他常洋洋得意地用他的智慧巧妙地嘲弄她的美貌。他们都很年轻，充满激情。什么都要，又因为极其无私和骄傲而放弃了一切。她爱他欢快的语调，也爱他疯狂而又毫无根据的嫉妒。他爱她的天真快活的神态，洁净的眼眸，爱她温暖而光芒四射的热情的微笑。

“你不喜欢她吗？”杰弗里会相当激动而又腼腆地问。“她不是很美吗？你难道见过……”

“是的，”旁人会笑嘻嘻地回答。“她是个奇迹。你很幸运。”

一年过去了。旅馆住厌了。他们在马洛镇附近买了一幢老房子和二十英亩土地。那里离芝加哥有半小时的路程。他们还买了一辆小轿车，带着连巴尔伯亚[1]都会感到困惑的拓荒者的幻觉，热热闹闹地搬了过去。

“你的房间在这里！”他们相继喊道。

然后又喊：

“我的房间在这里！”

“等我们有了孩子，育儿室在这里。”

“我们要造一个凉台……啊，明年吧。”

他们是四月搬去的。七月，杰弗里最亲密的朋友哈里·克伦威尔来待了一周。他们在长长的草地尽头迎接他，并且自豪地催他进屋。

哈里也结婚了。他的妻子大约在六个月前生了个孩子，现在还在纽约她母亲处调养身子。罗克珊从杰弗里处得知，哈里的妻子不像哈里那么讨人喜欢。杰弗里曾见过她一次，认为她“浮浅”。但是哈里结婚已近两年，显然很幸福。所以杰弗里猜测，她很可能不错……

“我在做饼干，”罗克珊一本正经地聊着。“你妻子会做饼干吗？厨师正在教我怎么做。我想每一个女人都应该知道怎么做饼干。这听上去是无可非议的。一个能做饼干的女人肯定不会……”

“你们必须来这儿居住，”杰弗里说。“像我们这样，在

---

① 巴尔伯亚（Balboa，1475—1519），西班牙探险家，于1513年发现太平洋。

乡下找个地方，供你和基蒂住。”

“你不了解基蒂。她讨厌乡下。她必须要有剧院和轻歌舞剧。”

“带她出来，”杰弗里重复了一遍。“我们会凑成一个聚居点。这里已经有了很棒的一群人。带她出来吧！”

这时，他们已经来到门廊的台阶边上，罗克珊兴致勃勃地朝右边一个破旧的建筑物一指。

“车库，”她说。“一个月以后也会变成杰弗里的写作室。还有，七点开晚饭。现在我要去调鸡尾酒了。”

两个男子朝二楼走去，不过他们只走了一半，在第一层楼梯平台上，杰弗里就放下了客人的小提箱，用半是询问半是呼喊的口气大声说：

“看在上帝分上，哈里，你喜欢她吗？”

“我们上楼去，”他朋友答道，“关起门来说。”

半小时以后，他们正一起坐在书房里，罗克珊又一次从厨房里出来，手里端着一盘饼干。杰弗里和哈里站起身来。

“真好看，亲爱的，”丈夫热切地说。

“真精致，”哈里嘟哝道。

罗克珊笑容满面。

“尝一块！在给你们看之前，我不忍心碰它们，只有在我知道它们的味道之后才能把它们端回去。”

“像神赐的食物，宝贝。”

两位男士同时将饼干拿到嘴边，尝了一口。他们同时想换个话题，但是这骗不了罗克珊。她放下盘子，抓起一块饼干。过了一会儿，她非常悲哀而又斩钉截铁地作出了评论：

“真难吃！”

“实际上……”

“嗯，我并不觉得……”

罗克珊哈哈大笑。

“喔哟，我真没用，”她笑着嚷道。“休了我吧，杰弗里，我是只寄生虫；一点用处都没有……”

杰弗里一把拥住了她。

“宝贝，我会吃你的饼干的。”

“不管怎么说，它们看上去很美，”罗克珊坚持说。

“它们……它们可以用来做装饰品，”哈里说。

杰弗里急切地采纳了他的意见。

“说得对。它们可以用作装饰品；真是一些杰作。我们可以把它们利用起来。”

他匆匆走到厨房里，拿了一把锤子和一些钉子回来。

“我们把它们利用起来。天哪，罗克珊！我们可以用它们来当饰带。”

“不要，”罗克珊尖叫道。“我们漂亮的房子！”

“没事儿。我们打算十月份换书房的墙纸，你不记得了吗？”

“不过……”

呼！第一块饼干钉在墙上了，它在墙上抖动了一会儿，像个有生命的东西。

呼！……

当罗克珊拿着第二巡鸡尾酒回来时，那些饼干已垂直地排成了一行，一共十二块，就像人们收藏的一排古代矛头。

“罗克珊，”杰弗里喊道，“你是画家！当厨师？……胡扯！你该为我的书画插图！”

晚餐时分，天色渐渐暗了。再过一会儿，外面就是满天星斗，到处都飘扬着罗克珊漂亮的白色衣裙和她低沉的格格笑声。

——她真是个小姑娘，哈里想。年纪比基蒂小。

他将两人比较了一下。基蒂易激动，但不灵敏，喜怒无常而没有气质，一个似乎是迅速掠过而从不发光的女人；而罗克珊年轻得像春天的夜晚，一切都体现在她独有的少女笑声中。

——与杰弗里很相配，他又一次想道。两个非常年轻的人，这种人会一直很年轻，直到有一天他们突然发现自己老了。

哈里在这样思考的时候，并没有忘却对基蒂的思念。基蒂让他感到很沮丧。他觉得她身体已经很好了，可以带着他的小儿子回到芝加哥了。当他在楼梯下面对朋友和他妻子说晚安时，也隐约地思念着基蒂。

“你是第一个真正来我们家居住的客人，”罗克珊在他身后嚷道。“你不感到激动和骄傲吗？”

当哈里在楼梯角上消失时，罗克珊朝杰弗里转过身去，这时她丈夫正站在她身边，一手抓着楼梯的扶手。

“你累了吗，最最亲爱的？”

杰弗里用手指摸了摸前额的中央。

“有一点。你怎么知道的？”

“喔唷，我怎么会不了解你呢？”

“头痛，”他忧郁地说。“要裂开似的。我去吃些阿司匹林。”

她凑过身去将灯关了。他的手臂紧紧地挽着她，两人一起上楼了。

二

哈里在那里待了一周。他们驾车在梦境一般的小道上飞驰或者快乐而无所事事地在湖面上或草地上闲逛。傍晚，罗克珊坐在室内，给他们弹琴，而他们燃着的雪茄烟灰在渐渐变白。过后，基蒂发来了一份电报，要哈里到东部去接她。这么一来，只剩下罗克珊和杰弗里单独相处了，他们两人却似乎对此从不感到厌倦。

“单独相处”再次让他们感到激动。他们在家里来回走动，相互都亲切地感受到对方的存在；他们像度蜜月的新婚夫妇一样坐在桌子的同一边；他们感到十分陶醉，异常幸福。

马洛镇虽然是个比较古老的居民点，只是在最近才形成了一个“社会”。五六年以前，两三对“住在平房里的”年轻夫妇对芝加哥烟尘的扩散感到惊恐，搬了出来；他们的一些朋友也就随之而来。杰弗里·柯顿夫妇找到了一个已经形成的“团体”，准备欢迎他们。一个乡村俱乐部、舞厅和高尔夫球场在敞开双臂迎接他们，还有打桥牌的牌友、打扑克的同伴、喝啤酒和什么都不喝的聚会。

哈里走了一周之后，柯顿夫妇去打扑克了。当时有两张牌桌，相当多的年轻妻子在抽着烟，大声打赌，那副样子在当时看来异常鲁莽，有点像男人。

罗克珊早早地离开了牌桌，闲逛去了；她走进食品室，找到了一些葡萄汁。喝啤酒会让她头痛。然后，她从一张牌桌转到另一张牌桌，从人们的肩膀后边去看他们的双手。同时她也关注着杰弗里，感到愉快而宁静，很满足。杰弗里正思想高度集中地举着一副五颜六色的纸牌。罗克珊从他眼眉间深深的皱纹看出他很感兴趣。她喜欢看见他对一些小事全神贯注的样子。

她静静地走过去，坐在他椅子的扶手上。

她在那儿坐了五分钟，听着男人们断断续续的激烈评论和女人们的闲聊。这一切像一层薄薄的烟雾从桌面上升起，而她却什么也没听见。然后她很随意地伸出手去，想放在杰弗里的肩上。但是她的手刚触到他，他就突然一惊，急促地咕哝了一声，然后使劲朝后一甩胳臂，向她的肘部斜撞过去。

人人都惊呆了。罗克珊身子摇晃了一下，轻轻地喊了一声，迅速站了起来。这是她一生中最大的震惊。做这种动作，这种本能的、野蛮手势的人，居然会是杰弗里，那个善良而体贴的心上人!

人们惊讶过后出现了寂静。十几双眼睛转向杰弗里，他抬起头来，似乎第一次看到罗克珊，脸上露出了疑惑的神情。

“怎么了……罗克珊……”他吞吞吐吐地说。

十几个人的脑海中迅速出现了一些怀疑，一些流言蜚语。这对夫妇表面上看起来十分恩爱，背后会不会隐藏着某种奇怪的厌恶情绪？否则，怎么会在如此晴朗的天空冒出这样的火星?

“杰弗里! ”罗克珊的声音是在恳求。她又惊又恐，但是她知道这是个误会。她根本没想要谴责他或对此表示不满。她的话音是一种焦虑的哀求——“告诉我，杰弗里，”她说，“告诉罗克珊，你的罗克珊。”

“怎么了，罗克珊……”杰弗里又一次开口说。那疑惑的神情变成了痛苦。他显然像罗克珊一样吃惊。“我不是有意的，”他接着说，“你吓了我一跳。你……当时我觉得好像有人在袭击我。我……多么……唉，多么愚蠢！”

“杰弗里！”她又一次祈求，这声音是穿过这一新的、无法测定的黑暗而对上帝的祈祷。

他们两个人都站了起来，说着再见，又结结巴巴地表示抱歉，解释了一番。没有人想随随便便忽略此事。这是渎圣的想法。他们说，杰弗里身体不好。他变得有些神经质。他们两人的内心却充满着那一击带来的无法解释的恐怖，这是对顷刻间他们之间不可思议地出现的某种东西——他的怒气和她的恐惧——的惊惶。现在这一切对他们两个人来说都是一种伤痛，无疑是短暂的，马上可以弥补的，马上，而且有的是时间。是不是他们脚下冲过了湍流，有某种不祥的鸿沟飞快地掠过?

他们驾车在获月[①]下奔驰，杰弗里显得有些语无伦次。他说，对他来说，这简直是……无法理解的。他当时正在考虑扑克牌，很专注，对他肩膀的触摸似乎是一次袭击。一次袭击！他抓住了这个词，把它扔出来当挡箭牌。他当时很讨

① 获月，是指9月22日或23日秋分后两周内的第一次满月。

厌别人碰他。他的手一挥，就没事了。那种紧张就没了。他就知道这一些。

二人都热泪盈眶，在辽阔的夜空下，他们低声互诉衷情，任凭马路的宁静的街道在身边驰过。过了一会儿，等到上床时，两人都已经很平静了。一周之内杰弗里将停止所有的工作，就是闲逛，睡觉，长时间地散步，直到精神不再紧张为止。他们做出了这样的决定之后，罗克珊就觉得安全了。头下的枕头变得柔软而舒适了，他们躺着的那张床显得又宽又白净，在从窗外射进的月光下显得非常安详。

五天以后，傍晚天刚凉快一点，杰弗里抓起一把栎木椅子从自己家的前窗扔了出去。然后像一个孩子似的躺在睡椅上，可怜巴巴地抽泣着，祈求快点死去。他脑子里一个玻璃弹子那么大小的血块破裂了。

三

有时候，一个人一两夜没睡觉，就会产生白日做噩梦的感觉，一个人在极度疲劳之后看到第二天的太阳时，会感到周围的生活质量发生了变化。这种感觉会让人清晰地感到他所过的日子只不过是生活的一个枝杈，与生活的关系就像电影或者镜子，人物、街道和房屋只不过是非常模糊而混乱的过去的一些投影。在杰弗里生病的最初几个月，罗克珊觉得自己就处在这种状态。她只有累极了才睡觉。醒来时头上是一片乌云。长时间认真的会诊、客厅里淡淡的药味、突然要在屋内蹑手蹑脚地行走（过去这里总是响着许多轻快的脚步声），尤其是躺在他们曾共享的床上的枕头中间的杰弗里苍白的脸——这一切都压抑着她，使她变得无法逆转地苍老了。医生们说有希望，但仅此而已。他们说要长期休息，而且要保持安静。于是责任就落到罗克珊肩上。她得去付账单，翻阅杰弗里的银行存折，同他的出版商交涉。她老是待在厨房里。她从护士那里学习如何准备杰弗里的食物，第一个月刚过，她就全部接管了病房。为了节约开支，她不得不辞退护士。同时，两个黑人姑娘中，也有一个走了。罗克珊意识到，他们以前是靠一个个短篇故事过日子的。

最经常来的客人是哈里·克伦威尔。这样的消息让他感到震惊和沮丧。尽管他妻子现在同他一起住在芝加哥，他还是能找出时间一个月出来几次。罗克珊欢迎他的同情。这个男人的某种忍受苦难的品质、一种与生俱来的怜悯心，让她觉得他在身边时比较舒服。罗克珊的性格突然变得深沉了许多。她有时觉得，除了杰弗里，她还失去了子女，那些她现在特别需要而且本该拥有的子女。

杰弗里倒下后六个月，罗克珊去看望哈里的妻子。那时噩梦已经消退，留下的不是过去的世界，而是一个新的世界，更灰暗、更凄凉的世界。当时她在芝加哥，发现离火车开车还有一小时，就决定去作一次礼节性拜访。

她一走进房门，马上就有个印象，这套房间很像她以前见过的某个地方，而且几乎立刻就想起了她童年时代马路转弯角上的一家面包房，里面摆满了一排排粉红色的速冻蛋糕的面包房。那是一种令人窒息的粉红色，像食品似的粉红色，张扬的粉红色，简直俗不可耐。

这套房间就是这样的。它是粉红色的。也散发着粉红色的味道!

克伦威尔太太穿着粉红色和黑色相间的晨衣，打开了房门。她的头发是黄色的。罗克珊估计她是每周在洗头水中加入了过氧化氢，染出来的。她的眼睛是浅蓝色的，她很标致，故意显得很文雅。她的热诚张扬而过分，仇恨极其迅速地变成殷勤，让人觉得两种感情都只不过是做在脸上和说在嘴上，而从来没有触及过她内心深处的利己主义，也从未被触动过。

不过，对罗克珊来说，这些都是次要的。那件晨衣抓住了她的眼神，而且不可思议地将她吸引住了。晨衣非常脏。在下摆以上四英寸的地方全是地板上蓝色的灰尘。再上去三英寸，是灰色的。然后再渐渐露出它的本色——粉红色。袖子很脏，领子也这样。在这个女人转身领她进客厅时，罗克珊能肯定，她的脖子也很脏。

克伦威尔太太一个人喋喋不休的谈话开始了。她不厌其烦地谈着她的好恶、她的头、她的胃、她的牙齿、她的住房。她无礼地有意不去提及罗克珊的生活。她似乎认为罗克珊遭到了打击，不希望谈起这些事情。

罗克珊微笑着。这样的晨衣！这样的脖子！

过了五分钟，一个小男孩蹒跚地走进客厅——一个肮脏的小男孩穿着肮脏的粉红色连衫裤。他的脸蛋也是脏兮兮的。罗克珊很想将他搂入怀中，擦擦他的鼻子。他脑袋附近的其他部位也需要擦擦干净。他的小鞋子已露出脚趾了。真是无法形容！

“多可爱的小男孩啊！”罗克珊笑容满面地惊呼道。“上我这儿来。”

克伦威尔太太冷漠地看着她儿子。

“他总是脏脏的。瞧那张脸！”她歪着脑袋，挑剔地打量着他。

“他真可爱，”罗克珊又说了一遍。

“他的连衫裤，”克伦威尔太太皱起了眉头。

“你该换衣服了，是吗，乔治？”

乔治好奇地望着她。在他心中，连衫裤也就是一件与这一件一样的表面很脏的衣服。

“今天早晨我曾经想把他打扮得像样一些，”克伦威尔太太抱怨道，似乎她的耐心已经到头了，“结果我发现，他没有更多的连衫裤了，所以与其让他什么也不穿地到处乱跑，还不如让他重新穿上这一件……还有他的脸……”

“他有几条裤子啊？”罗克珊的声音愉快而好奇。她本该问，“你有几把羽毛扇？”

“嗯……”克伦威尔太太皱起她漂亮的眉头思考着。“我想有五条。我知道很多。”

“花五毛钱就可以买一条。”

克伦威尔太太的眼睛显出惊讶的神色，似乎还有某种优越感。谁在乎连衫裤的价格！

“真能买到吗？我不知道。他其实有不少衣裳，但是我已经整整一个礼拜没有空将要洗的衣服送出去。”然后，她就把此事当作无关紧要的事情撇在一边了……“我该给你看些东西……”

她们站起身来，罗克珊跟着她走过一间开着门的浴室，浴室的地上到处扔着衣服，说明要洗的衣服的确是有些日子没送出去了。接着走进了另一个房间，可以说是典型的粉红色房间。这是克伦威尔太太的房间。

在这里，女主人打开了一个壁橱的门，在罗克珊眼前展现出许多令人惊异的女式内衣。有几十件薄膜似的有花边的漂亮丝织品，全都很干净，没有皱褶，似乎还没穿过。这些内衣旁边挂着三件崭新的晚礼服。

“我有一些漂亮的衣服，”克伦威尔太太说。“但是没有什么机会穿。哈里不喜欢外出。”她的声音中露出了怨气。“他让我白天当保姆和管家，晚上当个亲爱的妻子，就很满足了。”

罗克珊又微微一笑。

“你这里是有些漂亮的衣服。”

“是的，我有。让我给你看……”

“很漂亮，”罗克珊又说了一遍，打断了她。“不过我要赶火车，我得快点走了。”

她感到自己的手在颤抖。她想把双手放在这个女人的身上，摇晃她——摇晃她。她想把她锁在什么地方，然后动手擦地板。

“很漂亮，”她又说了一遍，“不过我只能待一会儿。”

“好吧，我很遗憾哈里不在家。”

她们朝房门走去。

“……噢，”罗克珊费劲地说，不过她的声音还是很温柔，她的嘴唇也在微笑。“我想你可以在阿盖尔的店里买到那种连衫裤。再见 。”

直到她到了车站，买好了去马洛的车票，罗克珊才意识到，这是六个月中她第一次有五分钟时间没有想到杰弗里。

四

一周以后，哈里出现在马洛了。他出人意料地在五点钟来了。他沿着过道走过来，疲乏地倒在走廊的椅子里。罗克珊本人也忙碌了一天，累坏了。五点半，几个医生要来，要带纽约的一位著名的神经科专家过来。她很激动，而且异常抑郁。但是一看到哈里的眼神，她就在他身旁坐下了。

“出什么事了？”

“没什么，罗克珊，”他否认道。“我是来看看杰夫怎么样了。你不用招呼我。”

“哈里，”罗克珊坚持说。“一定出什么事了。”

“没事儿，”哈里又说了一遍。“杰夫怎么样？”

忧虑使她的脸色暗淡了下来。

“他情况更糟了一点，哈里。朱厄特医生从纽约来了。他们觉得他会给我一个肯定的结论。他要设法找出这次瘫痪同起初的血块是否有关。”

哈里站起身来。

“啊，对不起，”他急促地说。“我不知道你们在等医生会诊。我不该来的。我原以为我可以在你们走廊的摇椅里坐上一小时……”

“坐下！”她命令道。

哈里迟疑着。

“坐下，哈里，听话。”这时她的善意喷薄而出，将他团团围住了。“我知道，出了什么事了。你的脸色白得像一张纸。我去给你拿一瓶凉啤酒。”

他立刻瘫倒在椅子上，用双手遮住了脸。

“我无法让她幸福，”他慢吞吞地说道。“我努力过，我努力过。今天早晨我们为早餐的事争了几句。我一直是在街上吃早餐的。好，我刚去上班，她就离家出走了，带上了乔治和一只装满了有花边的内衣的箱子到东部她母亲家去了。”

“哈里！”

“而且我不知道……”

碎石道上传来阵阵嘎吱嘎吱的声音。有一辆汽车弯进了宅前的车道。罗克珊发出了一声轻轻的呼喊。

“是朱厄特医生。”

“噢，我就……”

“你就等一下，好吗？”她心不在焉地打断了他。他看到他的问题已经从罗克珊脑海中的那个忧虑的区域消失了。

在尴尬的片刻中，大家马虎而随便地介绍了一下，然后哈里就跟着这群人走进屋去，看着他们消失在楼梯上。他走进书房，在一个大沙发上坐了下来。

有那么一小时，他看着阳光沿着花布窗帘的图案皱褶往上移动。在一片寂静中，堵在窗框里的一只黄蜂发出了阵阵嗡嗡声。从楼上也不时传来另外一种嗡嗡声，就像几只更大的黄蜂堵在更大的窗框里一样。他听见低沉的脚步声，瓶子的碰撞声，倒水的声音。

他和罗克珊干了什么，生活要这样狠心地打击他们？楼上，人们正在对他朋友的心灵进行性命攸关的诊治。他却坐在一个安静的房间里听着黄蜂的哀诉，就像小时候，一位严厉的姑姑逼他在椅子上坐一小时，为某种错误接受惩罚。但是，现在是谁让他坐在这儿的？哪位凶恶的姑姑从天上探出身来给他惩罚……为什么？

对于基蒂，他感到完全绝望了。她太奢侈了。这是无法解决的困难。他突然恨起她来了。他想把她扔在地上，踢她，告诉她，她是个骗子和吸血鬼，她很肮脏。再说啦，她该把儿子给他。

他站起身来，在房间里来回踱步。他听见有人与他在同一时间开始在楼上的过道上走动。他发现自己一直在想，他们两人的步子是否会合拍，直到那人走到过道的尽头。

基蒂去她母亲那里了。喔唷，什么样的母亲啊！他想设想一下她们之间的会面：一脸委屈的妻子倒在母亲的怀里。他想不出来。他无法相信，那个基蒂会有深深的悲痛。他已经逐渐习惯于把她当成一个无法亲近的冷漠的家伙。当然，她会离婚的，而且最终她还会再婚。他开始考虑此事。她会嫁给谁呢？他辛酸地大笑了一声，又停住了。他眼前掠过一个画面：基蒂的双臂抱着一个他看不清脸孔的男人，基蒂的嘴唇紧贴着另一个人的嘴唇，其中当然还有激情。

“天哪，”他大声喊道。“天哪！天哪！天哪！”

然后，出现了一连串密集的画面。今天早晨的那个基蒂消失了；那肮脏的晨衣卷了起来，不见了；撅嘴、发火、眼泪，一切都冲走了。她又成了基蒂·卡尔——满头金发，长着一对孩子气大眼睛的基蒂·卡尔。啊，她曾经爱过他，她曾经爱过他。

过了一会儿，他觉察到自己有点不对劲，这事与基蒂和杰夫都无关。这是另外一种性质的事情。他终于惊讶地发现：他饿了。很简单！他该马上去厨房，向那个黑人厨师要一块三明治。吃过之后他该回城了。

他在墙边停了一会儿，碰到了一个圆形的东西，心不在焉地拨弄了一下，放到嘴里尝了一下，就像婴儿咬一个好看的玩具一下。他的牙咬了一下——啊！

她把那件该死的晨衣留下了，那件肮脏的粉红色晨衣。他以为，她本可以识相地把它带走的。它挂在家里就像他们病态结合的尸体。他会想法将它扔掉的，但他又绝不会忍心去扔它。它就像基蒂，柔软又顺从，却又无动于衷。你是无法触动基蒂的，你无法触及基蒂，也没有什么可触及的。他非常了解这一点，他一直是了解的。

他伸手到墙上去拿另一块饼干，使劲地把它连同钉子一起拽了出来。他仔细地将钉子从中间拔掉，懒散地想着，他刚才吃第一块饼干时是不是连钉子一起吃了下去。真荒谬！他该记住的，那可是一颗大钉子。他摸摸自己的胃。他一定是很饿了。他想了一下，记起来了：昨天他没吃晚餐。那天女佣休息，基蒂就躺在房间里吃巧克力糖。她说她感到“透不过气来”，无法忍受他待在身边。他给乔治洗了个澡，把他放到床上，然后坐到躺椅上，想休息一会儿再去弄自己的晚餐。哪知就在躺椅上睡着了，到十一点左右才醒来，却发现冰箱里除了一小匙土豆色拉之外什么也没有。他就吃了这点东西，加上他在基蒂镜台上发现的几颗巧克力糖。今天早晨他在城里匆匆地吃了早餐去上班。但是到了中午，他开始担心基蒂，决定回家去带她出来吃午餐。再后来，就是他枕边的一张纸条。壁橱里的那堆内衣不见了，她还留下了要把她的行李箱送过去的指令。

他从来也没有这么饿过，他想。

五点钟[①]，当特别护士踮着脚下楼时，他正坐在沙发上凝视着地毯。

“克伦威尔先生吗？”

---

① 原文如此。

“是啊，有事吗？”

“啊，柯顿太太无法在晚餐期间与您见面了。她身体不舒服。她让我告诉您，厨师会为您做些吃的，这里还有一间空的卧室。”

“你说，她病了？”

“她正躺在她房间里。会诊刚结束。”

“他们……他们是不是做出了什么决定？”

“是的，”护士低声地说。“朱厄特医生说，没有希望了。柯顿先生可能活很久，但是他再也看不见了，再也不能动弹或者思考了。他只能呼吸。”

“只能呼吸？”

“是的。”

护士记得，她曾经见过书桌旁有一排十二个奇怪的圆形的东西，她还朦胧地以为是某种奇特的装饰品呢，这时她发现那里现在只剩一个了。其他几个到哪里去了呢，现在只有一排小小的钉子孔了。

哈里茫然地追随着她的目光，然后站起身来。

“我想我不会留下来的。我想还有班火车。”

她点点头。哈里拿起了帽子。

“再见，”她和气地说。

“再见，”他答道，似乎在自言自语；而且，显然是出于某种下意识的需要，他在走向房门的路上停了一小会儿。护士看见他把最后的一块东西从墙上摘了下来，放进了口袋。

然后他打开纱门，走下走廊的台阶，消失在她视线之外了。

五

过了一阵，杰弗里·柯顿住宅外墙干净的白色油漆经过多年来七月里的阳光照射，老老实实地变成灰色了。油漆剥落了。那些容易破碎的旧漆面将要大块大块剥落，它们向外倾斜着，就像一些正在做荒唐体操的老人，最后倒在下面杂草丛生的地上，腐烂，死去。屋前一些廊柱上的油漆出现了裂纹；左手边门柱上的白球给碰掉了；绿色的百叶窗变黑了，后来就根本没有色彩了。

这里开始成了脆弱的人们避之犹恐不及的住宅。有个教会在对角的地方买了一块地作墓地，墓地再加上“柯顿太太同那个僵尸住的地方”，足以给那路段投上魑魅魍魉的阴影。这并不是说人们都抛弃了罗克珊。有些男人和妇女会来看她，在她去城里购物时与她会面，用他们的车送她回家。由于她微笑中仍散发着魅力，他们还会进屋同她谈一会儿，休息一下。但是不了解她的男子再也不会在街上用仰慕的目光追随她了。她的美貌已蒙上一层透明的面纱，破坏了它的活力。不过这既没有给她增添皱纹，也没有增加肥胖。

她在村子里出了名，人们传说着她的许多小故事。一年冬天，乡下全结了冰，货车和小轿车都无法行驶，这时她学会了溜冰。这样她可以节省去杂货铺和药房的时间，免得让杰弗里长时间地一个人待着。据说，自从他瘫痪以后，每天晚上她都握着他的手，睡在他床边的一张小床上。

人们谈起杰弗里·柯顿时，总是把他当成死人似的。随着时光的流逝，那些曾经认识他的人有的死了，有的搬走了——只有五六个曾经在一起喝鸡尾酒，用教名称呼对方妻子的老人还认为，杰夫几乎是马洛镇上最聪明、最有才气的人。现在，对偶尔来访的客人来说，杰夫仅仅是柯顿太太有时要表示抱歉并匆匆上楼的原因；是某个周日下午沉重的气氛中传到寂静的客厅中的一声呻吟或尖叫。

他不能动弹；他完全瞎了，聋了，而且毫无知觉。他整天躺在床上，只有每天早晨罗克珊整理房间时才把他挪到轮椅上去。他的瘫痪渐渐向心脏扩散。起初，在第一年中，罗克珊握着他的手时，有时能感觉到他极轻微的回应性的握力。以后就没有了。这种反应在一个傍晚停止以后再也没有恢复，尽管罗克珊整整两晚上没有合眼，凝视着夜色，想知道消失了什么，他灵魂的哪一个部分又飞走了。那些受损的衰弱神经最后还能让脑子有多少理解力。

从此以后，希望就破灭了。要不是她不间断的守护，那最后一点火星也早就熄灭了。每天早晨，她给他刮胡子，给他洗澡，亲自将他从床上搬到椅子上，又搬回床上。她总是待在他的房间里，拿药，整理枕头，同他谈话，就像一个人对几乎通人性的狗谈话一样，不希望听到回答或得到欣赏，只是一种蒙眬的习惯的信念，失去信仰时的一种祈祷。

不少人，其中还有一位著名的神经科专家，明白地告诉她，这么多的护理是毫无用处的，如果杰弗里有意识的话，他会宁愿死去。如果他的灵魂在更广阔的空中翱翔，他不会同意她作出这样的牺牲，这只会给他完全摆脱躯体的羁绊增添麻烦。

"不过，你要知道，"她轻轻地摇头回答道，"当我嫁给杰弗里时是……一直要等到我不再爱他为止。"

"但是，"人们抗议说，"事实上你无法爱这样的人。"

"我能爱以前的他。除此之外，我还能干什么呢？"

专家耸耸肩，走了。只是说，柯顿太太是个非凡的女人，就像天使一样可爱……但是，他又说一句，非常可怜。

"一定有人，或者是好多人，非常希望照顾她……"

偶尔也有这样的人。有几个人开始时也满怀希望，最后却都怀着崇敬的心情离开了。非常奇怪，这个女人只有对生活，对世人的爱。她会将自己也买不起的食物送给流浪汉，她会关心在肉柜上卖给她一块便宜肉的小贩。而另外一方面的感情全投在那个毫无意识的木乃伊身上了。他的脸像罗盘上的一根指针，总是机械地朝着光亮，默默地等待着最后的浪潮来淹没他的心脏。

十一年以后的一个五月的夜晚，窗台上还残留着注射器的味道，微风还在将外面的蛙声和蝉鸣吹送进来，杰弗里却死了。两点钟，罗克珊醒来，突然意识到屋子里终于只剩下她一个人了。

六

此后，有很多个下午她都坐在那久经风霜的走廊上，凝视着逐渐伸向白色和绿色城镇的起伏的田野。她在想，她将如何安排自己的生活。她三十六岁了，端庄，健康，而且是自由身。这些年来，杰弗里的保险金全用完了。她已经很不情愿地处理掉了她家右面和左面的田地，甚至将住宅也抵押了一小笔款子。

丈夫的死亡让她在肉体上感到极大的不安。她忘不了早晨必须照看他的事情，忘不了匆匆忙忙赶去镇上的情况，在肉店和杂货铺与邻居们短促而又特别重要的会面；忘不了要做两个人的饭，为他准备鲜美的流质食品的时光。有一天，她鼓足了劲，走出去把整个花园都铲了一遍，这是多年未曾做过的事情。

晚上，她孤独地待在曾经目睹她婚姻的光辉和痛苦的房间里。为了再次见到杰夫，她从精神上回味着那美妙的一年，那种亲密的、激情的陶醉和情义，而不是期待说不准的黄泉相会；她常常醒来躺在那里，希望她身边还有他的存在，哪怕是毫无生气但仍能呼吸的——终究还是杰夫。

他死后六个月的一天下午，罗克珊坐在走廊上，身上穿着一件黑色长裙，这使她的身材显得一点也不丰满。正是小阳春的季节，四周是一片黄灿灿的色彩，只有树叶的沙沙声打破着宁静。在西边，四点钟的太阳正在火红的天空中射出缕缕红色和黄色的阳光。大多数小鸟都已归巢了，只有一只在柱子上边筑了巢的麻雀还在断断续续地叫着，有时还在头顶上拍翅飞过。罗克珊把椅子移到可以看得见它的地方，脑海中懒洋洋地想着下午要来的知心朋友。

哈里·克伦威尔要从芝加哥来吃晚饭。哈里在八年前离婚后，一直是这里的常客。他们一直保持着他们之间的那种传统：他来了以后，他们会去看杰夫；哈里会坐在床边，用真诚的声音问道：

"喂，杰夫，老兄，今天你感觉如何？"

罗克珊站在旁边，目不转睛地望着杰夫，幻想着对这个过去的朋友依稀的认知会掠过那损坏的脑海。但是那只苍白的、雕刻品似的脑袋，只会缓慢地用它唯一的姿势朝亮光转去，似乎在已经瞎掉的双眼后面有什么东西在探索另一种早就失去的亮光。

这样的访问延续了八年。在复活节、圣诞节、感恩节，还有许多周日，哈里都来看杰夫，然后会同罗克珊在走廊上聊很久。他对她非常虔诚。他不想隐瞒，也不想深化这种关系。她是他最好的朋友，就像躺在床上的那一堆肉曾经是他最好的朋友一样。她象征着平静、安宁，象征着过去。他自己的悲剧，也只有她一个人知道。

哈里来参加了葬礼，但从那以后，他工作的那家公司将他派到东部去了，只有出差才能来到芝加哥附近。罗克珊已经写信给他，请他有机会来一次。他在城里待了一夜，就乘火车出来了。

他们握了一下手，哈里就帮她把两只摇椅搬在一起。

“乔治怎么样？”

“他很好，罗克珊。好像喜欢上学了。”

“当然，送他去上学是唯一的办法。”

“当然了……”

“你很想他吧，哈里？”

“是的，我是想他。他是个有趣的孩子……”

他讲了许多乔治的事。罗克珊很感兴趣。下次假期应该把乔治带来。她一生中才见过他一次：一个穿着肮脏的连衫裤的小男孩。

罗克珊让哈里看报，自己去准备晚饭。今晚她有四块排骨，还有从自家花园里摘下的一些新鲜蔬菜。她把一切都放好了，然后叫上他，一起坐下来，继续谈论乔治。

“要是我有个孩子……”她会说。

过后，哈里尽可能给她讲一些有关投资的小建议，两人就到花园里散步，这里停一下，那里站一会儿，发现这里曾经有一条水泥长凳，那里曾经是网球场……

“你记不记得……”

接着他们就谈起一连串的回忆：他们大家都拍快照的那一天，杰夫骑在小牛上的情景也给拍下来了；还有哈里给杰夫和罗克珊画的素描，两人懒散地躺在草地上，头几乎都要碰着了。这里本该有一个有顶篷的棚架，把设在谷仓里的写作室同住宅连接起来，这样下雨天杰夫也可以到那里去。当时格子棚架已经开始建了，现在却只剩下一块三角形的破架子，还同住宅连在一起，像一个破旧的鸡棚。

“还有那些薄荷冷饮！”

“还有杰夫的笔记本！你还记得吗，哈里，我们把它从他口袋里拿出来大声朗读一页资料时，是如何哈哈大笑的？他有多生气？”

“简直是疯了！他就是这样对待一个写作的人。”

两人沉默了一会儿，然后哈里说：

“当时我们还想在这里买一块地。你还记得吗？我们想买旁边的二十英亩。还有我们想举办的聚会！”

又静默了一会儿，这次是罗克珊的轻声提问打破了宁静。

“你有没有听到她的消息，哈里？”

“啊……是的！”他平静地承认。“她在西雅图。又嫁了一个叫霍顿的人。似乎是木材大王。我想，比她大多了。”

“她表现得好吗？”

“是的……我是这么听说的。你知道，她现在什么都有了。没什么可干的，只要晚餐时为这个人打扮一下就行了。”

“我懂。”

哈里毫不费力地换了个话题。

“你打算保留这幢房子吗？”

“我想，是的，”她说着点点头。“我在这儿住了那么久了，哈里，要搬家似乎太可怕了。我曾经考虑去当受过培训的看护，但是，这当然意味着要离开。我几乎决定要当家庭旅馆的老板娘了。”

“住在那里？”

“不，办一个。当家庭旅馆的老板娘，很特别吗？无论如何，我要雇一个黑女人，夏天能住八个客人左右，冬天，如果找得到的话，可住两三个。当然，房子必须要重新粉刷，内部要装修一下。”

哈里想了一下。

“罗克珊，唉……你自然最了解你能做些什么，但是这确实让人很震惊，罗克珊。你来这里时是个新娘。”

“也许，”她说，“这就是我不介意留在这儿当家庭旅馆老板娘的原因。”

“我还记得那一炉饼干呢。”

“喔唷，那些饼干，”她喊道。“不过，从我听说你吞掉它们的情景来看，它们还不至于那么难吃吧。那天我的情绪真糟，但是当护士给我讲那些饼干时，我不知怎的大笑了起来。”

“我发现那十二个钉子孔还在杰夫钉它们的书房墙上呢。”

“是的。”

这时，天色已经很暗了。空气中已经有了霜冻的气息，一阵微风将最后的一片树叶吹落在地。罗克珊微微地哆嗦了一下。

“我们还是进屋去吧。”

哈里看了一下手表。

“很晚了。我得走了。明天我得去东部。”

“你非走不可吗？”

两人就在门廊下站了一会儿，看着似乎是纯银颜色的月亮从远处湖面上升起。夏天已经过去了，现在是小阳春。草地上很冷，没有薄雾，也没有露水。他走以后，罗克珊会进屋去，点亮汽灯，关上百叶窗，而他则会沿着小路走到村子里去。对这两个人来说，生活来去匆匆，没有留下怨恨，只有怜悯；没有失望，只有痛苦。当他们两人握手时，月光如水，两人都能看到对方眼睛里凝聚着的深情。

裘　因译

黏糊先生

一出十分离奇的独幕剧

场景：八月的一个极具田园牧歌情调的下午，西伊萨克郡的一间茅屋外。黏糊先生古怪地穿着伊丽莎白时代农夫的服装，正在摆弄他的罐子和泥块。他是个老人，早就过了壮年，不再年轻了。根据他讲话时的喉音和他心不在焉地反穿外套的情况，我们可以推测他是个不拘小节的人物。

一个小男孩彼得正躺在他身旁的草地上。彼得当然是像照片里的沃尔特·罗利爵士[①]一样，用手掌支撑着下巴。彼得长相端正，他的灰色眼睛看起来很严肃，又有些忧郁，甚至阴森，还有一种不食人间烟火的神气。在吃过有牛排的晚餐之后，往往会有这种神态。他正入迷地望着黏糊先生。

一片寂静……鸟鸣声。

彼得： 夜里我常坐在窗边看星星。有时我想它们是我的星星……（庄重地）我想，有朝一日我会变成一颗星星……

黏糊先生：（古怪地）是的，是的……是的……

彼得： 这些星星我都认得：金星、火星、海王星、格洛莉娅·斯万森[2]。

黏糊先生： 我对天文学一窍不通……我在想伦农，孩子。我想起了女儿，她去当打字员了……（他叹了口气。）

彼得： 我喜欢厄尔萨，黏糊先生；她胖胖的，圆圆的，那么健壮。

黏糊先生： 抵不上在她身上花的钱，孩子。（他在罐子和泥块堆上绊了一下。）

彼得： 你的哮喘病怎么样了，黏糊先生？

黏糊先生： 更糟了，感谢上帝！……（悲观地）我已经一百岁了……不行了。

彼得： 我觉得，自从你不再放火之后，生活一直是顺顺利利的。

黏糊先生： 是的……是的……你知道，彼得，孩子，我

---

① 沃尔特·罗利爵士（Sir Walter Raleigh，1554？—1618），英国探险家，女王伊丽莎白一世的宠臣，早期的美洲殖民者，因被指控阴谋推翻詹姆斯一世而被监禁在伦敦塔，后被处死。著有《世界史》、散文、诗歌等。

② 格洛莉娅·斯万森（Gloria Swanson，1898—1983），电影女演员，生于芝加哥。好莱坞默片时代的大明星，以主演一系列爱情喜剧片闻名，曾三次获奥斯卡奖提名。彼得是从天上的星星联想到了电影明星。

五十岁的时候经过了一次改造，在监狱里。

彼得： 你又做错了事？

黏糊先生： 比那更糟。在我刑满释放前一周，他们坚持要把他们即将处死的一个健康年轻犯人的腺体组织移植到我身上。

彼得： 你从此获得了新生？

黏糊先生： 获得新生！它将老毛病又放进了我体内！这个年轻的罪犯显然是个郊区的夜盗，有盗窃癖。与此相比，闹着玩地放点小火算得了什么！

彼得：（畏惧地）多可怕！科学是个屁玩意！

黏糊先生：（叹了口气）现在我已经把它压下去了。不是每个人一生中都得制服两种腺体组织的。哪怕得忍受孤儿院中所有兽性的待遇，我也不会再接受一组腺体了。

彼得：（思考着）我想你不会反对一个和蔼可亲的老牧师的腺体的。

黏糊先生： 牧师没有腺体，他们只有灵魂。

（舞台外传来一阵响亮而低沉的汽车喇叭声，表明一辆大汽车就停在附近。然后一个年轻人穿着漂亮的西装，戴着饰有漆皮的绸帽，走上了舞台。他是一个非常庸俗的人。他与上面出现的两人的精神面貌相比，那反差就像楼厅的第一排座位那么明显。这是罗德尼·迪万。）

迪万： 我来找厄尔萨·黏糊。

（黏糊先生站起身来，颤悠悠地站在两堆泥土中间。）

黏糊先生： 我女儿在伦农。

迪万： 她离开伦敦了。她来这里了。我一直在跟踪她。

（他将手伸进挂在身边放香烟的螺钿小包。抽出一支，划了根火柴点烟。香烟立即点着了。）

迪万： 我等。

（他等候着。几个小时过去了。除了泥土相碰时偶尔发出的啪啪声或嘶嘶声之外，什么声音都没有。如果愿意，这时可以唱几首歌或者让迪万用纸牌变变戏法或者翻个跟斗。）

迪万： 这里真安静啊。

黏糊先生： 是的，很安静……

（突然，出现了一个穿着很花哨的姑娘；她很俗气。这就是厄尔萨·黏糊。她有一张早期意大利油画所特有的那种不匀称的脸庞。）

厄尔萨：（语气粗鲁而庸俗） 爸爸！我来了！要厄尔萨干什么？

黏糊先生：（颤悠悠地）厄尔萨，小厄尔萨。

（他们拥抱了一下对方的身体。）

黏糊先生：（冀望地）你是回来帮忙耕地的？

厄尔萨：（不高兴地）不，爸；耕地多麻烦。我才不呢。

（尽管她口音很重，但说话的内容还是亲切和清楚的。）

迪万：（讨好地）喂，厄尔萨。让我们相互理解一下吧。

（他跨着文雅而均匀的步子朝厄尔萨走去，这种步子曾经让他当上剑桥正步行军队的队长。）

厄尔萨：你还说是杰克？

黏糊先生：她在说什么？

迪万：（和善地）亲爱的，当然了，是杰克。不可能是弗兰克。

黏糊先生：哪个弗兰克？

厄尔萨：就是弗兰克！

（这里可以加一些近乎猥亵的空话。）

黏糊先生：（三心二意地）不要吵架……吵架不好……

迪万：（伸出手想摸摸厄尔萨的胳臂，但动作十分有力，这种动作曾让他成为牛津队的击球手）你还是嫁给我吧！

厄尔萨：（讥讽地）说什么！他们都不肯让我从仆人的入口处进入你的家。

迪万：（生气地）他们不让！别怕……你可以从情人入口处进去。

厄尔萨：先生！

迪万：（慌乱地）我请你原谅。你知道我的意思。

黏糊先生：（感到一阵古怪的痛苦）你要娶我的小厄尔萨？……

迪万： 是的。

黏糊先生： 你的记录是清白的。

迪万： 好极了。我的素质是全世界最好的……

厄尔萨： 可是小节却极坏。

迪万： 在伊顿公学[①]我是联谊辩论俱乐部的成员；在拉格比公学我是淡啤酒俱乐部成员。我是家中的幼子，我命中注定要去当警察……

黏糊先生： 别说这些……你有钱吗？……

迪万： 有的是！我可以让厄尔萨每天上午在不同时段乘坐两辆劳斯莱斯车去市中心。我还有一辆儿童三轮脚踏车和一辆改装的坦克。我在歌剧院包有座位……

厄尔萨：（愠怒地）我只有在包厢里才睡得着。而且我听说，你已经被俱乐部开除了。

黏糊先生： 一个收银员[②]？……

迪万：（垂下了脑袋）我是给开除了。

厄尔萨： 为什么？

---

① 伊顿公学是英国的贵族中学。

② 原文为 cashier，此词用作动词时是“开除”的意思，用作名词是“收银员”之意。这里是黏糊先生误解了。

迪万：（几乎听不出地）有一天，我为了开玩笑把马球藏了起来。

黏糊先生：你的脑子还好使吗？

迪万：（抑郁地）一般啦。再说，辉煌是什么？就是在没人看见时播种，在有人看着的时候去收割的策略。

黏糊先生：小心一点……我不会把女儿嫁给一个只会说俏皮话的人……

迪万：（更加抑郁地）我告诉你，我只是一个平凡的人。我常常会落到固执己见的地步。

厄尔萨：（呆板地）你现在说的一切都无关紧要。我不能嫁给一个认为是杰克的人。弗兰克会……

迪万：（打断她）胡扯！

厄尔萨：（强调地）你是个傻瓜！

黏糊先生：嘘……嘘……不要责怪……要宽容，我的女儿。尼禄[①]说什么来着？“不要怨恨任何人，要宽容所有的人……”

彼得：那不是尼禄说的。那是约翰·德林克沃特[②]说的。

黏糊先生：好了！这个弗兰克是谁？杰克又是谁？

---

① 尼禄（Nero，37—68），罗马皇帝（54—68）。

② 约翰·德林克沃特（John Drinkwater，1882—1937），英国诗人、剧作家和评论家，著有《诗集》，历史题材诗剧《林肯》，自传《继承》和《发现》等。

迪万：（郁闷地）戈奇[1]。

厄尔萨： 登姆普西[2]。

迪万： 我们刚才在争论的是，如果他们是死对头，并且关在一个房间内，那么谁会活着出来。现在我声明，杰克·登姆普西会……

厄尔萨：（生气地）胡扯！他不会有……

迪万：（迅速地）你赢了。

厄尔萨： 那么我又爱上你了。

黏糊先生： 这么说我要失去我的小女儿了……

厄尔萨： 你还有一屋子的子女呢。

（厄尔萨的弟弟查尔斯从茅屋里走出来。他的打扮似乎是要出海，肩上扛着一捆绳索，颈子上挂着一个锚。）

查尔斯：（没看见他们）我要出海！我要出海了！

（他说话的声音有些洋洋得意。）

黏糊先生：（伤心地）你早就去撒过种了[3]。

查尔斯： 我一直在看康拉德[4]的小说。

---

① 弗兰克·戈奇（Frank Gotch，1878—1917），美国摔跤手，1908—1913 年间重量级世界摔跤冠军，1900—1910 年间美国最受欢迎的体育运动员之一。

② 杰克·登姆普西（Jack Dempsey，1895—1983），美国职业拳击运动员，1919—1926 年间最重量级世界冠军。

③ 老先生听觉衰退，把“sea”（海）误听成“seed”（撒种）了。

④ 康拉德（Conrad，1857—1924），美国小说家，当过水手、船长，作品大多描写其航海生活经历，代表作有《水仙号上的黑家伙》等。

彼得：（向往地）“康拉德”，啊！奇利·詹姆斯的《当了两年水手》。

查尔斯： 什么？

彼得： 沃尔特·彼得版本的《鲁宾逊漂流记》。

查尔斯：（对他父亲说）我不能待在这里同你一起瞎混。我要去过我的生活。我要去抓蛇。

黏糊先生： 我会在这里……等你回来……

查尔斯：（轻蔑地）说什么呀，那些蛇听到你的名字就会馋涎欲滴了。

（观众会注意到，有几个人物好久没说话了。如果他们能演奏活泼的萨克斯管乐曲，这场面会活跃多了。）

黏糊先生：（悲哀地）这些溪谷，这些山丘，这些麦考密克[①]收割机……对我的孩子们来说，都毫无意义。我理解。

查尔斯：（亲切一些）那么，你就不会责怪我了，爸爸，理解就是原谅。

黏糊先生： 不……不……我们永远不会原谅我们能够理解的人……我们只能原谅那些无缘无故伤害我们的人……

查尔斯：（不耐烦地）我真讨厌你的处世哲学。而且，

---

① 麦考密克（McCormick， Cyrus Hall，1809—1844），美国企业家、发明家，1831 年发明收割机。

不管怎么说，我讨厌在这里的日子。

（黏糊先生的另外几十个孩子轻快地走出屋子，在草地上摔跤，在罐子和泥块间绊来绊去。他们都在嘟哝“我们要离开”和“我们要离开你”。）

黏糊先生：（心都碎了）他们都要抛弃我。我过去太善良了。孩子不打不成器。真要有俾斯麦[1]的腺体！

（场外传来汽车喇叭声，很可能是迪万的司机等主人等得不耐烦了。）

黏糊先生：（痛苦地）他们不热爱土地！他们不忠于伟大的土豆传统！（他激动地抓起一把泥土，放在自己的光头上揉着。头发长出来了。）啊，华兹华斯[2]，华兹华斯，你说得真对呀！

“现在她不能动弹，没有气力，
她既听不见，也感觉不到；
坐在某人的奥尔兹[3]汽车里，
随着地球每天的转动到处流浪。”

---

① 俾斯麦（Bismark， 1815—1898），他当过普鲁士王国首相和德意志帝国宰相，通过王朝战争击败法、奥，统一德意志，有“铁血宰相”之称。

② 华兹华斯（Wordsworth， William， 1770—1850），英国诗人，作品歌颂大自然，开创了浪漫主义新诗风，曾被封为桂冠诗人。

③ 奥尔兹（Olds， Ransom Eli， 1864—1950），美国发明家、汽车制造商，设计奥尔兹汽车，首创流水线装配法，创建奥尔兹汽车工厂和里俄汽车公司。

(大家都哼着，喊着“生命”和“爵士”，然后慢慢地朝两侧散去。)

查尔斯： 回归大地，是的！十年来我一直在想离开大地！

另一个孩子： 农民可能是国家的脊梁骨，可是谁愿意当脊梁骨呢？

另一个孩子： 我只要能吃到色拉，才不管谁在薅我们国家的莴苣呢！

全体： 生活！心理研究！爵士！

黏糊先生： (挣扎着) 我一定是很古怪吧！就是这么回事儿。生活不算什么，重要的是你给它带来的奇趣……

全体： 我们要去里维埃拉①坐滑梯。我们弄到了皮卡迪利广场②的门票。生活！爵士！

黏糊先生： 等一下。让我给你们读一段《圣经》。随便翻一页吧！人们总能找到与当前处境相关的警句。

(他在一堆泥土上找到了一本《圣经》，随意翻开，开始朗读。)

“亚拿伯、以实提莫、亚念、歌珊、何伦、基罗，共十一

① 里维埃拉 (Riviera)，地中海一地区，在法国东南部和意大利北部，是假日游憩胜地。

② 皮卡迪利广场 (Piccadilly Circus)，英国伦敦剧场和餐馆集中的娱乐中心。

座城，还有属城的村庄。又有亚拉、度玛、以珊……”①

查尔斯：（残忍地）你再买十个投环，重新试一下。

黏糊先生：（重新尝试）“我的佳偶，你甚美丽！你的眼在帕子内，好像鸽子眼。你的头发如同山羊群卧在基列山旁……”②嗨，这段话相当粗俗……

（他的子女都粗鲁地讥笑他，叫喊着“爵士”，“全部生活原来都是启示性的”。）

黏糊先生：（泄气地）今天不灵。（期望地）也许是潮湿了。（他摸了摸《圣经》）是的，潮了……泥土里有水……不灵了。

全体： 潮了！不灵了！爵士！

其中一个孩子： 走吧！我们该去赶六点半的车了。

（这里可插入其他任何提示。）

黏糊先生： 再见……

（他们全走了。剩下黏糊先生一个人。他叹了口气，朝茅屋的台阶走去，躺下来，闭上了眼睛。）

暮色已经降临，舞台上是一片陆地和海洋上从未有过的亮光。没有别的声音，只有远处牧羊人的妻子在用口琴吹着

---

① 《圣经 · 约书亚记》，15:50—52，见《圣经》和合本，汉语圣经协会有限公司2004年5月版，第377页。

② 《圣经 · 雅歌》，4:1，见《圣经》和合本，汉语《圣经》协会有限公司2004年5月版，第1122—1123页。

《贝多芬第十交响曲》中的一段咏叹调。一些灰白色的大蛾飞扑下来，停在老人身上，将他完全盖住了。他却一动也没动。

幕布上下拉动了几次，表明时间过了几分钟。如果黏糊先生抓住幕布，随之上下移动，可以获得很好的喜剧效果。此刻也可以加一些萤火虫或者天真活泼的仙女。

然后，彼得出现了，脸上显得憨厚而亲切。手中拿着什么东西，不时入迷地看看它。他迟疑了一会儿才把它放在老人的尸体旁边，随即悄然退下。

那些蛾子扑来扑去，突然害怕地飞走了。夜色越来越深了，还有一颗小小的白色圆球在发光，随着西伊萨克郡的微风散发出一种奇妙的气味，那是彼得心爱的礼物——一颗樟脑丸。

（演出可以就此结束，但也可以无限制地继续演下去。）

裘 因译

山里姑娘杰米娜

这不算“文学”。只是为充满活力的老百姓写的一篇故事。他们要的是故事，而不只是长篇大论的“心理”描述或“分析”。老兄，你会喜欢它的！在这里看一遍，在电影里看，在唱机上听，在踩缝纫机时去回味。

一件野蛮的事

那是肯塔基山里的一个夜晚。四面八方都高耸着荒芜的山岭。湍湍的山溪沿着山体迅速地来回奔流。

杰米娜·坦特朗在溪边的家庭酿酒场内酿造威士忌。

她是个典型的山里姑娘。

她光着双脚。双手粗大有力，可以一直垂到膝盖以下。从她的脸上可以看出劳动的艰辛。她虽然只有十六岁，可是为了养活年迈的爹娘，她已在山中酿了十来年威士忌了。

她会不时停下手中的活儿，舀上满满一勺纯净而又滋补的液体，把它喝干了，然后带着新的活力，再次投入工作。

她会把黑麦放在大桶里，用双脚将它反复揉踩，二十分钟以后，就制成了完好的产品。

她突然听到一声喊叫，停止了酿酒，抬起头来。

“你好，”那声音喊道。这声音来自一个男人。他穿着一双齐膝的猎靴，刚从树林里钻出来。

“喂，你好，”她闷闷不乐地答道。

“你能告诉我去坦特朗家怎么走吗？”

“你是从下面那个村子来的吗？”

她用手朝下指指山脚下那个叫做路易斯维尔的地方。她从未去过那里。但是有一次，还在她出世以前，她的曾祖父老戈尔·坦特朗曾经陪着两位元帅去过那里，不过就此没有回来。所以坦特朗一家世世代代都学会了惧怕文明。

这个男子感到很有趣。他咯咯地轻声笑着。这是费城人的那种笑声。笑声中的某种音调触动了她。她又喝了一勺威士忌。

“坦特朗先生在哪儿，小姑娘？”他相当和善地问。

杰米娜抬起了脚，用大脚趾朝树林指了一下。

“在那些松树后面的小屋里。老坦特朗是我爹。”

从村子里来的男子谢了她一声，就大步离去了。他浑身散发着青春和独特的气息。他呼吸着山中清新、凉爽的空气，边走边吹着口哨，唱着歌，翻着各式各样的跟头。

酿酒场周围的空气就像酒一样令人陶醉。

杰米娜·坦特朗入迷地注视着他。在这之前，从来没有一个像他这样的人进入过她的生活。

她坐到草地上数她的脚趾头。她数出来的结果是十一。她曾在山里学校学过算术。

山中的世仇

十年前，从山下村子里来的一位女士曾经在山上办过一个学校。杰米娜没有钱，但是她用威士忌来支付学费。她每天早晨带一桶酒到学校，放在拉法热小姐的书桌上。拉法热小姐教了一年书以后，死于酒精中毒引起的震颤谵妄。杰米娜的学习也中止了。

在酿酒场的小溪对面，还有一家酿酒场。那是多尔德鲁姆家的。多尔德鲁姆家和坦特朗家从不来往。

他们互相仇视。

五十年前，老赫克·多尔德鲁姆和老杰姆·坦特朗在坦特朗家因玩纸牌而争吵起来。赫克·多尔德鲁姆将红桃老K扔到杰姆·坦特朗的脸上。老坦特朗气极了，就用方块九朝老多尔德鲁姆击去。其他的几个多尔德鲁姆和坦特朗都参与了进来。一会儿，小屋里就飞满了扑克牌。多尔德鲁姆家的一个年轻人哈斯特朗·多尔德鲁姆躺在地板上，痛苦地翻滚着，有人在他喉咙里塞了一张红桃A。杰姆·坦特朗站在门口，将牌一把一把地扔过去，一脸恶魔似的仇恨。坦特朗老妈站在桌上往多尔德鲁姆家人身上浇滚烫的威士忌。老赫克·多尔德鲁姆终于逃离了那些王牌，他用烟袋左右敲打，把他家族的其他人聚在身边，退出了小屋。然后他们爬上了他们的小公牛，疯狂地奔回家去了。

那天晚上，多尔德鲁姆老人和他的儿子们又来了一次。他们发誓要报仇，在坦特朗家的窗上放了一个的笃叩窗物[①]，在门铃中塞了一个大头针，然后撤离了。

一周以后，坦特朗家在多尔德鲁姆家的蒸馏器里放了鱼肝油。这样，年复一年，世仇在延续着，先是一家人被彻底打败，然后就是另一家。

① 的笃叩窗物，原为儿童于万圣节前夕与人开玩笑的玩物，在门或窗上装一钮扣类东西，上面系一长线至远处，拉动时发出叩击声。

爱情的诞生

小杰米娜天天在小溪的一边酿酒，而博斯科·多尔德鲁姆在他的那一边酿酒。

有时，出于祖传的自发仇恨，两个仇家会相互泼洒威士忌，这时杰米娜回家时身上就会带着法国和菜的味道。

但是眼下杰米娜心事重重，无暇去朝小溪对面张望。

那个陌生人真有意思，他的穿着多奇怪！杰米娜很天真，从来不相信有什么文明的村落。所以她以山里人轻信的性格去相信他们。

她转身朝小屋走去。刚一转身，就有什么东西击中了她的脖子。那是一块海绵，是博斯科·多尔德鲁姆扔过来的，这是一块浸透了小溪对面酿酒场的威士忌的海绵。

“喂，你这个博斯科·多尔德鲁姆，”她用深沉的低音喊道。

“哟！杰米娜·坦特朗。该死的！”他回答说。

她继续朝小屋走去。

那个陌生人正在同她父亲谈话。在坦特朗的土地上发现了黄金。这个陌生人埃德加·爱迪生想用低价将那块地买下。他正在考虑如何将价格压到最低限度。

杰米娜一动不动地注视着他。

他真奇妙。他说话时嘴唇在动。

杰米娜坐到炉台上，注视着他。

突然传来一阵令人毛骨悚然的尖叫声。坦特朗家人都冲向窗前。

是多尔德鲁姆家的人。

他们把公牛拴在树上，人都隐蔽在树丛和花丛中。很快就有许多石头砖块噼里啪啦地打在窗户上，将窗框砸得朝里弯了进去。

“爸！爸！”杰米娜尖叫着。

她父亲把弹弓从墙上的弹弓架上取下，充满爱意地摸了一下那橡皮筋。他朝墙上的枪眼走去。坦特朗老妈走向煤炭投入口。

一场山里的搏斗

那位陌生人终于觉醒了。他疯狂地想攻击多尔德鲁姆家人，他试图从烟囱中爬出去离开这屋子。后来他想，床下可能有门，但是杰米娜告诉他，那里没有门。他在床下和沙发下找来找去，不过每次都是杰米娜把他拉出来并告诉他，那里没有门。他气得发疯，就敲着房门朝多尔德鲁姆家人狂喊。他们不予回答，只是继续朝窗户扔砖块和石头。坦特朗老爸知道，只要他们能打开个缺口，他们就会拥进来，战斗会就此结束。

这时，老赫克·多尔德鲁姆带头发起进攻，他唾沫四溅，朝地上乱吐。

坦特朗老爸的可怕的弹弓绝不是没有效果的。他巧妙地一弹，让一个多尔德鲁姆动弹不得了。另一个多尔德鲁姆几乎是连续被击中腹部，还在无力地继续战斗。

他们离屋子越来越近了。

“我们得逃，”陌生人朝杰米娜喊道。“我就是牺牲自己，也要把你背走。”

“不，”坦特朗老爸满脸污垢地喊道。“你留在这里打下去。我会把杰米娜背走。我会把妈咪背走。我自己也能走出去的。”

从村子里来的那个人，气得脸色苍白，浑身哆嗦。他转身对站在门口从一个个枪眼朝着来犯的多尔德鲁姆家人不断射击的哈姆·坦特朗说：

“你能掩护这次撤退吗？”

但是哈姆说，他也有些坦特朗家人要带走，不过如果陌生人能想出法子的话，他自己会留下来帮他掩护这次撤退。

一会儿，浓烟开始从地板和天花板上冒出来。杰姆·多尔德鲁姆刚才走过来，在老詹弗特·坦特朗从枪眼里探出头来时，用一根火柴去碰了一下，酒精的火苗就从四面八方冒出来了。

放在澡盆里的威士忌着火了。墙壁开始倒塌。

杰米娜和从村子里来的那个人相互对视了一下。

“杰米娜，”他耳语道。

“陌生人，”她回答道。

“我们要死在一起，”他说。“要是我们能活下去，我会把你带到城里去，娶你为妻。你有酿酒的能耐，在城里肯定会获得成功的。”

杰米娜懒懒地抚摸了他一会儿，心中默默地数着脚趾。烟雾更浓了。她的左腿烧着了。

她是个酒精灯一样的人。

两人的嘴唇相吻了很长时间，然后一面墙倒在他们身上，将他们压死了。

两位一体

当多尔德鲁姆家人穿过火焰时，发现这两个人紧搂着，死在他们倒下的地方。

老杰姆·多尔德鲁姆颇受感动。

他摘下了帽子。

他在帽子里舀满了威士忌，把它喝干了。

“他们死了，”他慢吞吞地说。“他们渴望得到对方。现在这种冲动已成为过去。我们不该将他们分开。”

于是，他们把这两人一起扔进山溪。他们溅起的两片水花交织成了一团。

裘　因译

图书在版编目(CIP)数据

爵士时代的故事/(美)菲茨杰拉德
(Fitzgerald, F. S.)著;裘因,萧甘等译. —上海:
上海译文出版社,2013. 9 (2023.3重印)
(译文经典)
书名原文: Tales of the Jazz Age
ISBN 978 - 7 - 5327 - 6222 - 4

Ⅰ. ①爵… Ⅱ. ①菲… ②裘… ③萧… Ⅲ. ①短篇小
说—小说集—美国—现代 Ⅳ. ①I712. 45

中国版本图书馆 CIP 数据核字(2013)第 161165 号

F. Scott Fitzgerald
Tales Of The Jazz Age
本书根据 Charles Scribner's Sons, New Yorks, 1922 年版本译出

爵士时代的故事
〔美〕F · S · 菲茨杰拉德 著 裘因 萧甘 等译
策划编辑/黄昱宁 责任编辑/龚容 装帧设计/张志全工作室

上海译文出版社有限公司出版、发行
网址: www. yiwen. com. cn
201101 上海市闵行区号景路159弄B座
山东临沂新华印刷物流集团有限责任公司印刷

开本 787×1092 1/32 印张 13 插页 5 字数 173,000
2013 年 9 月第 1 版 2023 年 3 月第 3 次印刷
印数: 6,301–8,300 册

ISBN 978 - 7 - 5327 - 6222 - 4/I · 3694
定价: 52. 00 元